E · M · 福斯特文集

福斯特短篇小说集

COLLECTED SHORT STORIES

〔英〕E · M · 福斯特 著　谷启楠 译

上海译文出版社

图书在版编目(CIP)数据

福斯特短篇小说集/(英)福斯特(Forster，E. M.)著;谷启楠译.
—上海：上海译文出版社，2016.7
(E·M·福斯特文集)
书名原文：Collected Short Stories
ISBN 978-7-5327-7219-3

Ⅰ.①福… Ⅱ.①福… ②谷… Ⅲ.①短篇小说—小
说集—英国—现代 Ⅳ.①I561.45

中国版本图书馆CIP数据核字(2016)第037974号

图字：09-2014-092号

福斯特短篇小说集
〔英〕E·M·福斯特/著 谷启楠/译
责任编辑/宋玲 装帧设计/张志全工作室 书名题签/黄福海

上海世纪出版股份有限公司
译文出版社出版
网址：www.yiwen.com.cn
上海世纪出版股份有限公司发行中心发行
200001 上海福建中路193号 www.ewen.co
山东鸿杰印务集团有限公司印刷

开本890×1240 1/32 印张8.25 插页6 字数143,000
2016年7月第1版 2016年7月第1次印刷
印数：0,001—5,000册

ISBN 978-7-5327-7219-3/I·4390
定价：55.00元

目录

序言

这些幻想小说是我在第一次世界大战前的不同日期写下的，代表了我迄今为止在一个特定方面的成绩。自那时以来发生了许多事：交通秩序混乱、地图疆界变更和精神领域疆界变更、第二次世界大战爆发、第三次世界大战在酝酿，因此今天的幻想小说趋向于退却或隐蔽，或出于对原子弹的尊重而变得悲观。喜欢捕捉她的人可以在这里的开阔地里捕捉到她。她掠过意大利和英国的假日风景，或无缘无故地飞向未来的国度。她或者他。因为幻想小说虽然常常是女性，但有时也像男人，甚至起到常给众神做小事的赫耳墨斯①的作用——传令神、捣毁机器者、指引灵魂走向不太可怕的来世的向导。

本书的开篇《惊恐记》是我创作的第一个短篇小说，我还清楚地记得当时的相关情景。我从剑桥大学——就是我刚刚回到的这所大学——毕业后，去国外游历了一年。我想是在一九〇二年的五月吧，我在拉韦洛镇附近散步。我坐在一个山谷里，那里的地势比小镇高出几英里。突然间，故事的第一部分涌上我的心头，仿佛它一直在那里等我。我认为这是个完整的故事，回到旅馆后便立即把它写了出来。可是它似乎还没有完，几天以后我又增写，直到故事增加到三倍长度；正如现在印出来的这样。这两个过程中的第一个过程——操控主题(仿佛它是个蚁冢)——很少发生。第二年我在希腊又这样做了，《离开科罗诺斯的路》的整个故事就挂在奥林匹亚附近的一棵空心树上，等着我去摘取。第三次是在康沃尔郡的鲂鱼头陆岬，我又这样做了，或者说试着做了。在那里，一个故事又以同样的方式碰上了我，由于《惊恐记》和《离开科罗诺斯的路》都已出版并受到赞赏，我就抓住了那个故事，想把它写成一个名篇。那是关于一个落水男子被渔民搭救后不知如何报答的故事。你的生命值多少钱？值五英镑？值五千英镑？他最后什么都没给渔民，他生活在他们中间，备遭怨恨和鄙视。当这个主题朝我涌来时，我把手伸进钱包，掏出一枚一英镑的金币——当时还有那种金币——把它塞进一个皇家救生艇机构的募捐箱里，那募捐箱就竖立在鲂鱼头陆岬上，是为应对这类情况而设的。我完全出得起钱。我肯定会把那些钱再赚回来。风平浪静的大海、我的主人公将要抓住并踉跄爬上的那块浸没在水中的扁石、救援他的渔民跑出的那个村庄——我轻松地写出了这一切，剩下的事就是虚构出他的妻子——一个通情达理的女人。这篇叫做《岩石》的小说运气不佳，彻底失败了。没有一个编辑愿意读它。我的灵感虽然真诚，但毫无价值。此后我再也不操控主题了。

我的长篇小说《最漫长的旅行》确实取材于我遇到的某个特定地点的总体氛围，但因其方式是间接而复杂的，在这里不予考虑。特定地点的总体氛围直接给我灵感只有三次，在第三次时，它让我失去了一枚一英镑金币。我通常根据自己的论点和回忆来写作，或者根据钢笔的运动来写作，不同的方法并不一定产生不和谐的效果。如果读者把《惊恐记》的第一部分（在这部分中我要

---

① 希腊神话中众天神的仆从和使者。

求自己琢磨后面会发生什么）与其后两部分做个比较，我想他不会注意到一个新的领域已经跳入情节之中。一个作家所具有的各种能力，包括宝贵的虚构能力，确实如此一致地谋划创作活动，时常共同创造出平滑的表面，一种能力在这个地方加上一个词，另一种能力在那个地方再加一个词。

对于其他几篇小说，我无须多加评论。《机器停转》是对威尔斯①早期小说中的世界做出的反应。《永恒的瞬间》讲的差不多是对上帝要诚实的故事，但它是对科尔蒂纳丹佩佐城②的反思。至于《意义》一篇，刚发表时我的布卢姆斯伯里团体③的朋友们很不喜欢。“究竟什么是意义？”他们冷淡地问，我也不知如何答复。

这些故事最早是分两册出版的。第一册的标题用的是《天国公共马车》的篇名，题献辞是“纪念《独立评论》杂志”。《独立评论》为月刊，由几位最早鼓励我写作的朋友组成的编辑部运作；另一位朋友罗杰·弗赖④设计了封面和扉页。第二册过了很多年后才出版。它的标题是《永恒的瞬间》，我的题献辞是“权且献给T. E.”。T. E. 就是“阿拉伯的劳伦斯”⑤。

现在这些小说收在一个集子里出版了，并且飘洋过海去了它

---

① H·G·威尔斯（1866—1946），英国小说家、社会批评家，著有《时间机器》（1895）和《星际战争》（1898）等科学幻想小说。

② 意大利南部威尼托区的旅游城镇。

③ 指1907至1930年间经常在英国伦敦的布卢姆斯伯里区的克莱夫·贝尔和瓦尼萨·贝尔夫妇家里以及瓦尼萨的兄妹艾德里安·斯蒂芬和弗吉尼亚·斯蒂芬（即弗吉尼亚·伍尔夫）家里聚会的一些英国作家、哲学家和艺术家。

④ 罗杰·弗赖（1866—1934），英国画家，以美术评论著称。

⑤ T. E.即Thomas Edward Lawrence（1888—1935），英军谍报员、作家，因其在阿拉伯国家的传奇经历而被称为“阿拉伯的劳伦斯”。

们从来没有预见过的世界，我还有必要重写题献词吗？也许有，也许有必要题献给一位神祇。赫耳墨斯这位灵魂引领者已经自我推荐了，我开始写这篇序言时他就来到了我的心里。无论如何，他能够站在船头，观察正在分崩离析的海洋。

E · M · 福斯特

1947 年于剑桥

（E. M. Forster：*Collected Short Stories*，1947，Penguin Books 2002）

惊恐记

一

尤斯塔斯的职业生涯——如果可以称之为职业生涯的话——肯定是从那天下午他在地势高于拉韦洛镇[①]的栗树林时开始的。我同时承认，我是一个头脑简单的普通人，不会佯装有文采。尽管如此，我还是要夸赞自己，我很会讲述事情，从来不言过其实，因此我决定客观地讲一讲发生在八年前的几件不寻常的事。

拉韦洛镇是个令人愉快的地方，有一家令人愉快的小旅馆，我们在那里遇见了几个很有趣的人。两位姓鲁宾逊的女士带着侄子尤斯塔斯已在那里住了六个星期，尤斯塔斯当时是个大约十四岁的少年。桑德巴赫先生也在那里住了些日子。他曾在英格兰北部做助理牧师，由于身体不好被迫辞职。在拉韦洛镇康复期间，他接手管教尤斯塔斯——这种教育存在可悲的缺陷——并且全力帮助他做准备，好让他适应我国一所著名公学的要求。住在小旅馆的还有莱兰先生，他是个自诩的画家。最后，还有和善的斯卡费蒂太太和会讲英语的和善的侍者伊马努埃莱——但在我谈及的那段时间里，伊马努埃莱外出看望生病的父亲去了。

我和妻子及两个女儿加入了这个社交小圈子；我冒昧地认为，我们还是受欢迎的。这些人我多数都喜欢，只讨厌两个人。

他们是画家莱兰和鲁宾逊女士的侄子尤斯塔斯。

莱兰不过是自负、令人厌恶而已，这些特点我将在故事中详细说明，这里无须赘述。可是尤斯塔斯却不同，他让人反感极了，简直无法形容。

我平素喜欢男孩子，自然会表现出友善。我和两个女儿提出要带尤斯塔斯出去——“不去，散步太辛苦。”后来我叫他过来下海游泳——“不行，他不会游泳。”

“每一个英国男孩都应该会游泳，”我说，“我来教你。”

“嘿，亲爱的尤斯塔斯，”鲁宾逊女士说，“你的机会来了。”

可是他说他怕水！——一个男孩竟然害怕！——当然啦，我没再说什么。

如果他真是个勤奋孩子，我倒不那么在意，可是他既不好好玩，又不好好学习。他最喜欢干的就是懒散地坐在台地的椅子上，或者弯着腰、拖着脚、蹚着土沿着公路闲逛。当然啦，他面色苍白，胸部收缩，肌肉不发达。他的两个姑姑认为他体质太弱；其实他真正需要的是纪律的约束。

在那难忘的一天，我们大家安排好要上山去栗树林里野餐——我说“大家”，不包括詹妮特，她留了下来，打算完成一幅描绘拉韦洛天主教堂的水彩画——我得说，她的努力成效不大。

我拉拉杂杂地讲了这么多无关紧要的细节，是因为我无法把它们和那天的经历分开，也无法把它们和野餐时的谈话分开：这一切都深深地印在我的脑海里了。我们爬山几小时之后，把驮着

---

① 意大利西南部萨莱诺省一古镇，位于阿马尔菲海岸的山坡上，系旅游胜地。

两位鲁宾逊女士和我妻子上山的毛驴留下来，大家一起攀爬，登上了山谷的最高处——我现在得知，那山谷的正式名称是“卡罗索喷泉山谷”。

在那天之前，以及从那天到现在，我游览过很多风景优美的地方，但我发现，哪里都不如这个地方让我如此快乐。这个山谷的尽头是一个巨大的空谷，形状像茶杯，四周都是陡峭的小山，有多条沟壑从那些小山延伸进空谷，呈放射状。山谷、沟壑以及划分沟壑的山脊都覆盖着枝繁叶茂的栗子树，因此总的看起来那里的地貌就像一只大绿手，有很多手指头，手心向上，正痉挛地抓挠，要把我们控制住。往山谷下方眺望，我们能看见拉韦洛镇和大海，但那不过是另一世界的唯一迹象罢了。

“啊，多可爱的地方呀，”我的女儿萝斯说。“把它画成油画会多美呀！”

“是啊，”桑德巴赫先生说。“很多欧洲著名画廊要是能挂上一幅只有这风景十分之一美的画，都会引为骄傲的。”

“正相反，”莱兰说，“要是把这风景给画下来，会是一幅很糟糕的画。这风景根本就不能入画。”

“那为什么呢？”萝斯问，她对莱兰表现出过分的尊敬。

“你看，”莱兰回答，“首先，在天空的衬托下，这座小山的线条过于垂直。我需要打破它，做些变化。还有，从我们站的地方看，整个景观不成比例。再有，整体色彩很单调，很刺眼。”

“我不懂绘画，”我插嘴说，“我也不装懂，可是我看见美的东西就知道什么是美，我对这儿的风景就很满意。”

“是啊，谁能不满意呢！”年长些的鲁宾逊女士说。桑德巴赫先生也这样说。

“哎呀！”莱兰说，“对于大自然，画家和摄影者各有各的观点，你们把两种观点混淆了。”

可怜的萝斯正带着照相机，因此我认为莱兰说这话太不礼貌了。我不想让大家不高兴，所以只好走到一边去帮我妻子和玛丽·鲁宾逊女士摆上午餐食品——这饭食可不怎么样。

“亲爱的尤斯塔斯，”玛丽姑姑说，“到这儿来给我们帮帮忙。”

那天早晨尤斯塔斯情绪特别不好。一开始他就像往常那样不愿意来，而他的两个姑姑差一点就同意他留在旅馆里给詹妮特添乱。可是我征得她们的同意跟他谈了谈，我直截了当地谈了体育锻炼问题；结果他来了，可是比平时更沉默寡言，情绪更差。

他不善于服从别人。他总是质疑每一个命令，即便执行，嘴里也嘟嘟囔囔。我要是有儿子，一定要他立即愉快地服从命令。

“我——来了——玛丽——姑姑，”尤斯塔斯终于回答了。他磨磨蹭蹭地砍下一根树枝做口哨，故意等我们干完活儿才过来。

“好啊，好啊，先生！”我说，“你终于溜达过来了，享受我们的劳动成果来了。”他叹了口气，因为他受不了别人的责备。玛丽女士不大明智，不顾我的一再阻拦，一定要给他一块鸡翅。我记得，我当时想，我们大家在这儿不是享受阳光、空气和树林，而是为一个被宠坏的男孩该吃什么争吵不休，一刹那间我恼火极了。

可是午饭后尤斯塔斯就不那么显眼了。他躲到一棵树旁边，开始剥掉口哨上的树皮。我看见他有事可干，哪怕只是一会儿，也感到欣慰。我们半坐半躺，悠闲而懒散[1]。

跟我们北方的粗壮栗子树比起来，那些南方的可爱栗子树就

① 原文为意大利文：dolce far niente。

像身体瘦弱的小青年。可是它们用一种非常赏心悦目的方式覆盖着山峦和山谷的轮廓线；由它们构成的屏障只有两个缺口，即两块林间空地，我们就坐在其中一块上。

因为这里的几棵树被砍掉了，莱兰突然谴责起林地主人来了。

“大自然失去了一切诗意，”他喊道，“她的湖泊和沼泽被吸干了，她的海洋被大坝圈占了，她的树林被砍伐了。无论走到哪儿，我们都看到蛮荒在扩展。”

我有一些房地产工作经验，于是回应说，砍伐很有必要，可以让大些的树长得壮。再说，不让林地主人从自己的土地获益，实在没有道理。

“如果你只注重风景的商业价值，你可能对林地主人的活动感到高兴。可是在我看来，‘树木可以变成现钱’这个想法本身就让人厌恶。”

我和气地说：“我们没有理由因为大自然赐予的东西有价值而鄙视它们。”

这话没有让他住嘴。“那不重要，”他继续说，“我们大家骨子里都是粗俗的，无法改变。我自己也不例外。就是因为我们，海中仙女涅瑞伊德丝姐妹[①]离开了海洋，山岳女神俄瑞阿德斯[②]也离开了山岳，森林再也不给潘神[③]遮风挡雨了，这是我们的耻辱。”

---

① 希腊神话中海神涅柔斯的50个女儿。

② 希腊神话中的山岳女神。

③ 希腊神话中的山林田野之神、牧神，长着人脸、人躯干、羊后腿、羊角、羊耳，相当于罗马神话中的法乌努斯，被认为是大自然的化身、宇宙的象征。据说潘神能让身处僻静处的人突然产生恐惧，这就是英语“panic”一词的来源。传说潘神在泰坦人袭击奥林匹斯时让他们产生恐惧和混乱，结果众神大胜。

“潘神！”桑德巴赫先生喊道，他那柔和悦耳的声音在山谷里回响，仿佛整个山谷是一座绿色大教堂，“潘神死了，所以树林不再为他遮风挡雨了。”他讲了一个很吸引人的故事：耶稣诞生的时候，在附近海上航行的船员曾三次听见一个响亮的声音喊：“伟大的潘神死了。”①

“是啊，伟大的潘神死了，”莱兰说。他沉湎于这种虚幻的感伤之中，有艺术气质的人总喜欢这样。他的雪茄烟熄灭了，只得问我要火柴。

“多有意思啊，”萝斯说。“真希望我学过一些古代史。”

“古代史不值得你关注，”桑德巴赫先生说。“是吧，尤斯塔斯？”

尤斯塔斯正在打磨他的口哨。他抬起头，烦躁地皱着眉，没有回答。他姑姑总是听任他动不动就皱眉头。

大家转而谈论各种话题，然后谈话逐渐停止。那是五月间一个晴朗无云的下午，栗树嫩叶的浅绿色与天空的深蓝色形成了美丽的对照。为了观赏风景，我们都坐在林间空地边缘，身后的小栗树显然不能提供足够的阴凉。所有的声音都消逝了——至少这是我的说法；鲁宾逊女士则说，鸟儿的喧闹声是她觉察到的第一个躁动迹象。所有的声音都消逝了，但也有例外，我能听见远处一棵巨大栗树摇摆时两根大树枝摩擦的声音。这声音越来越短促，最后也停止了。我俯瞰山谷的那些绿手指头时，一切绝对静

---

① 根据早期基督教的传统说法，当天主向牧羊人宣布基督诞生的消息时，整个希腊群岛都可以听到深沉的叹息。因为那喻示潘神死了。奥林匹斯众神也被废黜了，有些天神甚至被流徙到了阴冷黑暗的地带（参见查尔斯·米尔斯·盖雷编著、北塔译：《英美文学和艺术中的古典神话》，第237页）。

止，全然无声；一种悬疑悄然而生，在大自然平静时你常会有这种感觉。

突然间，我们都像触了电似的，被尤斯塔斯的痛苦哨音吓了一跳。我还从来没听过乐器发出如此刺耳的噪音。

“亲爱的尤斯塔斯，”玛丽·鲁宾逊女士说，“你大概想起你可怜的朱莉亚大妈的头[①]了吧。”

莱兰先前一直像是在熟睡，现在站了起来。

“一个男孩竟然对振奋人心的东西或美丽的东西视而不见，太让人惊讶了，”他说。“我没想到他会在这儿找到他需要的东西，这样来扫我们的兴。”

后来，可怕的寂静又降临了。现在我站起来观察，看见一阵微风从对面的山脊悄悄吹下来，所到之处把浅绿色变成了深绿色。我突然有一种奇怪的不祥预感，于是转过身去，惊奇地发现其他人也都站着观察风。

要连贯地描述紧接着发生了什么事，是不可能的；但我坦率地承认，尽管我的上方有美丽的蓝天，下方有春天碧绿的树林，周围有最善良的朋友，我还是感到万分恐惧，一种我不希望再经历的恐惧，而且从某种意义上讲，这种恐惧我在那一刻之前和之后都从未经历过。我从其他人的眼神里也看出了茫然的、木然的恐惧，他们动嘴却说不出话，动手却做不出手势。然而，我们的周围是一派繁荣、美好、和平的景象，一切都静止不动，除了那

① 作者有可能以1879年3月2日在英国伦敦发生的一起耸人听闻的谋杀案为典故。凶犯将受害者朱莉亚·托马斯的头颅割下并放进皮袋子随身携带，此后头颅去向不明。

阵悄然而至的微风，这会儿它吹上了我们站的山脊。

当时是谁率先动起来的，我们至今无法确定。我只能说，一刹那间我们都撒开腿沿着山坡奔跑。莱兰跑在最前面，后面是桑德巴赫先生，然后是我的妻子。可是我只看见了瞬间的情况；因为我跑过这小片林间空地，穿过树林，越过低矮的灌木丛和岩石，跑下干涸的河床，进了下面的山谷。我跑的时候，天空大概是昏黑的，树木、小草和山坡大概成了一条坦途；因为我什么都看不见，什么都听不见，什么都感觉不到，我所有的感性和理性渠道都被堵塞了。这种恐惧不同于你在其他时候所体验过的精神恐惧，它是一种粗暴的、带征服性的肉体恐惧，它堵塞你的耳朵，在你眼前撒下云雾，往你嘴里灌进臭气。恐惧过后的屈辱感非同一般，因为我害怕过，不是像人那样害怕，而是像野兽那样害怕。

二

对于这一事件的结局，我同样无法详细描述；因为我们的恐惧消失了，就像它来时那样突然，没有任何原因。突然间我能看见东西了，能听见声音了，能咳嗽了，能清嗓子了。我回过头去，看见其他人也都停了下来；我们很快就聚集到一起，但是过了很长时间才能说话，过了更长时间才敢说话。

谁都没有受重伤。我可怜的妻子崴了脚腕，莱兰在树桩上碰掉了一个脚趾甲，我则擦破了耳朵。我一直没意识到自己受伤，停下来以后才感觉到。

我们都默默地面面相觑。突然间，玛丽·鲁宾逊女士尖叫起来，声音很可怕。“哎呀，慈悲的老天爷啊！尤斯塔斯在哪儿？”要不是桑德巴赫先生抓住她，她就倒下了。

“我们必须回去，我们必须马上回去，”我女儿萝斯说，她可以算是我们这群人里最冷静的一个。“可是我希望——我觉得他很安全。”

莱兰胆子小，竟不同意回去。可是他发现自己是少数，又怕被单独留下，就只好让步了。我和萝斯搀着我可怜的妻子，桑德巴赫先生和鲁宾逊女士搀着玛丽女士，我们慢慢地往回走，谁都不说话。先前我们从这条小路跑下来只用了十分钟，现在往上走却用了四十分钟。

我们的谈话自然是拉拉杂杂的，因为谁都不愿意对刚才的事发表意见。萝斯的话最多，她说她当时差一点留在那个地方，这话把我们吓了一跳。

“你是说你当时没有——你没觉得必须走开？”桑德巴赫先生说。

“啊，我当然感到恐惧啦！”——她是第一个使用“恐惧”这个词的人——“可是我不知怎么就觉得，我要是能留下，情况就会不一样了，可以说我根本就不会觉得恐惧了。”萝斯从来都表达不清自己的意思，然而她还是值得赞扬的，她在我们当中是最年轻的，在危急时候竟坚持了那么长时间。

“我真的相信，如果我没看见妈妈走的话，我会留下的，”她接着说。

萝斯的体验给了我们一点安慰，让我们不那么担心尤斯塔斯了。可是当我们大家费力爬上长满栗树的山坡，走近那小片林间空地时，还是有可怕的不祥预感。到了林间空地，我们大家都开口说话了。在空地较远的那边放着我们剩下的午饭，在午饭近旁躺着尤斯塔斯，他一动不动。

我比较镇定，立刻喊："嗨，你这小猴子！跳起来！"可是他没有回答；两个可怜的姑姑跟他说话，他也不回答。我们走近他的时候，我看见一条绿蜥蜴从他衬衣袖口下面跳出来，我感到莫名的恐怖[1]。

他是那么沉默地躺在那里，我们大家都站着看他。我的耳朵开始刺痛，我期待听到他痛苦的哭叫声。

玛丽女士跪到他身旁摸摸他的手，那只手痉挛地缠着长长的野草。

这时尤斯塔斯睁开眼睛笑了。

从那时开始，我常常看见这种特别的微笑，在尤斯塔斯脸上，也在他的照片里；现在那些照片已开始出现在带插图的报纸上了。可是，尤斯塔斯先前总爱皱眉头，一副愠怒不满的样子；所以我们都不习惯看他这种令人不安的微笑，他似乎没有充足的理由这样笑。

两个姑姑一遍又一遍亲吻他，而他却不吻她们，后来出现了尴尬的停顿场面。尤斯塔斯看起来是那么自然，那么镇定；然而如果他没有经历过令人惊讶的事，他本来应该对我们异乎寻常的行为感到惊讶的。我的妻子很有心计，她尽量表现出什么事都没发生过的样子。

"哎，尤斯塔斯，"她边说边坐下歇脚，"我们不在的时候你自

---

① 在古希腊文化中，蜥蜴是权力和征兆的代表形象，常被视为预示灾难的凶兆。

己玩得怎么样？”

“谢谢你，泰特勒太太，我一直很高兴。”

“你去哪儿啦？”

“就在这儿。”

“你这个懒孩子，就这么一直躺着吗？”

“不是一直躺着。”

“那你先前干什么了？”

“啊，我站着或者坐着。”

“你站着坐着什么都没干！你难道不知道那首诗说‘撒旦仍然找些麻烦事，给——’①”

“哎呀，亲爱的夫人，别说了！别说了！”桑德巴赫先生的声音传来，打断了她的话；我妻子自然感到难堪，于是什么都没说就走了。我惊奇地看到，萝斯马上站到我妻子的位置上，用手指头梳理那男孩凌乱的头发，比平时表现得更随便。

“尤斯塔斯！尤斯塔斯！”她急促地说，“把一切都告诉我吧——每一个细节。”

尤斯塔斯慢慢坐起来——在这之前他一直仰面朝天躺着。

“啊，萝斯——”他小声说。这引起了我的好奇心，于是我凑近一点，想听听他要说什么。这时我突然看见树下的湿泥上有几个羊蹄印。

“很显然，有几只山羊来看过你了，”我说。“我不知道它们会

---

① 引自圣歌作者以撒·华兹（1674—1748）的诗《警惕懒散和顽皮》，原句是：“因为撒旦仍然找些麻烦事/给懒散的人做。”撒旦是《圣经》中的魔鬼、反叛上帝的堕落天使，被视为邪恶之源。

上来吃草。”

尤斯塔斯费力地站起身，走过来察看；他看见了那些羊蹄印，便躺在上面打滚，就像狗在泥里打滚似的。

在这之后出现了让人忧心的沉默，后来桑德巴赫先生郑重地说了几句话才打破了沉默。

“我亲爱的朋友们，”他说，“最好的办法是大胆说出真相。我知道我现在要说的正是你们大家都感受到的。恶鬼撒旦已经在我们附近现形了。时间长了，我们就会发现他给我们带来的某些伤害。可是目前，就我而言，我想为我们得到的宽恕救赎而感谢上苍。”

他说着就跪下了，其他人都跪下了，我也跪了，尽管我不相信上苍会允许恶鬼现形来袭击我们。事后我对桑德巴赫先生说了这个看法。两个姑姑向尤斯塔斯招手，尤斯塔斯也过来了，默默地跪在两个姑姑中间。可是祈祷一结束，他马上就站起来，开始找什么东西。

“哎呀！有人把我的口哨劈成了两半，”他说。（我刚才看见莱兰手里有一把打开的折刀——迷信的做法，我不能赞同。）

“唉，没关系。”尤斯塔斯接着说。

“为什么没关系？”桑德巴赫先生问，他一直在设法套尤斯塔斯的话，想让他说出在那神秘的一小时里究竟发生了什么。

“因为我不想要它了。”

“为什么？”

他听了这话笑了笑。大家好像都没有话要说了，于是我尽可能快地穿过树林，拉上来一头驴，让我可怜的妻子骑着回去。我不在的那会儿倒没发生什么事，只是萝斯又叫尤斯塔斯告诉她先前发生了什么事；这一次尤斯塔斯转过脸去，没向她吐露一个字。

我一回来，大家就出发了。尤斯塔斯费力地走着，好像腿疼似的，因此我们走到其他驴子跟前时，两个姑姑想让他上驴，一路骑回家。我有一个原则：永远不要干涉亲戚之间的事，可是这次我却制止了她们的做法。事实证明我是完全正确的，因为依我看，这次有益健康的锻炼初步改善了尤斯塔斯的血液循环，也使他发僵的肌肉得以放松。他平生第一次像男子汉那样迈开大步，昂起头，把空气深深地吸到肺里。我满意地对玛丽·鲁宾逊女士说，尤斯塔斯终于为自己的外貌感到自豪了。

桑德巴赫先生叹了口气说，尤斯塔斯需要细心照看，因为到目前为止我们还没有一个人理解他。玛丽·鲁宾逊女士也叹了口气，她颇受桑德巴赫的影响——我认为有些过分。

"好了，好了，鲁宾逊女士，"我说，"尤斯塔斯根本就没毛病。是我们自己经历了神秘的事，而他却没有。他看见我们突然离开感到惊奇，所以我们回来时他才显得那么怪。他现在很正常——起码有了点进步。"

"痴迷体育运动，崇尚愚蠢活动，这算是进步吗？"莱兰插嘴说，同时睁大眼睛忧伤地凝视着尤斯塔斯。此时尤斯塔斯已停下来，吃力地爬到一块石头上去采摘仙客来花。"热衷于攫取大自然剩下的少数美丽东西——这也算是进步吗？"

这种话不值得回应，纯属浪费时间，特别是这话又出自一个因手指头受损而没取得什么成就的画家。我改变了话题，问大家我们回旅馆后该怎么说。经过讨论，我们达成了共识：无论是在旅馆还是给家人写信，我们都不提那件事。我的意见是，没完没了地讲真话是错误的，只能给听的人带来困惑和忧虑；经过长时间的讨论，我终于让桑德巴赫先生同意了我的观点。

尤斯塔斯没参加我们的谈话。他在右边的树林里跑来跑去，像个真正的男孩子。我们有一种奇怪的羞耻感，不能公开对他谈我们的恐惧。说实在的，我们似乎有理由断言，那件事没给他留下什么印象。所以，看到他抱着一大把莨芳花蹦跳回来并喊着“你们说，咱们回去时真纳罗会在吗”，我们都觉得很不安。

真纳罗是个替班侍者，一个动作笨拙、粗鲁无礼的渔民青年，是从米洛利镇[1]雇来顶替那位会说英语的和善侍者伊马努埃莱的。我们那顿糟糕的午饭就是他做的；我不明白尤斯塔斯为什么想见他，可别是要和他一起嘲笑我们的所作所为吧。

“真纳罗当然会在啦，”鲁宾逊女士说。“亲爱的，你为什么要问？”

“啊，我想见他。”

“为什么？”桑德巴赫先生不耐烦地问。

“因为，因为我想见，我想见；因为，因为我想见。”他和着这些话的节奏跳起了舞，直跳进愈渐昏暗的树林里。

“这很反常，”桑德巴赫先生说。“他以前就喜欢真纳罗吗？”

“真纳罗刚来两天，”萝斯说，“我知道他们两人没说过几次话。”

尤斯塔斯每次从树林回来情绪都更加高涨。有一次他像个野蛮的印第安人那样大喊着朝我们走来，还有一次他假装小狗。最后一次他带回一只可怜的惊呆的兔子；那兔子蹲在他的胳膊上，

---

① 意大利西南部阿马尔菲海岸一小镇。

吓得不敢动。我想，他越来越滑稽了。我们大家高兴地离开树林，踏上有台阶的陡峭小路，向下面的拉韦洛镇进发。天色已晚，越来越昏暗；我们拼命快走，尤斯塔斯在前头碎步疾跑，活像一只山羊。

就在这条小路与白色公路的交会处，又发生了一件不寻常的事。三个老妇人站在路边。她们跟我们一样，刚从树林里走下来。她们把沉重的柴禾捆靠在公路的矮防护墙上。尤斯塔斯走到她们面前停下来，想了一下便走上前去，并且——亲吻了最左边那位老妇人的面颊!

“我的好孩子！”桑德巴赫先生喊，“你疯了吗？”

尤斯塔斯什么都没说，只是送了几枝花给那老妇人，然后又匆匆前行。我回头看了看；老妇人的两个同伴似乎和我们一样，对他的举动感到十分惊讶。可是老妇人已经把鲜花抱在胸前，念念有词地祈求上帝降福了。

尤斯塔斯向老妇人表达敬意的举动，是他行为怪异的第一个例证，我们既惊讶又害怕。跟他谈话没有用，因为他要么做出愚蠢的回答，要么什么都不说就蹦蹦跳跳地走开。

回家的路上，他没有再提真纳罗，我希望他忘掉这事。可是我们走到天主教堂前的广场时，尤斯塔斯扯着嗓子喊：“真纳罗！真纳罗！”并跑进了通往我们旅馆的小巷。真纳罗果真出现在小巷的另一头，他穿着那位会说英语的小个子侍者的晚礼服，胳膊和腿露出一大截，头上还戴着一顶脏兮兮的渔民帽——正如可怜的女房主所说，无论她多么严格地监督真纳罗的着装，真纳罗在照办之前总要设法加进一点不协调的东西。

尤斯塔斯跳起来去迎接真纳罗，径直投入他的怀抱，双手搂住他的脖子。当时在场的不只有我们，还有女房主、女清洁工、行李搬运工和两位来旅馆小住的美国夫人。

我一向注意对意大利人要行为得体，无论他们多不值得我这样做；可是我全然不能容忍尤斯塔斯和真纳罗这种性感的亲密接触，这种习惯只会发展成对所有的人亲昵，会让所有的人难堪。我把鲁宾逊女士拉到一边，请求她允许我与尤斯塔斯谈话，我要严肃地讲一讲如何与社会地位低的人交往。她同意了；但是我决心等这荒唐孩子从当天的激动中稍稍平静下来之后再讲。在这期间，真纳罗不去照顾两位新来的美国夫人，而是把尤斯塔斯抱进了旅馆，仿佛这是世间最自然的事。

真纳罗走过我身边时，我听见他说："*Ho capito*"。*Ho capito* 是意大利语，意思是"我明白了"；可是尤斯塔斯刚才没跟他说话呀，我真不明白这话有什么作用。它更增加了我们的困惑。等我们在餐桌旁坐下时，我们的想象力和我们的舌头都疲惫了。

我讲这件事的时候省略了大家所做的各种评论，因为那些话似乎不值得记载。可是我们七个人在三四个小时里一直在畅谈我们的困惑，发出一连串得体的或不得体的感叹。有的人追溯我们今天下午的行为与尤斯塔斯现在的行为有什么关联。其他人则认为两者之间没有一点关联。桑德巴赫先生仍然认为尤斯塔斯可能受了来自地狱的影响，并说他应该去看医生。莱兰只是看到了"那个无法形容的缺乏教养的人——那个男孩"如何成长。让我惊奇的是，萝斯仍认为一切都可以原谅；而我则明白了这个年轻绅士所需要的是一顿鞭打。可怜的鲁宾逊女士无奈地游移于不同的意见之间；她一会儿同意对尤斯塔斯严加管教，一会儿同意默认他的行为，一会儿同意对他进行体罚，一会儿又同意让他服用以罗果子盐[1]。

晚餐进行得比较顺利，尽管尤斯塔斯坐立不安，尽管真纳罗仍像往常那样弄掉刀子和调羹并大声清嗓子。真纳罗只会说几个英语单词，因此我们大家只好说意大利语，好让他明白我们想要什么。尤斯塔斯不知怎么学来一点意大利语，他说要几个橘子。让我恼火的是，真纳罗回答时竟然使用动词第二人称单数形式，也就是只有在对亲近的平辈人说话时才用的形式。虽然这是尤斯塔斯自找的，但这种不礼貌的行为冒犯了我们所有的人，我下决心说出来，而且马上就说。

听见真纳罗在收拾餐桌，我就走了进去。跟他说话我尽量用意大利语，或者说是用那波利斯语——这种意大利南部方言很拙劣。我说："真纳罗！我听见你称呼尤斯塔斯先生为'你'。"

"是啊。"

"你这就不对了。你必须用'他'或'您'——更有礼貌的动词形式。你要记住，尤斯塔斯先生有时很傻——比如说今天下午——可是你必须永远对他表示尊敬；因为他是年轻的英国绅士，而你是意大利的穷渔民。"

我知道这话听起来很势利，但你可以用意大利语说出你从来没想过要用英语说的话。再说，对那个阶级的人没必要委婉地说话。你要是不把话说清楚，他们就会误解你，恶意地从中找乐。

如果一个老实的英国渔民听了这样的话，会马上朝我眼部猛捣一拳，可是这些讨厌的低层次意大利人没有丝毫自尊心。真纳罗仅仅叹了口气，说道："对呀。"

---

① 一种治疗消化不良的药物。

"很对，"我说，并转身要走。让我气愤的是，我听见他又说："可是有时这并不重要。"

"你是什么意思？"我喊道。

他走到我跟前，还做着令人讨厌的手势。

"泰特勒先生，我想说说这事。如果尤斯塔斯让我叫他'您'，我就叫'您'。不然的话，我就不叫。"

他说着就端起一托盘的餐具跑出了房间；我又听见两个酒杯掉在院子地上的声音。

我现在真是气极了，我大步流星地走出去找尤斯塔斯谈话。可是他已经上床睡觉了。我还想和女房主谈谈，可是她忙着干活。我们又胡乱猜疑了一番，由于有詹妮特和两个美国夫人在场，我们只能说得很含糊。在度过了令人恼火的极不寻常的一天之后，我们也都去睡觉了。

三

可是，与那天深夜发生的事相比，白天的事就算不得什么了。

我估计，我大约睡了四小时就突然醒了，觉得听到花园里有声音。我还没睁眼，就感到一阵令人心寒的恐惧——不是对正在发生的事感到恐惧，如我们在树林里所经历的那样，而是对还会发生什么感到恐惧。

我们的房间在二楼，窗户对着花园——或者说台地。这个花园其实是个楔形地块，被玫瑰和攀缘植物覆盖，有几条柏油小路穿插其间。花园较窄的一边以这所房子为界，两条长边则以围墙为界。围墙虽然只高出台地三英尺，但它的外侧却向下倾斜二十多英尺，直延伸到橄榄园，因为地势很陡峭。

我全身哆嗦着悄悄走到窗前。有一个白色东西在柏油小路上啪嗒、啪嗒地晃来晃去。我太害怕了，眼睛都看不清了；只见那东西在游移的星光下幻化成奇形怪状。它一会儿像一只大狗，一会儿像一只巨大的白蝙蝠，一会儿又像一大堆飞飘的云彩。它会像皮球那样弹起，或像小鸟那样飞翔，或像鬼魅那样慢慢滑行。它没出什么声音——除了啪嗒声，那一定是人的脚步声。我紊乱的脑海里终于闪现出清晰的解释；我意识到尤斯塔斯已经起床，我们又要经历不愉快的事了。

我匆匆穿上衣服，下楼来到餐厅，餐厅的门是朝向台地的。门销已经开了。我的恐惧感几乎完全消失，可是在五分多钟里我力图摆脱一种奇怪的怯懦感；这种感觉不让我干扰那个可怜的怪男孩，而是听任他继续制造骇人的啪嗒声；这种感觉让我只在窗口观察他，确保他不受伤害。

可是更强烈的冲动还是占了上风，我打开门喊道：

"尤斯塔斯！你到底干什么呢？马上进来！"

他停下愚蠢举动说："我讨厌我的卧室。我不能待在里边，屋子太小了。"

"得了！得了！我最烦别人装腔作势。你从来没抱怨过你的卧室呀。"

"再说，我什么都看不见——看不见鲜花，看不见树叶，看不见天空，只看见一堵石墙。"从尤斯塔斯的房间望出去，看到的景物确实有限；可是，正如我刚才说的，他先前从来没有抱怨过。

"尤斯塔斯，你说话像个小孩子。进来！请你立刻服从。"

他没有动。

“好吧，我要把你抱进去，”我又说，并朝着他走了几步。可是我很快就意识到，在几条交错的柏油小路上追赶一个男孩是徒劳的，所以我就进屋叫桑德巴赫先生和莱兰来帮忙。

我和他们两人一起回来时，尤斯塔斯的状况更糟了。我们跟他说话，他根本不回答，而是以一种吓人的姿态唱起歌来，还不停地自言自语。

“这得找医生解决，”桑德巴赫先生说，一面严肃地拍着前额。

尤斯塔斯已经不跑了，他在唱着什么，起初声音很低，后来声音大了——他唱的是钢琴五指练习曲、音阶、赞美歌的曲子、瓦格纳[①]乐曲片断——他能想起来的任何曲子。他的声音——极不悦耳的声音——越来越大，越来越强；最后他大叫一声，沉闷的叫声像枪声在群山间回荡，惊醒了所有仍在旅馆里睡觉的人。我可怜的妻子和两个女儿出现在各自房间的窗口，我还听见那两个美国夫人使劲摇铃。

“尤斯塔斯，”我们大家喊，“别叫了！别叫了，亲爱的孩子，进屋来吧。”

他摇了摇头又开始了——这一次是开始讲话。我从来没听过这么奇特的讲话。如果是在别的时候，这情景会让人觉得可笑，因为一个缺乏美感、语言贫乏的男孩子竟然试图表达连最伟大的诗人都几乎无力表达的主题。十四岁的尤斯塔斯·鲁宾逊穿睡衣站着，崇敬地赞美大自然的威力及其各种表象。

---

① 瓦格纳(1813—1883)，德国作曲家。

他首先谈到夜晚和头顶上方的星星和行星，谈到下面一群群的萤火虫，谈到萤火虫下面看不见的海洋，谈到沉睡在海洋里的、覆盖着海葵和蛤蜊的巨大礁石。他谈到河流和瀑布，谈到日渐成熟的串串葡萄，谈到维苏威火山[①]冒着烟的火山口以及形成烟雾的暗藏熔岩流，谈到蜷缩在闷热土地缝隙里的无数蜥蜴，谈到突然飘落到他头发里的白色玫瑰叶子。后来他又谈到改变万物的雨和风，谈到万物生存所依赖的空气，谈到可以隐藏万物的森林。

当然啦，这全是荒唐的卖弄，然而莱兰却念叨说，这是“一幅表现生活中一切神圣和美好事物的糟糕漫画”，当时我真想踢他一脚。

“然后，”——尤斯塔斯用拙劣的会话式打油诗，也就是他唯一的表达方式接着说——“然后有了人类，可是我不能那么深地理解他们。”他跪到防护墙旁边，头枕着胳膊。

“现在是时候了，”莱兰小声说。我虽然不喜欢悄悄地接近别人，但我们还是冲上前去，试图从后面抓住他。眨眼间他躲开了，但马上转身看我们。在星光下我能看见他在哭。莱兰又朝他冲了过去，我们在几条柏油小路之间尽力围堵他，可是根本堵不着。

我们很尴尬，气喘吁吁地回到了旅馆，留下尤斯塔斯一个人在台地的另一头疯闹。可是我的萝斯忽然有了主意。

“爸爸，”她从窗口叫，“你要是把真纳罗找来，他大概能替你抓到尤斯塔斯。”

---

① 意大利南部的著名活火山。

我本不想请真纳罗帮忙，可是由于女房主已经来到现场，我就求她把睡在木炭箱里的真纳罗叫来施展本领。

女房主很快回来了，紧接着真纳罗也来了。他穿着晚礼服，但没穿礼服坎肩，也没穿衬衫或背心；他穿着一条破裤子，膝盖以下的裤腿被剪掉了，为了方便蹚水。女房主已经学会了英国人的行为方式，她批评了真纳罗，说他的打扮不恰当，甚至不得体。

“我穿了外衣，穿了裤子。你还想怎么着？”

“没关系，斯卡费蒂太太，”我插嘴说。“女士们都没在这儿，不会有什么影响。”然后我转身对真纳罗说：“尤斯塔斯的姑姑想让你把他拉进屋里。”

他没有回答。

“你听见我的话了吗？他身体不好，我命令你把他拉进屋里。”

“去拉他！去拉他！”斯卡费蒂太太说，并粗鲁地摇他的胳膊。

“尤斯塔斯在那儿挺好的。”

“去拉！去拉！”斯卡费蒂太太尖声说，还说了一大串意大利话；幸好那些话我大部分听不懂。我紧张地抬头瞟了一眼两个女儿的窗口，可是她们还不如我懂得多。我庆幸地说，真纳罗的回答我们一个字都没听懂。

真纳罗和斯卡费蒂太太争吵了有十分钟，最后真纳罗跑回他的木炭箱去了，斯卡费蒂太太则大哭起来，因为她很重视她的这些英国客人。

斯卡费蒂太太抽泣着说：“他说尤斯塔斯先生在那地方待得挺

好的，还说他不愿意把他带过来。我没办法了。”

但是我有办法，因为我用愚蠢的英国方式了解到意大利人的性格。我跟着真纳罗先生到了他睡觉的地方，发现他正扭动身子往一块肮脏的麻袋片上躺。

“我希望你把尤斯塔斯先生带来见我，”我说。

他甩出一句莫名其妙的话。

“如果你把他带来，我会给你这个。”我从口袋里拿出一张面值十里拉[①]的新钞票。

这次他没有回答。

“这张钞票相当于面值十里拉的银币，”我接着说，因为我知道这个贫穷的意大利人不能想象大数目。

“我知道。”

“也就是说，相当于二百索尔多铜币。”

“我不想要。尤斯塔基奥[②]是我的朋友。”

我把钞票放回口袋。

“再说，你也不会给我的。”

“我是英国人。英国人一向说话算数。”

“那是真的。”一个最不诚实的民族竟然这么信任我们，真令人惊奇。说实在话，他们信任我们的程度常常比我们相互信任的程度还要高。真纳罗在麻袋片上跪起来。那里光线太暗，我看不清楚他的脸，但我能感觉到他呼出的一股股带蒜味的温暖气息。

---

① 意大利以前的货币单位，2002 年为欧元取代。1 里拉相当于 20 索尔多（Soldo， soldi）。

② 尤斯塔基奥，意大利语，指尤斯塔斯。

我知道，南方人历来的贪婪已经对他产生了影响。

“我不能把尤斯塔基奥带到房子里。他会死在那儿的。”

“你用不着那样做，”我耐心地回答。“你只要把他带给我就行了；我会站在外面花园里。”这个可鄙的年轻人同意了，仿佛这样做情况就不同了。

“可是你得先给我那十里拉。”

“不行！”——因为我了解和我打交道的这种人。一次不守信用，永远不守信用。

我们回到台地。真纳罗二话不说，就啪嗒、啪嗒地朝着台地最远那头的啪嗒声走过去。桑德巴赫先生、莱兰和我走到离房子稍远点的地方，站在白玫瑰枝蔓的阴影里，基本上不会被人看见。

我们听见“尤斯塔基奥”的喊声，然后是那可怜男孩奇特的快乐叫声。啪嗒声停止了，我们听见他们在说话。他们的声音越来越近，很快我就从藤蔓丛中看见了他们——那个身形怪异的年轻人和那个穿白睡袍的瘦小男孩。真纳罗搂着尤斯塔斯的脖子，尤斯塔斯则用流利随意的意大利语不停地说话。

我听见他说：“世上的一切我差不多都明白了。那些树木、山峦、星星、流水，我都能看见。可是多奇怪呀！我对人却一点儿都不理解。你明白我的意思吗？”

“*Ho capito*（我明白了），”真纳罗严肃地说，并松开搂着尤斯塔斯的胳膊。可是我捏了捏口袋里的新纸币，纸币哗啦响了一下；真纳罗听见了。他猛然伸出手，毫无戒心的尤斯塔斯抓住了他的手。

“真奇怪！”尤斯塔斯接着说——现在他们已经很近了——“差不多像是——像是——”

我突然跑出去，抓住尤斯塔斯的胳膊，莱兰抓住他的另一只胳膊，桑德巴赫先生紧紧抓住他的两只脚。他发出了刺人心扉的尖叫；当我们把他往房子里拖的时候，那年过早凋落的白玫瑰把阵阵花雨洒到他的身上。

我们一进旅馆他就不叫了；可是眼泪从他眼里悄悄地一涌而出，湿透了他仰起的脸。

“别去我的房间，”他请求道。“它是那么小。”

他极度悲伤的眼神让我产生了奇怪的怜悯，可是我能怎么办呢？再说，他卧室的窗户是唯一装有护栏的窗户。

“没关系，亲爱的孩子，”好心的桑德巴赫先生说。“我愿意陪你坐到早晨。”

他听了这话又开始神经质地挣扎。“啊，请别陪我。你们怎么着都行，就是别陪我。如果让我单独待着，我答应老老实实躺着，尽可能少哭。”

于是我们把他放到床上，拉过被单给他盖上，任凭他伤心抽泣，任凭他念叨：“我差不多什么都看见了，现在我什么都看不见了。”

我们把刚才发生的事告诉了两位鲁宾逊女士，然后回到餐厅。我们发现斯卡费蒂太太和真纳罗在那里窃窃私语。桑德巴赫先生拿来钢笔和纸，开始给那波利斯的那位英国医生写信。我立刻掏出那张钞票，扔在桌子上给真纳罗。

“这是你的报酬，”我严厉地说，因为我想起了“三十块银币”[1]

① “三十块银币”，《圣经·马太福音》中记载，耶稣的门徒犹大把耶稣出卖给罗马军方，为此得到三十块银币的报酬。

的故事。

“谢谢你，先生，”真纳罗说着抓起钞票。

他正要走时，莱兰（他总是关注不值得关注的人，漠视不该漠视的人）突然问他，尤斯塔斯刚才说他“对人却一点儿都不理解”是什么意思。

“我不能说。尤斯塔基奥先生（我很高兴看到真纳罗终于表现出了一点尊敬）考虑问题很细致。他明白很多事。”

“可是我听见你说你明白了，”莱兰穷追不舍。

“我明白，可我不能解释。我是个意大利的穷渔民。可是，你听着，我试着解释一下。”我惊骇地看到他的举止在发生变化，我力图制止他。可是他一下子坐上了餐桌边缘，说了一些语无伦次的话。

“太让人伤心了，”他最后说。“刚才的事太让人伤心了。可是我能怎么办呢？我很穷。不是我能解决的。”

我把脸扭到一边，表示鄙视。莱兰接着问他问题。他想知道尤斯塔斯说那句话时心里想的到底是谁。

“这好说，”真纳罗严肃地回答。“他想的是你，是我，是这房子里所有的人和房子外的很多人。如果他希望快乐，我们会扫他的兴。如果他要求单独待一会儿，我们会打扰他。他渴望交朋友，可是十五年来一个都没找到。然后他找到了我，我也去过树林，也明白了很多事情，而第一天夜里我——我就把他出卖给了你们，把他带到屋里等死。可是我能怎么办呢？”

“小点声，小点声，”我说。

“唉，他肯定会死的。他会在那间小屋里躺上一夜，到早晨就会死。我知道他肯定会死。”

“行了，这就够了，”桑德巴赫先生说。“我会守着他的。”

“菲洛梅娜·朱斯蒂陪着卡泰丽娜坐了一夜，可是到了早晨卡泰丽娜还是死了。他们不让她出去，不管我怎么请求、祈祷、咒骂、拍门、爬墙都没有用。他们是什么都不懂的傻瓜，以为我想把她抱走。到了早晨她就死了。”

“他说的都是什么呀？”我问斯卡费蒂太太。

“各种各样的故事会到处流传，”她回答，“而他是最没有理由重讲那些故事的人。”

“我现在活着，”他接着说，“因为我既没有父母，又没有亲戚，又没有朋友，所以，第一夜到来的时候，我可以跑过树林，爬上岩石，跳进水里，直到我实现了自己的愿望！”

我们听见尤斯塔斯屋里传来哭声——一种轻微的但持续的声音，就像你站在静寂中听到远处树林的风声。

真纳罗说：“这就是卡泰丽娜最后的声音。我当时正趴在她的窗户上，那声音从我身边飘过。”

他举起手，手里攥着我给他的十里拉钞票，他郑重地诅咒桑德巴赫先生、莱兰和我，以及命运女神，因为尤斯塔斯在楼上小屋里生命垂危。这就是南方人的心理；我确信，若不是那个无法形容的白痴莱兰用胳膊肘碰翻了油灯，真纳罗仍会坐着不动。那是一盏有专利权的自灭灯，是斯卡费蒂太太应我的要求买来的，用来代替她那盏有危险的灯。结果油灯灭了；仅仅这样一个从光明到黑暗的变化过程就对真纳罗的无知的动物本性产生了影响，比最明显的逻辑推理规则的影响还要大。

我感觉到(而不是看到)真纳罗已离开了餐厅，于是对桑德巴赫先生喊：“你口袋里有尤斯塔斯房间的钥匙吗？”可是桑德巴赫先生和莱兰都坐在地板上，误以为对方是真纳罗；随后他们找火柴又浪费了一些宝贵的时间。桑德巴赫先生说，他把钥匙留在门上了，为了方便两位鲁宾逊女士去看尤斯塔斯。他的话刚出口，我们突然听见楼梯上有声音，真纳罗抱着尤斯塔斯下来了。

我们冲出去，挡住了过道；他们泄气了，退回到上一层楼梯的驻脚台。

“他们现在跑不了了，”斯卡费蒂太太喊。“出去没有别的路。”

我们小心翼翼地走上楼梯，突然一声可怕的尖叫从我妻子的房间传了出来，然后就是重物掉在柏油路上的声响。他们两人已从我妻子房间的窗口跳了出去。

我跑到台地，正好看见尤斯塔斯跳过花园的矮防护墙。这一次我确信他必死无疑。可是他落在一棵橄榄树上，像一只大白蛾，然后从树上滑到地下。他的赤脚刚沾到泥土，他就发出怪异响亮的叫声，我认为那不是人类能发出的声音；随后他就消失在下面的树丛里了。

“他明白他得救了，”真纳罗喊，他仍坐在柏油路上。“现在他不会死了，他会活下去的！”

“你别拿着那十里拉了，把它交回来，”我反驳道，因为我听了他这句语调夸张的话再也控制不住自己了。

“这十里拉是我的，”他咬牙切齿地回答，声音小得几乎听不见。他把手紧贴在胸前，保护这不义之财；此时他身子向前摇晃，脸朝下栽倒在小路上。他并没有摔坏四肢，要是英国人的话，那样跌下去绝不会致死，因为地势落差不大。可是那些可悲的意大利人没有耐受力。他受了某种内伤，死去了。

离清晨还有很长时间，可是晨风已开始吹了。我们把真纳罗抬进屋时，又有许多玫瑰叶子落在我们身上。斯卡费蒂太太一看见尸体就惊叫起来。在下面的山谷里，在朝着大海的方向，仍然回荡着那个出逃男孩的叫声和笑声。

树篱的另一边

我的计步器告诉我，我已走了二十五英里；虽然中途停下会让别人感到震惊，但我实在太累了，于是就在一块里程碑上坐下来休息。很多人一边超过我，一边嘲笑我，可我非常冷漠，并不恼火。伟大的教育家伊莱莎·丁布尔比女士从我身边匆匆走过，劝我坚持走下去，就是这时我也只是笑了笑，举了举帽子。

起初我想，我会像我的弟弟一样；大约一两年前，我不得不把他留在路边。他一路上唱歌，浪费了不少气息；他还帮助别人，浪费了很多力气。可是我一直用更明智的方法旅行，现在，只有公路的单调景象让我感到压抑——脚下是尘土，两边是噼啪作响的褐色树篱，从我记事时起就是如此。

我已经扔掉了几件东西——说实在的，我身后的路面上散布着我们大家扔掉的东西；这些东西上落满了白色尘土，看起来已经很像石头了。我的肌肉是那么疲软，我连剩下的东西都背不动了。我从里程碑上滑到公路上，趴在地下，脸朝着巨大的枯树篱，祈求上帝允许我放弃。

一股微风吹来，让我神清气爽。那风好像来自树篱；我睁开眼时，看见一丝微光从纵横交错的树枝和残叶中透出来。这树篱不可能像平时那么浓密。我当时虽然虚弱难受，但还是渴望挤进树篱，看看另一边有些什么。四周看不见一个人，否则我就不敢尝试了，因为我们这些赶路的人在谈话时都不承认树篱有另一边。

我经不住这种诱惑，我对自己说，我去一会儿就回来。荆棘划伤了我的脸，我不得不用两只胳膊当盾牌，仅靠双脚艰难地往前挪步。我刚走了一半就想回去，因为我背着的东西都被蹭掉了，我的衣服也撕破了。可是我夹在树篱中间，不可能回去，只能不假思索地扭动身子往前走。我每时每刻都想：我的力气会耗尽的，我会死在灌木丛里的。

突然间，冷水从四面八方漫到我的头上，我好像一直在下沉。原来我从树篱跌进了一个深水塘。我终于浮上了水面，便大声呼救。我听见对岸有人哈哈笑着说："又来一个！"然后我就被人拉出水塘，平放在干燥的地上，我喘着大气。

我擦干眼睛里的水之后，还是觉得恍恍惚惚的，因为我从来没到过这么广阔的空间，也没见过这样的野草和阳光。蓝天不再是狭长的一条；在蓝天下面，地势已升高，形成了一座座壮丽的小山，像洁净光秃的扶壁，山的褶皱里长着山毛榉树，山脚下有草场和清澈的池塘。可是这些山都不高，整个风景给人以有人居住的感觉——因此你可以叫它公园，或者花园，如果这两个词没有某种"微不足道"和"局限"的含义的话。

我刚喘过气来就转身对救我的人说：

"这个地方通到哪儿？"

"哪儿也不通，感谢上帝！"他说着笑了起来。他是个男人，有五六十岁——正是我们赶路的人所不信任的那种年纪——可是他的姿态里没有焦虑，他的声音是十八岁小伙子的声音。

"可是它一定通向什么地方！"我喊。我对他的回答太惊讶了，甚至没有感谢他救了我的命。

"他想知道这个地方通向哪儿！"他对山坡上的一些男人喊

道。那些人报以笑声，并挥动帽子。

随后我注意到，我刚才跌进的水塘其实是条界河，它向左向右转弯，而那树篱则一直跟着它延伸。树篱这一边是绿色的——树篱灌木的根在清澈的河水里显现出来，其间有鱼儿游来游去——而且树篱边缘长着一圈犬蔷薇和葡萄叶铁线莲。可是树篱是个障碍物，一刹那间，我对野草、蓝天、树木、以及那些快乐的男女都不感到高兴了；我意识到，这个地方虽然美丽辽阔，但只不过是个监狱。

我们两人离开了界河，然后沿着一条与它几乎平行的小路穿过草场。我发现步行很困难，因为我总要把我的同伴甩在后边；如果这个地方哪儿都不通，那我这样做就占不了优势。我自从离开我的弟弟以后，还从来没跟任何人一起走过呢。

我想逗他高兴，于是突然停下来沮丧地说："这太可怕了。不能前进，不能取得进展。现在我们赶路的人——"

"是啊，我知道。"

"我是要说，我们不断地前进。"

"我知道。"

"我们总是在学习，在扩张，在发展。哎呀，就是在我短暂的一生里，我已经见证了很多进展——德兰士瓦战争①、财政问题②、基

① 德兰士瓦战争(1881—1902)，即英布战争，系南非博兰士瓦共和国和奥伦治自由邦的布尔人(即荷兰裔南非人)为反对英国吞并而进行的两次战争，最后英国兼并了这两个布尔人共和国，但允许它们自治。

② 财政问题，指1903年英国议会中关于关税改革方案的争论，以首相亚瑟·贝尔福(1948—1930)为一方，以殖民大臣约瑟夫·张伯伦(1836—1914)为另一方。

督教科学[1]、镭的发现[2]。例如这里——”

我掏出计步器，可是它还标示二十五英里，一点都没多。

“哎呀，记步器停了！我本来是要给你看的。它应该记下我和你一起走的里程。可是它只显示出二十五英里。”

“很多东西在这儿都运转不了，”他说。“有一天，有人带来一支李—梅特福牌弹匣式步枪[3]，它就打不了。”

“科学规律是普遍适用的。一定是界河水把机械装置泡坏了。正常情况下一切都会运转的。科学和赶超的精神——这两股力量让我们成了今天这样。”

我不得不中止谈话，向路边那些愉快打招呼的人招手致意。他们有的在唱歌，有的在聊天，有的在干活——修剪花草，晾晒干草，或进行其他日常劳作。他们看起来都很快乐；其实我也可以快乐，如果我能忘记这个地方哪儿都不通的话。

有一个小伙子把我吓了一跳，他飞快地横穿我们的小路，以优美的姿态跳过一个小围栏，又甩开腿跑过一片犁过的田地，最后跳进一个湖里，开始游向对岸。他真是精力充沛，于是我大喊：“越野赛！别的选手在哪儿？”

“没有别人，”我的同伴回答；后来，我们路过一些很高的野草，草丛里传出一个姑娘的优雅歌声，这时他又说：“没有别人。”我真不明白他为什么如此饶舌，我喃喃自语：“这都是什么

---

① 基督教科学，即基督教思想在日常生活中的运用。它既是宗教教义，又是建立在《圣经》普遍真理基础上的治疗心理创伤体系。

② 镭的发现，指法国物理学家、化学家皮埃尔·居里（1859—1906）和夫人玛丽·居里（1867—1934）于 1898 年发现镭元素。

③ 十九世纪八十年代英国军队使用的一种步枪。

意思？”

他说：“没有别的意思”——他慢慢地重复这句话，仿佛我是个小孩子。

“我明白，”我平静地说，“可是我不赞成。每一项成就如果不是发展链条中的一环，那就一钱不值。我不应该再让你多费心了。我必须想法回到那条大路，还要找人修理计步器。”

“你必须先看看大门，”他回答，“我们有大门，尽管从来不用。”

我有礼貌地表示同意，没多久我们又到了界河，在那个地点正好有一座桥。桥上有一扇大门，洁白似象牙，嵌在边界树篱的缺口里。大门向外敞开，我惊讶得大叫起来，因为大门外有一条大路——很像我先前离开的那条路——脚下全是尘土，放眼望去，两边全是噼啪作响的褐色树篱。

“那就是我的路！”我喊道。

他关上大门说：“但它不是你走过的那段路。不知多少年前，当人类第一次产生走路的欲望时，就是从这个大门走出去的。”

我否认这个说法，我认为，我来时走过的那段路距离这里不过两英里。可是他年纪大了，特别固执，他一再说：“这是同一条路。这里是路的开头，它看起来好像离我们越来越远，可是它经常折回来，所以一直没有远离过我们的边界，有时甚至跟边界擦边。”他在界河旁边弯下腰，在潮湿的河边画出一个荒诞的图形，好似迷宫图。我们穿过草场往回走的时候，我竭力让他相信他错了。

“那条路确实有时折回来，可那是我们的准则的一部分。谁能怀疑它的总趋势是向前的呢？我们不知道它通向哪里——可能通向某座可以让我们能触摸到天空的高山，可能越过悬崖伸进大海。可它是向前的——谁能怀疑这一点呢？正是这种想法让我们用各自的办法去争取做得最好，也正是这种想法给了我们一种你们不具备的动力。刚才从我们身边跑过的那个人——他确实跑得很快，跳得很高，游泳游得很好；可是我们有人比他跑得更快，有人比他跳得更高，有人比他游得更好。专业化的方法已经产生了让你惊奇的成果。同样，那个姑娘——”

说到这里我停下来，大喊：“哎呀！我可以发誓，伊莱莎·丁布尔比女士就在那边，站在喷泉里！”

他相信那就是丁布尔比女士。

“那不可能呀！我在路上离开了她，她今天晚上应该在坦布里奇温泉[①]做报告。哎呀，她的火车离开坎农街[②]时是——当然啦，我的手表停了，像其他东西那样。她是最不可能在这儿出现的人啦。”

“人们相遇时总是惊讶。各色各样的人穿过树篱来到这儿，而且什么时候都来——赛跑领先时来，赛跑落后时来，被当作死人留下时也来。我常常站在边界附近听着路上的声音——你知道那是什么样的声音——还想知道是否有人会走到一边。我最大的快乐就是把别人救出界河，就像我救你那样。因为我们国家不那么容易住满人，尽管它接纳全人类。”

“人类有其他目标，”我轻声说，因为我认为他心怀好意；“我必须加入他们的行列。”我跟他道了晚安，因为太阳正在落山，而

---

① 坦布里奇温泉，英格兰肯特郡一城镇，在伦敦东南方，为温泉疗养地。
② 坎农街，伦敦市一街道。

且我希望在夜幕降临之前走上大路。让我惊恐的是，他抓住我大喊："你还不能走！"我要挣脱他，因为我们两人没有共同利益，而且他彬彬有礼的行为让我越来越恼火。可是不管我怎么挣扎，这个讨厌的老人总是不撒手；我不擅长角斗，只好跟着他往前走。

我一个人确实无法找到我进来的地方，我希望等看完了他所忧虑的其他景象之后，他能把我带回那个地方。可是我下定决心不在那个国家过夜，因为我不信任它，也不信任那里的人，尽管他们对我非常友好。我虽然很饿，也不愿意和他们一起吃牛奶水果晚餐；他们送给我鲜花，我趁着没人注意赶快把花扔到一边。那些人已经躺下睡觉了，像牛群一样——有些人躺在外面光秃秃的山坡上，其他人一群一伙地睡在山毛榉树下。在橘黄色夕阳之中，我跟着这个我并不想要的向导快步前行，我累得要死，饿得发昏，可还是勇敢地念叨着："给我生命吧，连同它的斗争和胜利，连同它的失败和仇恨，连同它那深刻道德意义和未知目标！"

最后我们来到一个地方，那里的环形界河上也有一座桥，也有一扇大门阻断了边界树篱的轮廓线。这扇大门与先前那扇大门不同；因为它像牛角似的半透明，并且向里敞开。可是从这扇大门望出去，在逐渐暗淡的光线中，我又看见了一条大路，很像我离开的那条路——单调，充满尘土，两边有噼啪作响的褐色树篱，望不到头。

很奇怪，我看见这景象反倒不安起来，仿佛它让我完全失去了自控力。一个男人从我身边走过，他是回山里过夜的，他肩上扛着一把长柄大镰刀，手里拿着一罐液体。我忘记了我们人类的宿命。我忘记了眼前的大路，我向他扑过去，抢过他手中的罐子，喝了起来。

虽然那液体与啤酒的浓度差不多，但我已筋疲力尽，一下子就喝醉了。仿佛在梦中，我看见那个老人关上大门，听见他说：“这就是你的大路的尽头，人类——所有剩下的人——将通过这扇大门进来找我们。”

我的五官逐渐失灵，但似乎是先增强，后失灵的。我的五官感知了夜莺的奇妙歌声、不可见的干草的气味、繁星刺破渐暗天空的过程。那个被我偷了啤酒的男人把我轻轻放下，让我睡觉解酒。他这样做的时候，我看出他就是我的弟弟。

天国公共马车

一

有一个男孩子，住在瑟比顿镇[1]白金汉公园街二十八号的"阿加索克斯旅店"。在差不多正对旅店的地方，立着一块旧路标。看到这块路标时，他常困惑不解。他向妈妈打听路标的事，妈妈回答，那是多年前几个调皮的年轻人开的玩笑，而且不是善意的玩笑，警察应该把它拆掉。因为这路标有两个奇怪之处：一是它指向一条空巷子，二是它上面有褪了色的字："通往天国"。

"那些年轻人是什么样的人？"他问。

"我记得你爸爸告诉过我，他们中间有一个人写短诗，后来被大学开除了，所以就用别的方法来排解痛苦。但那是很久以前的事了。这件事你必须问你爸爸。他会像我一样说，他们立那个路标是开玩笑。"

"这么说路标没有意义啦？"

妈妈打发男孩上楼去换上最好的衣服，因为邦斯全家要来吃茶点，他得给客人递蛋糕架。

男孩费劲地穿着紧身裤，他突然想，路标的事不如问问邦斯先生。爸爸虽然慈祥，可总是嘲笑他——每次他或者别的孩子提问题或者说话，爸爸总是高声大笑。可是邦斯先生不仅慈祥而且严肃。他有一幢漂亮的房子，还常把图书借给别人；他是教堂理事，也是本郡政务委员会的候选人；他给免费图书馆捐了很多钱；他主持文学学会，并常邀请议员们到他家小坐——简单一句话，他大概是世上健在的最聪明的人了。

然而就连邦斯先生也只能说那个路标是个笑话——是一个名叫雪莱的人开的玩笑。

“当然啦，”男孩的妈妈喊道；“我告诉过你吧，亲爱的。就是这个名字。”

“你从来没听说过雪莱[②]吗？”邦斯先生问。

“没有，”男孩说着低下了头。

“可是你们家难道没有雪莱的书吗？”

“怎么没有，有啊！”那位夫人恼火地喊。“亲爱的邦斯先生，我们可不是那么没有文化素养的人。我们至少有两本。一本是结婚礼物，另一本字体小一点，放在一间备用的房间里。”

“我想，我们有七本雪莱的书，”邦斯先生说，并慢慢地笑了笑。然后他抖掉落在胸前的蛋糕渣，和女儿一起站起来准备走。

男孩看见了妈妈使的眼色，便去送他们，一直送到花园门口。他们走后，他没有立刻回屋，而是向白金汉公园街的两边看了一会儿。

他的父母住在这条街的尽头。过了三十九号以后，房屋的质量突然下降，六十四号甚至没有供仆人出入的便门。可是这会儿整条街显得很漂亮，因为夕阳西下，光彩熠熠，所有的房屋都沐

---

① 伦敦郊外一小镇，为富裕的中产阶级居住区。

② 雪莱(1792—1822)，英国浪漫派诗人。

浴在橘黄色的晚霞里，看不出孰优孰劣。小鸟叽叽喳喳地叫，挣钱养家的人们乘坐的火车像奏乐般呼啸着通过路堑[①]——这条神奇的路堑集中了瑟比顿镇的全部美景，它也像阿尔卑斯山的任何一个山谷那样，披上了由枞树、银桦树和报春花组成的光彩衣衫。正是这条路堑最先撩拨起男孩心中的许多欲望——他渴望找到有点不同寻常的东西，但不知是什么。每当阳光照亮万物时，正如今天傍晚这样，各种欲望总会回到他的心里，七上八下地翻腾，最后他感觉自己与往常全然不同了，很可能还想哭。这天晚上他比以往更傻，因为他悄悄地过了马路，走向那块路标，并跑进了那条空巷子。

巷子两边都是高墙——“艾凡赫”花园的围墙和“好前景”花园的围墙。巷子从头到尾都散发出轻微的异味。整个巷子大约不过二十码长，包括尽头的拐弯处；男孩自然很快就止步了。“我真想踢那个雪莱一脚，”他大声说，并心不在焉地瞟了瞟贴在墙上的一张纸。这纸可真奇怪，他仔细地阅读之后才往回走。下面就是他读到的信息：

S. 和 C. R. C. C.

班车变动通知

由于乘客较少，本公司只得遗憾地暂停每小时一次的班车，只保留

① 为修铁路从高地开凿出来的狭长露天通道。

日出班车和日落班车

照常运行。希望公众支持这一便民举措。作为额外优惠，本公司将首次发售

往返车票！

(仅有一日内的)，可向司机购买。再次提醒旅客：旅途的另一头不售车票，有关此事的投诉本公司将不予考虑。对于旅客的疏忽或愚蠢行为，对于冰雹、雷电、车票丢失，对于任何天灾，本公司概不负责。

仅此通知

唉，他先前从来没见过这张通知，也没法想象公共马车会驶向哪里。S. 当然代表 Surbiton——瑟比顿镇，R. C. C. 是指 Road Car Company——街车公司。可是还有一个 C. 是什么意思呢？也许是 Coombe and Malden——库姆和莫尔登区，也可能是 City——城市。然而这个公司别想跟西南铁路公司竞争。男孩想，它的整个服务体系完全是按照非商业的原则管理的。为什么另一头不卖车票呢？而且首班车是在什么钟点发车啊！然后他意识到，如果这个通知不是骗局的话，那么他跟邦斯全家说再见的时候，一定有一趟公共马车刚刚启程。在越来越暗的暮色中，他费力地看着地面，发现了一些痕迹，可能是车辙，也可能不是。可是刚才并没有马车驶出小巷啊。再说，他在白金汉花园街上从来就没见过公共马车。不对，这一定是个骗局，就像那块路标一

样，就像神话故事一样，就像夜里突然把他惊醒的梦幻一样。他叹了口气，走出小巷——一下子走进了他父亲的怀抱。

哎呀，看他父亲笑的样子！“可怜的，可怜的娃子！”他喊道。“小家伙！小家伙！小家伙以为他会走啊，走啊，走到埃温克哩！”他的母亲出现在阿加索克斯旅店的台阶上，也是笑得全身颤动。“别说了，鲍勃！”她气喘吁吁地说。“别这么没正形！哎呀，你会把我笑死的！嘿，别烦孩子了！”

可是整个晚上他们都在说这个笑话。父亲要求男孩带他去。走着去累吗？需要在门厅的脚垫上擦脚吗？上床睡觉时，男孩感觉头晕、肌肉酸痛，他只庆幸一件事——他只字未提公共马车。公共马车的事虽然是个骗局，但在他的梦里却变得越来越真实；他梦见公共马车驶过瑟比顿的街道，那些街道似乎都变成了骗局和阴影。凌晨时分他大叫着醒来，因为他瞥见了公共马车的终点。

他划了一根火柴，火光不仅照到他的手表，也照到他的日历，因此他知道离日出还有半小时。天空黑漆漆的，因为夜里从伦敦飘来了大雾，整个瑟比顿镇裹在浓雾之中。然而他还是跳下床，穿上衣服，因为他决心彻底弄清楚公共马车和街道究竟哪个是真的。他想：“在弄清楚之前，我怎么着都是个傻瓜。”他很快来到白金汉公园街上，站在守卫着小巷入口的煤气路灯下，冻得浑身发抖。

要进这条小巷是需要勇气的。不仅因为小巷漆黑，让人觉得恐怖，而且因为他现在意识到这里不可能是公共马车的始发站。若不是在雾中听见警察走近的脚步声，他大概永远不想往里走。一刹那间，他迈步往里走，但没有进去。那里什么都没有。什么都没有，除了一条空巷子和一个对着肮脏路面目瞪口呆的傻男孩。这的确是个骗局。“我要告诉爸爸妈妈，”他这样决定。“我有权这么做。我有权让他们了解情况。我太傻了，简直不该活着。”他走回阿加索克斯旅馆的院门。

在那里，他想起自己的手表一直走得快。太阳还没升起来呢，离日出还有两分钟。“给公共马车一个机会吧，”他嘲讽地想，于是又走回小巷里。

可是那里还真有一辆公共马车。

二

公共马车由两匹马拉着，由于旅途疲劳，马的身上仍冒着汗气。马车上的两盏大灯透过浓雾照到小巷的墙壁上，把墙上的蜘蛛网和苔藓变成了仙境的组成部分。马车夫蜷缩在斗篷里。他面对着光秃秃的墙壁；他究竟用了什么方法如此轻巧地、悄无声息地把马车驾进来的，这是男孩始终没弄明白的一件事。他也无法想象车夫会怎样把车驾出去。

“请问，”他的声音在散发着臭味的棕色空气里震荡。“请问，这是公共马车吗？”

“是公共马车，”车夫说，但没有转过身来。他们沉默了片刻。警察咳嗽着走过小巷入口。男孩蹲在阴影里，因为他不想被人发现。他也敢肯定，那辆马车一定是强盗车；他推理道，别的车都不会在这么奇怪的钟点从这么奇怪的地方出发。

“你大概什么时候发车？”他假装漫不经心地说。

“日出的时候。”

“要走多远？”

“走全程。”

“我能买一张往返票，去了还回来吗？”

“可以。”

“你知道吗，我不是特别想来的。”车夫没有回答。太阳一定是升起来了，因为他拉开了车闸。男孩刚跳进去，马车就启程了。

怎么回事？马车拐弯了吗？这里没有空间呀。它往前走了吗？那里是一面光秃秃的墙。然而马车确实是在移动——缓慢从容地穿过已从棕色变成黄色的雾。男孩想起了温暖的床铺和更温暖的早餐，感觉晕乎乎的。他真希望没来这儿。他的父母绝不会同意他来的。如果天气允许的话，他会回到他们身边去的。四周的寂静很可怕；他是唯一的乘客。公共马车虽然很结实，但里面很冷，还有些发霉。他把上衣裹得更紧，在这过程中偶然摸了摸口袋。口袋是空的。他忘带钱包了。

“停下！”他喊道，“停下！”他是一个懂礼貌的人，因此瞥了一眼车内画出的布告板，以便称呼车夫的名字。“布朗先生！停车；啊，请停车！”

布朗先生没有停车，可是打开了一个小窗口，往里看男孩。他的脸让人惊奇，是那么慈祥，那么谦和。

“布朗先生，我把钱包忘在家里了。我连一个便士都没有，买不了车票。你把我的手表拿去行吗？我实在太困难了。”

“这条路线的车票，”车夫说，“无论是单程的还是往返的，都不能用俗世造币厂造出的硬币来购买。精密计时器曾减轻过查理曼大帝[1]守夜的痛苦，也曾测量过劳拉[2]沉睡的时间，然而无需作任何改动，它就能确定那块用来诱惑天国的无尖牙看门狗刻耳柏洛斯[3]的双层蛋糕在什么地方！”他一边说一边把乘车必备的车票递给男孩。男孩说“谢谢你”时，车夫继续说：“我知道得很清楚，自称有头衔是自负的表现。然而一个人笑着这样说的时候就不应该受到批评，而且在一个有很多人重名的世界里还有点用处，因为确实能起到把一个人和他的同伴区分开来的作用。所以你就记住我是托马斯·布朗爵士[4]吧。”

“您是爵士？啊，对不起！”他以前听说过这些绅士马车夫的事。“您送给我车票真是太好了。可是如果您还是不收钱，那您的马车怎么赚钱呢？”

“这马车不赚钱。运营它并不是为了赚钱。我的马车有很多缺陷；它是用几种国外的木料通过奇怪的手段拼装成的；车里的坐垫不是让人休息好，而是刺激人搞学问；我的马不是从现时的常青的草原获得营养，而是从源于古罗马的干燥的云草和三叶草中获得营养。可这马车还是赚了！——不管怎么说，它没有设计上的错误，也从来没出过错。”

“很对不起，”男孩绝望地说。托马斯爵士显得很难过，他怕自己伤了男孩的心，哪怕只是一瞬间。他请男孩到车夫座上，坐到他身边，他们一起在雾中继续前行，这时大雾已从黄色变为白

① 查理曼大帝(742？—814)，罗马第一个皇帝。
② 似指意大利诗人彼特拉克(1304—1374)写的十四行诗中歌颂的恋人劳拉。
③ 刻耳柏洛斯在希腊罗马神话中是冥府的(而不是天国的)看门狗，有三个头。普绪客曾用蛋糕引诱它入睡，从而得以进入冥府并安全出来。
④ 托马斯·布朗爵士(1605—1682)，英国哲学家、医生、作家。

色。道路两旁没有房子；所以这里肯定不是帕特尼荒原，也不是温布尔登公地[①]。

“您一直都是马车夫吗？”

“我当过医生。”

“可是您为什么不干了呢？您干得不好吗？”

“作为治疗身体疾病的医生，我没有什么成就，几十个病人都先我而去了。可是作为治疗精神疾病的医生，我的成就超出了我的期望，也超出了我应得的回报。因为我的药水虽然不比别人的好，也不比别人的味道淡，但我把药水放在精巧的高脚酒杯里拿出去，紧张不安的人常常忍不住要喝上一小口，过后又神清气爽了。”

“紧张不安的人，”男孩喃喃地说；“如果太阳西下时前面有树丛，您突然全身有奇怪的感觉，这是紧张不安吗？”

“你有这种感觉吗？”

“有啊。”

过了一会儿，托马斯爵士对男孩讲了一点关于旅途终点的情况。但是他们没谈多长时间，因为男孩喜欢上一个人的时候，说不了两句话就会默默地陪那人坐着。他发现托马斯·布朗爵士也是这种心态；后来他将要认识的许多人也是这种心态。尽管如此，他还是得知了雪莱（现在已经是名人了）年轻时驾着自己的马车的情况，以及这家公司的其他马车夫的情况。在这期间，光线越来越强，尽管雾还没有消散。现在雾变得稀薄了，不时从他们中间疾速飘过，仿佛是一片云彩的一部分。他们也一直在朝上

① 帕特尼荒原和温布尔登公地均在伦敦西南部。

走，但走的方式却令人困惑；因为在两个多小时里两匹马一直在拼命拉车，即便是攀登里士满山①，也早就该到山顶了。也许这里是埃普瑟姆，或甚至是北部丘陵②；然而这里的风似乎比那两个地方的风更寒冷刺骨。至于他们的目的地叫什么名字，托马斯·布朗爵士闭口不谈。

噼啪！

“打雷了，真见鬼！”男孩说，“离得还不算远。听听那些回声！更像是在山里。”

他想起了自己的父母，但他们的形象不很清晰。他看见他们坐下吃香肠，听着风雨声。他看见自己的位子空着。然后他们会问问题，大惊小怪，谈谈理论，说说笑话，互相安慰。他们会期待他回家吃午饭。他不打算回去吃午饭，也不打算回去吃茶点，但是他会回去吃晚饭，以此结束他逃学的一天。他如果带着钱包，会给他们买些礼物——这并不是说他知道该给他们买什么。

噼啪！

雷声和闪电同时出现。云片在抖动，仿佛有生命似的；薄雾像被撕破的条幅飞驰而过。“你害怕吗？”托马斯爵士问。

“有什么可害怕的？那地方还很远吗？”

一个火球喷上天爆炸了，发出震耳欲聋但很清晰的铃铛般的声音，犹如铁匠的打铁声，拉车的两匹马立刻停了下来。整片云彩破碎了。

“哎，托马斯·布朗爵士，您听！不对，我的意思是您看；我

① 在英格兰泰晤士河畔的里士满区。

② 埃普瑟姆，英格兰萨里郡一城镇。北部丘陵，在英格兰东南部。

们终于要看到风景了。不对，我的意思是您听；那声音像彩虹！”

那声音逐渐小下去，成了最轻的沙沙声；在这声音之下还有一种沙沙声，越来越大，悄悄地、悄悄地沿弧形扩展；那弧形越变越宽，但没有实质性变化。一道彩虹以不断变宽的弧形从马匹脚下延伸到正在消散的薄雾之中。

“多美啊！颜色多鲜艳啊！它会落在什么地方呢？它更像能让人踏上去的彩虹。更像梦幻。”

那颜色和那声音融合在一起。彩虹跨过一个巨大的沟壑。片片云彩在彩虹下面飞驰，被它穿透；彩虹仍在增长，向前延伸，征服黑暗，最后碰到了似乎比云彩更结实的东西才停下来。

男孩站起来。“那边有什么？”他喊道。“彩虹那一头架在什么东西上了？”

在清晨的阳光里，一座悬崖在沟壑后面闪光。悬崖——或许是城堡？两匹马开始走了。它们踏上了彩虹。

“啊，看呀！”男孩喊道。“嘿，听呀！那些山洞——或许是大门吧？啊，看看那些峭壁中间的那些岩脊。我看见人了！我看见树了！”

“再看看下面，”托马斯爵士小声说。“别忽略了那条有预言功能的哀则荣河①。”

男孩往下看去，目光掠过舔着他们车轮的彩虹火舌。沟壑也变得清晰了，在它的深处有一条永远流淌的河流。一缕阳光射进去照到一个绿色水潭。他们经过水潭上空时，他看见三个少女浮上水面，一面唱歌一面玩着什么东西，那东西闪着光，像个

① 希腊罗马神话中阴间的一条河，传说卡戎神将亡灵摆渡过此河送到阴间。

指环。

“哎，你们，水里的人——”他叫道。

她们回答：“哎，你们，桥上的人——”这时突然响起了音乐。“桥上的人，祝你们好运。真理在深处，真理在高处。”

“水里的人，你们在干什么？”

托马斯·布朗爵士回答：“她们在玩她们的金子”；这时公共马车到达了目的地。

三

男孩觉得很羞辱。他被锁在阿加索克斯旅馆的儿童房里坐着读诗，这是一种惩罚。在这之前他父亲说：“我的孩子！我什么都能原谅，就是不能原谅说谎”，并用藤手杖打他，每打一下就说：“没有公共马车，没有马车夫，没有桥，没有山；你是逃学的学生、街头流浪儿、撒谎的人。”他父亲有时可以非常严厉。母亲求男孩说句“对不起”。可是他不能说。这一天是他生命中最伟大的一天，尽管他最后挨了父亲的打，还被迫读诗。

他是在日落时分准时回家的——赶马车送他回来的不是托马斯·布朗爵士，而是一个文静幽默的贵族少女。他们在车上谈论公共马车，以及带折叠篷的四轮四座大马车。现在她那柔和的声音显得多么遥远啊！然而从他在小巷那一头离开她时起到现在还不到三个小时。

他的母亲在门外叫他。“亲爱的，你得下楼，带着你的诗集。”

他下了楼，发现邦斯先生和父亲在吸烟室里。原来晚宴已进行多时。

“伟大的旅行家来了！”他的父亲阴沉地说。“这就是那个坐公共马车走过彩虹桥的年轻绅士，一路上还有年轻姑娘给他唱歌。”他很欣赏自己的妙语，哈哈大笑起来。

邦斯先生笑着说：“瓦格纳的歌剧里倒是有类似的情节。真奇怪，我们会在没文化的人的心里找到‘艺术真理’的闪光。我对这事很感兴趣。让我替这个小罪人求求情吧。我们自己年轻时也都浪漫过，是不是？”

“你听听，邦斯先生多善良啊，”男孩的母亲说，而他的父亲则说：“好吧。让他背诗就得了。星期二他就要去他姐姐家了，姐姐会给他治疗这种‘小巷倾向’的。”（一阵笑声。）“背诗吧。”

男孩开始背起来。“极端无知，我冷漠地站立。”

他的父亲又哈哈大笑——可以说是吼叫。“儿子，这正是给你写的！‘极端无知，我冷漠地站立，’！我以前真不知道这些诗人还会说有意义的话。这诗描写的正是你。这样吧，邦斯，你喜欢诗歌。你来盯着他把这首诗背完，行吗？我去拿威士忌酒。”

“行，把济慈[①]的诗集给我，”邦斯先生说。“让他给我背济慈的诗。”

于是这个聪明人和这个无知的男孩就留在吸烟室里待了几分钟。

“‘极端无知，我冷漠地站立，/梦见了您，梦见基克拉迪[②]，/

---

① 济慈（1795—1821），英国浪漫派诗人。

② 爱琴海南部一群岛，属于希腊，据说古希腊盲诗人荷马（前9—前8世纪）卒于该群岛中的伊奥斯岛。

犹如坐在海边之人，渴望/去看——’”

“背得对。去看什么呢？”

“‘去看深海的海豚珊瑚石[①]’”男孩说着掉下了眼泪。

“没关系，没关系！你为什么哭呀？”

“因为——因为以前这些话只是押韵而已，我回来以后觉得它们说的就是我。”

邦斯先生放下济慈诗集。事情比他预料的还要有趣。“你？”他叫道。“这首十四行诗，说的是你？”

“是啊——你往下看几行：‘啊，黑暗的海边有一线光明，悬崖露出未被践踏的绿茵’[②]。确实是这样的，先生。所有这些都是真的。”

“我从来没有怀疑过。”邦斯先生闭着眼说。

“你——那么说你相信我啦？您相信有公共马车、马车夫、暴风雨，还有我的免费往返车票和——”

“得了，得了，别再讲你的故事了，我的孩子。我的意思是我从来没怀疑过诗歌的基本真实性。总有一天，你读的诗多了，就会明白我的意思了。”

“可是，邦斯先生，情况确实是那样的。黑暗的海边确实有一线光明。我看见过它出现。看见过那光和那风。”

“胡说八道。”邦斯先生说。

“我要是留在那儿就好了！她们曾经诱惑我。她们叫我放弃那

---

① 男孩背的是济慈的十四行诗《致荷马》开头四句，但他把原诗中的“我听说”说成了“我梦见”。

② 济慈的《致荷马》一诗的第九、第十句。

张车票——因为丢了票就回不来了。她们从河里叫我，让我放弃车票，我还确实受了诱惑，因为我在那些悬崖中间很快活，我从来没有那样快活过。可是我想起了我的爸爸妈妈，想起我必须把他们接来。可是他们不愿意来，尽管那条大路的开端就在我家对面。刚才发生的一切都跟天上的人警告我的一样，而且邦斯先生也像别人一样不相信我。我挨了一顿打。我再也见不到那座大山了。”

“这跟我有什么关系？”邦斯先生突然坐直了说道。

“我跟他们说起了你，告诉他们你有多么聪明，你有多少书；他们说：‘邦斯先生肯定不信你的话。’”

“这全是胡说八道，我年轻的朋友。你越来越没礼貌了。我——呃——我会处理这件事的。跟你父亲一个字都别提。我会治好你的病的。明天傍晚我会来这里拜访，带你出去散步，日落时我们就去对面的小巷找你的公共马车，你这傻小子。”

他的脸变得很严肃，因为男孩并没感到不安，而是在屋子里跳来跳去，嘴里唱着：“太高兴了！太高兴了！我告诉过她们你会相信我的。我们两人会一起坐马车驶过彩虹。我告诉过她们你会来的。”

不管怎么说，这个故事里会暗含着什么吗？瓦格纳？济慈？雪莱？托马斯·布朗爵士？这个事例肯定有意思。

第二天傍晚下起了倾盆大雨，但邦斯先生还是造访了阿加索克斯旅馆。

男孩已经做好了准备，他激动不已，在屋里跳跳蹦蹦，这使身为文学学会主席的邦斯先生十分恼火。他们两人拐了个弯，沿着白金汉公园街走去，然后——看见没人盯着他们——悄悄地溜进了那条小巷。当然啦，他们立刻遇上了公共马车，因为正逢夕阳西下。

“天哪！”邦斯先生喊道。“老天爷啊！”

停在那里的公共马车不是男孩第一次坐的那辆，也不是送他回来的那辆。拉车的有黑、灰、白三匹马，灰马最漂亮。马车夫听见有人喊老天爷就转过身来，他面色灰黄，下巴惊人，眼睛深陷。邦斯先生一看见他就大叫一声，仿佛认识他似的，并且全身剧烈颤抖起来。

男孩跳进马车。

“这可能吗？”邦斯先生喊。“不可能的事有可能发生吗？”

“先生，进来吧，先生。这马车是那么精致。啊，这儿有他的名字——他叫‘但’什么。”

邦斯先生也跳进马车。一阵风立刻吹过来，敲击着车门；由于窗户卷帘的弹簧弹力不强，所有的卷帘都被震了下来。

“‘但’……指给我看。老天爷啊！咱们的车走了。”

“太棒了！”男孩说。

邦斯先生很紧张。他先前并没想到会被硬拉走。他找不到车门把手，也无法把窗帘推上去。马车里很黑，等他划着了火柴，外面夜幕已经降临了。他们的车走得很快。

“一次奇怪而难忘的历险，”男孩一面说一面观察马车内部，里面很大，有很多空间，而且结构极其工整，每一部分与其他各部分完全匹配。车门上（门把手在外侧）写着：Lasciate ogni baldanza voi che entrate——“放弃一切勇气吧，你们这些进来的人”——至少上面是这么写的；可是邦斯先生说那句话读作 Lashy arty 什么的，而且 baldanza（勇气）一词错了，应该是 speranza（希望)[1]。他的声音听起来像是在教堂里说话。与此同时，男孩叫那个面容憔悴的车夫给两张往返车票。车夫把票递到他们手中，没说一句话。邦斯先生捂着脸又全身颤抖起来。等到小窗完全关上时，他小声说："你知道那是谁吗？那是不可能出现的人。"

"唔，我不像喜欢托马斯·布朗爵士那样喜欢他，但他要是更有本事我也不奇怪。"

"更有本事？"邦斯先生气愤地跺着脚。"你碰巧做出了本世纪最伟大的发现，你只能说这个人很有本事。你还记得我书房里的那些羊皮纸图书吗，印着红百合花的那种？这个人就是——你老实坐着，我要告诉你一个惊人的消息！——这个人就是那些书的作者。"

男孩坐着一动不动。他有礼貌地待了一会儿才问："不知道我们会不会见到甘普太太。"

"什么太太？"

"甘普太太和哈里斯太太。我喜欢哈里斯太太。我上次突然遇见了她们。甘普太太那些帽子盒在过彩虹时移动得那么糟糕。所有的盒底都掉了，而且从她的床架上掉下来的两个苹果滚进了河里。"

"我的羊皮纸图书的作者就坐在那里！"邦斯先生怒吼道，"而你却跟我谈狄更斯[2]，谈甘普太太？"

---

① 邦斯先生指的是意大利诗人但丁（1265—1321）的《神曲》之《地狱篇》中第三首诗的第九行。原诗为意大利文："Lasciate ogni speranza, voi che entrate"——"放弃一切希望吧，你们这些进来的人"。

② 狄更斯(1812—1870)，英国小说家。上文中提到的甘普太太、哈里斯太太，以及下文中提到的普里格太太，都是狄更斯的小说《马丁·瞿述伟》中的人物。

“我太了解甘普太太了，”男孩抱歉地说。“我见到她自然很高兴。我听出了她的声音。她正跟哈里斯太太讲普里格太太的事。”

“上一次你整天都是和这个让人快乐的女人在一起吗？”

“啊，不是。我赛跑来着。我碰见了一个男人，他把我带到远处的一个跑道上。你跑吧，那边海里有海豚。”

“是啊。你记得那个男人的名字吗？”

“他叫阿喀琉斯[1]。不对；阿喀琉斯是后来才来的。他叫汤姆·琼斯[2]。”

邦斯先生深深地叹了口气。“得了，我的小伙子，你全都搞乱了。想想吧，一个有教养的人要是有你这么多机会，他会怎么样！有教养的人本应知道所有这些小说人物，并且知道对每个人物怎么评价。那他就不会在甘普太太或者汤姆·琼斯这类人物上浪费时间了。他只要读读荷马的作品、莎士比亚的作品，以及我们现在的车夫的作品就满足了。他就不会去赛跑了。他会提些聪明的问题。”

“可是，邦斯先生，”男孩谦恭地说，“你会是个有教养的人。我告诉过他们。”

“对啊，对啊，我求求你在我们到达时不要让我丢脸。不要说闲话。不要跑。紧紧地跟在我身边，不要跟那些神仙说话，除非他们跟你说话。好了，把那两张车票给我吧。你会弄丢的。”

---

① 希腊神话中的武士、特洛伊战争中的领袖。

② 英国作家亨利·菲尔丁（1707—1754）的小说《弃儿汤姆·琼斯的历史》中的主人公。

男孩把车票给了他，但心里很不是滋味。到这儿来的路毕竟是自己找到的呀。邦斯先生起先不信任他，后来又教训他，他真受不了。这时雨已经停了，月光透过窗帘缝悄悄地照进马车。

“可是那儿怎么会有彩虹呢？”男孩喊。

“你总分散我的注意力，”邦斯先生气愤地说。“我要对美景进行冥思。我多么希望我是跟一个懂得敬畏和同情的人在一起啊。”

男孩咬了咬嘴唇。他下了一百次决心，要好好表现。他要在整个游览过程中效仿邦斯先生。他将不再大笑，不再奔跑，不再唱歌，不再做他上次来时做过的那些庸俗事；他的新朋友们对那些事一定很厌恶。他会很小心地叫出他们的名字，发音要正确；他会记住谁认识谁。阿喀琉斯不认识汤姆 · 琼斯——至少邦斯先生是这么说的。马尔菲公爵夫人[1]比甘普太太年龄要大——至少邦斯先生是这么说的。他会表现出自我意识，沉默寡言，行为古板。他永远不会说他喜欢谁。然而当窗帘偶然被风掀起来碰到他的头时，这些美好的愿望都随风而逝了，因为马车已经到了一个沐浴着月光的小山顶上。那条沟壑就在那里；那些古老的悬崖就矗立在沟壑对面，如梦幻一般；悬崖底部浸在一条永远流淌的河里。男孩叫道：“就是那座大山！听听水里的新曲子！看看山沟里的营火。”邦斯先生很快瞥了一眼便反驳道：“水？营火？全是废话，太可笑了。你闭嘴吧。那儿什么都没有。”

但是一道彩虹就在男孩眼皮底下生成了，它不是由阳光和暴

---

① 英国戏剧作家约翰 · 韦伯斯特（1578—1634）的剧本《马尔菲公爵夫人》中的主人公。

风雨组成的，而是由月光和溅起的河水组成的。三匹马踏上了彩虹。男孩认为，这是他所见过的最精美的彩虹，可是他不敢说出来，因为邦斯先生说那儿什么都没有。男孩往外探出身子——车窗已经打开——并哼着从沉睡的水中传上来的曲调。

“是《莱茵的黄金》[①]序曲吧？”邦斯先生突然说。“谁教给你这些主导主题曲的？”他也往车窗外面望去。然后他的行为变得很怪。他哽咽着喊了一声，然后仰面朝天倒在马车地板上。他扭动着身体，踢着腿。他的脸变绿了。

“是彩虹桥让你头晕吗？”男孩问，

“头晕！”邦斯先生喘着大气说。“我想回去。你告诉车夫。”

可是车夫摇了摇头。

“我们这就到了，”男孩说。“他们都在睡觉。我是不是叫叫他们？他们看见你会很高兴的，因为我已经让他们有了思想准备。”

邦斯先生呻吟着。他们的马车从月光彩虹上驶过去，车轮过去之后，彩虹便一截截地掉了。夜是多么宁静啊！谁会在天国大门放哨呢？

“我来了，”男孩喊道，他又忘记了自己下的一百次决心。“我回来了——我，那个男孩。”

“那个男孩回来了，”一个声音对其他声音喊，其他声音重复

---

① 瓦格纳的四部系列歌剧《尼伯龙根的指环》中的第一部，讲述莱茵河神的三个女儿受命看守莱茵河里的宝物——一块黄金，但黄金被尼伯龙根家族的奥尔伯里希抢走了，他将黄金打造成指环，拥有了无上的权力。后来天帝及众神用计迫使奥尔伯里希交出了指环。该剧第四场结尾有这样的情节：雷神多纳唤来雷雨，驱散了云雾；春神弗罗造出彩虹，直延伸到众神的新城堡。众神通过彩虹桥进入城堡。

道："那个男孩回来了。"

"我把邦斯先生带来了。"

一片寂静。

"我应该说，是邦斯先生带着我来了。"

一片深邃的寂静。

"是谁在放哨？"

"阿喀琉斯。"

在离彩虹桥的很近的岩石堤道上，他看见一个拿着神奇盾牌的男青年。

"邦斯先生，那是阿喀琉斯，还带着武器。"

"我想回去，"邦斯先生说。

最后一截彩虹溶化了，车轮在鲜活的岩石上发出动听的声响，马车门突然开了。男孩跳了出去——他不能抑制自己——他跳下去会见那位武士。武士突然弯下腰来，用盾牌把他接住。

"阿喀琉斯！"男孩喊，"让我下去，因为我很无知，很庸俗，我必须等邦斯先生来，我昨天对你讲过他的。"

可是阿喀琉斯把他高高举起。他蹲在神奇的盾牌上面，蹲在那些英雄和那些燃烧的城市上面，蹲在那些用黄金雕刻的葡萄园上面，蹲在那些宝贵的激情和欢乐上面，蹲在他发现的这座山的整个图形上面，并像这山一样被一条永远流淌的河流所环绕。"不行，不行，"他争辩说，"我不配享受这样的荣誉。邦斯先生才应该到这上面来。"

可是邦斯先生却在哼哼唧唧。阿喀琉斯大声疾呼："在我的盾牌上站直喽！"

"先生，我刚才没想站起来！不知是什么让我站了起来。先生，你为什么耽误时间呢？这里只有伟大的阿喀琉斯，你是知道他的。”

邦斯先生声嘶力竭地喊：“我没看见一个人。我什么都没看见。我想回去。”随后他对车夫喊：“救救我！让我留在你的马车里吧。我对你表示了尊敬。我引用了你的话。我把你的著作用羊皮纸装订好了。带我回到我的世界去吧。”

车夫回答：“我是手段，不是目的。我是食物，不是生命。你要独自站着，像那个男孩那样站着。我不能救你。因为诗歌是一种精神；崇拜诗歌的人必须崇拜它的精神和它传达的真理。”

邦斯先生——他无法抑制自己——爬出了漂亮的公共马车。他的脸露出来了，眼睛睁得大大的，样子很可怕。他的手露出来了，一只手抓着马车的阶梯，另一只手在空中击打。现在他的肩膀露出来了，然后是他的胸部、腹部。他尖叫一声“我看见伦敦了”，然后就跌倒了——倒在披着月光的坚硬岩石上，跌进岩石里面，仿佛岩石是水似的；他掉进去以后就消失了，男孩再没看见他。

“邦斯先生，你掉到哪儿去了？这里来了一队人，他们奏着乐，举着火把欢迎你来了。来了很多男人和女人，他们的名字你都知道。大山醒了，河流醒了，在跑道的那一边，海洋正在唤醒那些海豚，这都是为了你。它们想让你——”

他的前额碰到了嫩树叶。有人给他戴上了桂冠。

完

. . . . . .

根据《金斯顿报》、《瑟比顿时报》

和《雷恩斯公园观察家报》的报道：

有人在伯蒙德西区[1]煤气厂附近发现了塞普蒂莫斯·邦斯先生的遗体。遗体已严重损毁，令人震惊。死者的衣袋里有一个装金镑的钱包、一个银质雪茄烟盒、一本袖珍发音字典和两张公共马车的车票。这位不幸的绅士显然是被人从非常高的地方抛下来的。怀疑是谋杀，有待权威机关进行彻底调查。

① 伦敦纽瓦克区的一个区域。

另类王国

“‘Quem——谁；fugis——你在逃避；ah demens——你这傻瓜；habitarunt di quoque——就连众神也住在；silvas——树林。’[①] 往下念！”

我总喜欢把古典语言文学课教得更有趣味——这是我思维方法的一部分——因此我把demens——疯子，翻译成了“傻瓜”。其实博蒙特小姐没必要记下这个译法；福特懂得多些，也没必要附和着我说：“你在逃避谁，你这傻瓜，就连众神也住在树林里。”

“对——呀，”我出于学者的习惯迟疑地回答。“对——呀。Silvas——树林、覆盖着林木的空间，一般指乡野。对呀。Demens（疯子）当然就是de－mens（缺—心眼儿）。‘啊，傻家伙！众神，哎，就连众神也一直住在树林里。’”

“可是我还以为众神总住在天上呢，”沃特斯太太说。我想她已经是第二十三次打断我们的课了。

“不总住天上，”博蒙特小姐回答。她说话的时候常加进“傻家伙”，以此代替“傻瓜”。

“我一直以为他们都住在天上。”

“啊，不对，沃特斯太太，”那姑娘又说了一遍。“不总住天上。”她打开笔记本，翻到一页读了起来：“众神。在什么地方。主神——在奥林匹斯山。潘神——在大多数地方，正如他的名字所暗示[②]。俄瑞阿德斯——在山上。塞壬[③]、特里同[④]、涅瑞伊德丝——在（咸）水里。那伊阿德丝[⑤]——在（淡）水里。萨梯[⑥]、法翁[⑦]等——在树林里。德丽阿德丝[⑧]——在树上。”

“唔，亲爱的，你学到了很多知识。你愿意告诉我这对你有什么帮助吗？”

“这帮助我——”博蒙特小姐停了一下。她学习古典语言文学非常认真。她希望能说出这对自己有什么帮助。

福特给她解围。“对你当然有帮助啦。古典文学作品里有各种各样的提示，教给你如何避开一些事。”

我求我的这位年轻朋友不要逃避维吉尔[⑨]课。

“可他们就逃避了很多事！”他喊道。“假如长头发野人阿波罗[⑩]要给你上音乐课，哼，你会马上跑出去钻进月桂树丛里。假如‘大自然’来了，你不大喜欢它，那你就变成一根芦苇。”

“杰克疯了吗？”沃特斯太太问。

---

① 说话人在讲解古罗马诗人维吉尔的《牧歌集》第二首诗中的诗行。原文为拉丁文：“Quem fugis, ah demens? Habitarunt di quoque silva.”（“啊，傻瓜，你在躲避谁？就连神仙也住在树林里”）。

② 潘神的名字 Pan 有“广泛”、“一切”之意。

③ 希腊神话中半人半鸟的女海妖。

④ 希腊神话中人身鱼尾的海神；诸海神的侍从。

⑤ 希腊神话和罗马神话中住在河流、泉水和湖泊中的水泽女神。

⑥ 希腊神话中的小林神，具人形而有羊的尾、耳、角等，性嗜嬉戏，好色。

⑦ 罗马神话中的农牧神，法乌努斯神的伙伴。

⑧ 希腊神话和罗马神话中的护林女神。

⑨ 维吉尔（前 70—前 19），古罗马最伟大的诗人。

⑩ 希腊神话中的太阳神，也是音乐、诗歌、医药之神。

可是博蒙特小姐明白他话里的典故[1]——我必须承认，这些典故很巧妙。“那么克罗伊斯[2]呢？”她问。“一个人为了逃避克罗伊斯会变成什么呢？”

我赶紧澄清她对神话的误解。“博蒙特小姐，是迈达斯[3]，不是克罗伊斯。迈达斯会把你变成——你不会自己变；他会把你变成金子。”

“谁都逃避不了迈达斯，”福特说。

“当然啦——”博蒙特小姐说。她学拉丁语还不到两个星期，却恨不得给钦定讲座教授[4]纠错。

福特开始拿她开玩笑。“啊，谁都逃避不了迈达斯！他只要过来碰碰你，你马上就给了他百分之几千的回报。你成了金子——一个金子姑娘——如果他碰你的话。”

“我不让他碰！”她喊道，又恢复到以往轻松随便的样子。

“啊，可是他非要碰你。”

“他碰不了。”

“他非要碰。”

“他碰不了。”

“他非要碰。”

博蒙特小姐举起她的维吉尔诗集，拍拍福特的头。

---

① 杰克·福特的话里涉及希腊罗马神话里的两个故事。一、水泽女神达佛涅（那伊阿德丝中的一员）为逃避太阳神阿波罗的追赶，变成了一棵月桂树。二、山林女神西琳克丝为逃避“大自然”潘神的追赶，跳进河里，变成了一根芦苇。

② 克罗伊斯（前595—前546），吕底亚末代国王。

③ 希腊神话中佛里吉亚国的国王，贪恋财物，能点物成金。

④ 英国亨利八世国王在牛津大学和剑桥大学设立的讲座教授职位。

“伊夫琳！伊夫琳！”沃特斯太太说。“你现在忘乎所以了。你也忘了我提的问题。拉丁语对你有什么帮助？”

“福特先生——拉丁语对你有什么帮助？”

“英斯基普先生——拉丁语对我们有什么帮助？”

我就是这样卷入了他们的古典语言文学之争。赞成学习拉丁语一方的论证完全有理，但很难记，而且下午阳光很热，我需要喝茶。可是我必须为自己的辅导教师职业进行辩解，所以我摘下眼镜，往镜片上呵了口气说：“我亲爱的福特，这算什么问题！”

“杰克学拉丁语倒是有情可原，”沃特斯太太说。“杰克还没通过入学考试。可是伊夫琳学拉丁语有什么用呢？一点用都没有。”

“不对，沃特斯太太，”我固执地说，一面拿着眼镜指着她。“我不能同意。博蒙特小姐来的时间不长，对——在某种意义上——对我们的文化还比较生疏。她正在融入我们的文化，而拉丁语也是她入门考试的科目之一。谁不了解现代生活的渊源，就不能把握现代生活。”

“可是她为什么要把握现代生活呢？”那个讨厌的女人说。

“啊，你又来了！”我反驳道，并“啪”的一声合上眼镜。

“英斯基普先生，我不明白。请告诉我那都有什么好处。啊，我自己也学过那些：朱庇特、维纳斯、朱诺[①]，这些我都知道。这种故事有很多内容极不恰当。”

我严肃地说：“古典语言文学教育并不完全限于古典神话。尽

---

① 均为罗马神话中的人物，朱庇特是主神，维纳斯是爱神，朱诺是朱庇特的妻子。

管就连神话都有自己的价值。换句话说，可以叫作梦想，可是梦想也有价值。”

“我也有梦想，”沃特斯太太说，“可是我不会那么傻，事后还说出来。”

好在有人打断了我们的谈话。我们身后响起一个深沉而雄浑的声音：“要珍惜你们的梦想！”原来是我们的主人哈考特·沃特斯过来了。他是沃特斯太太的儿子、博蒙特小姐的未婚夫、福特的监护人，也是我的雇主，所以我必须称呼他沃特斯先生。

“让我们珍惜我们的梦想吧！”他又说一遍。“我一整天都在跟别人争吵，讨价还价。出了屋子来到这片草坪，看见你们大家在学拉丁语，是那么快乐，那么平和，像阿卡狄亚人[①]那么闲适——”

他没有说完这句话，而是坐到博蒙特小姐旁边的椅子上，握住了她的手。他这样做的时候，博蒙特小姐唱道：“啊，你这傻瓜，众神住在树林里！”

“我们这儿有什么？”沃斯特先生微微皱起眉头说。

博蒙特小姐用另一只手指着我。

“有维吉尔——”我结结巴巴地说。“通俗译本——”

“哦，我明白了；诗歌的通俗译本。”然后他脸上又有了笑容。“如果众神真的住在树林里，也许这就是树林如此宝贵的原因吧。我刚刚买下‘另类王国小树林’！”

响起了一阵快乐的欢呼声。说实在的，那片小树林里的山毛

---

① 阿卡狄亚是古希腊一山区，在伯罗奔尼撒半岛中部，那里的居民淳朴平和，过着田园式的闲适生活。

榉树，跟赫特福德郡[1]的山毛榉树一样好。再有，那片小树林以及去小树林必经的草场，在沃特斯庄园的弧形轮廓线上形成了一个难看的V形切口。所以沃特斯先生买下“另类王国”我们都很高兴。只有福特不言不语，他一面摸着头上被维吉尔诗集拍中的地方，一面暗自窃笑。

“从我付的价钱来看，我应该说每棵树上都住着一个神仙。可是这一次价格不是目标。”他瞟了一眼博蒙特小姐。“伊夫琳，你喜欢山毛榉，是不是？”

“我总记不住它们长的什么样。是像这样吗？”

她突然把双臂高举过头，并在一起，这样她就像一根细柱子。然后她的身体来回摆动，薄薄的绿裙子在身上轻轻抖动，象征无数叶子。

“我亲爱的孩子！”他的恋人喊道。

“不对，那是银桦树，”福特说。

“啊，当然啦。那么就像这样。”她猛地拉起裙子，一刹那间几层裙子向外展开，形成水平层次，像是山毛榉树冠的层次。

我们朝我们的住宅瞟了一眼，可是并没有仆人在看我们。于是我们大笑起来，还说她应该上台表演杂耍。

“啊，这种树正是我喜欢的！”她喊道，并且又表演了一次山毛榉。

“我先前就认为你喜欢这种树，”沃特斯先生说。“我先前就是这样想的。现在‘另类王国小树林’是你的了。”

“我的——？”她一生中还从来没有得到过这样的礼物。她不

---

① 赫特福德郡在英格兰东南部，伦敦北面。

能理解。

“这桩买卖的合同将会写上你的名字。你将在契约上签字。请接受这个小树林，并接受我的爱情。这相当于第二个订婚戒指。”

“可是小树林——它是我的吗？我可以——在那里做我喜欢的事吗？”

“可以呀，”沃斯特先生笑着说。

博蒙特小姐冲到他面前亲吻了他。她还吻了沃特斯太太。要不是我和福特赶紧用胳膊肘挡驾，她也会亲吻我们的。拥有地产的欢欣使她得意忘形。

“小树林是我的了！我可以在那里散步，在那里干活，在那里住。我自己的树林！永远是我的。”

“不管怎么说，九十九年归你所有。”

“九十九年？”我遗憾地说，博蒙特小姐的声音里透出一丝失望。

“我亲爱的孩子！你想活得更长吗？”

“我想我活不了那么长，”她回答，脸有些红。“我不知道。”

“对多数人来说，九十九年好像够长了。这所宅子和你们脚下的这块草坪，我是按九十九年租的。然而我还是说它们是我的，我认为我有理由这么说。是不是？”

“哦，是啊。”

“九十九年差不多就是永远。对不对？”

“哦，对呀。肯定是。”

福特有一本很让人恼火的笔记本。封面上贴着“私密”标签，封里上写着“实际上是本书”。现在我看见他在笔记本里写：“永恒：实际上是九十九年。”

沃特斯先生像是自言自语地说："上帝啊！上帝啊！地价涨得多快呀！太叫人惊讶了。"

我明白他需要一位像鲍斯韦尔[①]那样的人，于是我说："是吗，确实吗？"

"我亲爱的英斯基普。你猜猜十年前我花多少钱就能买到那片树林！可是我当时拒绝了。猜猜为什么。"

我们猜不出来。

"因为那桩交易不会是公平的。"当他说出"公平"这个高尚字眼时，脸上相应地泛起了红晕。"不公平。虽然法律上公平，但道德上不公平。我们得强迫地主出卖这块地。我拒绝了。其他人——都是自诩体面的人——说我谨小慎微。我说：'是啊，也许我是过于谨慎。我哈考特·沃特斯的名字很平常——出了伦敦城或出了我自己的国家就没有多少人知道；但是我可以自夸地说，我的名字在有人知道的地方还是有一定分量的。我不愿意把名字签在这上面。就是这样。你们可以说我谨小慎微。但我决不签字。这只不过是我的癖性。让我们叫它癖性吧。'" 他的脸又红了。福特相信，他的监护人全身都红了——如果你能扒掉他的衣服，让他说些高尚的话，他看上去会像一只煮熟的龙虾。福特的笔记本里就有一幅描绘他全身红透的图画。

"这么说，那时候的地主不再拥有这块林地了？"博蒙特小姐说，她一直饶有兴味地听哈考特讲述。

---

① 鲍斯韦尔（1740—1795），苏格兰律师、传记作家，是英国作家兼批评家塞缪尔·约翰逊博士的朋友，因传记《约翰逊传》和个人日记而闻名。"鲍斯韦尔"也演变成英语中的一个词，意为：忠实的伙伴、细致的观察者和记录者。

“啊，不是了。”沃特斯先生说。

“哎，不是！”沃特斯太太心不在焉地说，她正在找掉在草地上的毛衣针。“当然不是啦。它归那个地主的寡妇了。”

“茶来了！”她的儿子灵活地跳起来喊道。“我看见茶了，我想喝茶。来，妈妈。过来，伊夫琳。我可以告诉你们，在人生的战斗中度过艰难的一天可不是开玩笑的事。因为人生实际上就是一场战斗。无论你有什么样的意图和目的，人生都是一场战斗。除了几个幸运的家伙以外，他们因为会念书而逃避了现实。可是我——”

他的声音越来越小，因为他正陪着这两位女士走过平坦的草坪，走上台地的石阶。一个男仆正在台地上摆桌子和小椅子以及一个银茶壶座。从宅子里又走出来几位女士。我们只能听见她们激动的喊声，因为她们也听说了购买“另类王国”的事。

我喜欢福特。这个男孩是个当学者的材料，也适合当——尽管他出于某种原因反对这个词——绅士。我看见他噘着嘴，有点年轻人玩世不恭的样子，觉得很有趣。他不理解男仆和那结实的银茶壶座。这些让他很生气。因为他有自己的梦想——不完全是精神方面的梦想（沃特斯先生才是有那种梦幻的人）——而是看得见摸得着的、实实在在的梦想；这种梦想是健康的，不是带他上天堂，而是带他去另一个地球。那里没有男仆，我猜茶壶座也不是银制的，我知道在那里一切都将呈现出本来的面貌，而不是像别的什么。可是这究竟意味着什么，如果真有意义的话又有什么好处，我不愿意说。因为我刚才虽然说了“梦想也有价值”，那只是为了堵住沃特斯老太太的嘴。

“孩子，接着说吧！我们必须学完了才能去喝茶。”

福特把自己的椅子从台地上挪开，这样他就能看见草场，看见流过草场的小河，看见矗立在河流后方“另类王国”里的山毛榉树。然后，他以最严肃和最令人赞赏的态度开始解释维吉尔的《牧歌》。

二

“另类王国小树林”跟任何山毛榉树林一个样，所以我在这里就不赘述了。这个树林前面的小河上有一座桥，但就像许多别的小河一样，桥的位置不大恰当；你要从桥上过河就得绕行一英里，要不就得蹚水过河。博蒙特小姐建议我们蹚水过河。

沃特斯先生激动地接受了这个建议。后来我们渐渐看出他并不准备采纳这个建议。

“多好玩啊！多好玩啊！我们要蹚水去你的王国了。要是——要是不用带茶具就好了。”

“你可以把茶具背过去呀。”

“哎，对呀！我可以背过去。或者仆人们可以背过去。”

“哈考特——不要仆人。这是我的野餐，我的树林。我要安排一切。我还没告诉你呢，我已经把所有的食品都准备好了。我和福特先生到村里去过了。”

“村里——？”

“是啊。我们买了饼干、橘子，还有半磅茶叶。这些就是你们将要吃喝的东西。他已经给搬上来了。他会把它们背过河的。我只需要你借我一些茶具——不要最好的。我来管茶具。就这样吧。”

“亲爱的人——”

“伊夫琳，”沃特斯太太说，“你和杰克买茶叶花了多少钱？”

“半磅茶叶花了十便士。”

沃特斯太太听了之后没说话，显得郁闷。

“妈妈！”沃特斯先生叫道。“哎呀，我还忘了！我们怎么带着妈妈蹚水呢？”

“啊，可是沃特斯太太，我们可以把你抬过去。”

“谢谢你吧，最亲爱的孩子。我相信你们能抬。”

“哎呀！哎呀！伊夫琳。妈妈在嘲笑我们呢。她宁愿死也不愿意被抬过去。哎呀！我的姐妹们来了，还有奥斯古德太太，她有个冷漠讨厌的女仆。不行，我们还是得绕道，从桥上过去。”

“可是我们有些人——”福特说。他的监护人马上用眼神制止了他。

于是我们绕道而行——八个人列队行进。博蒙特小姐走在最前头。她很滑稽——至少我当时是那样想的，可是后来我回味她说的话时却找不到一点可笑的内容。她无非就是说：“排成单行！假装你们是在教堂里，不许说话。福特先生，把脚尖往外撇。哈考特——到了桥边你给水泉女神那伊阿德[1]扔一小撮茶叶。她有头疼病。她已经头疼了一千九百年了。”她说的这些都是傻话。我现在都想不明白当时为什么喜欢听这些话。

我们走近小树林时，她说：“英斯基普先生，唱歌吧，我们都跟着你唱：啊，你这个傻瓜，众神住在树林里。”我清了清嗓子，唱出了这令人厌恶的乐句，我们大家反复唱着这一句，仿佛在诵读祈祷文。博蒙特小姐自有吸引人之处。哈考特把她这样一

① 水泽女神那伊阿德丝中的一员。

个既没钱、又没社会关系、几乎没有祖先的女子从“爱尔兰”挑出来，带回家做新娘，我并不觉得惊奇。哈考特这样做很有胆量，但他知道自己本来就是个大胆的人。博蒙特小姐没给他带来任何东西；可是他能付得起这个代价，他有那么多富余的精神财富和商业货品。“到时候，”我听见他告诉他母亲，“到时候伊夫琳会成千倍地回报我。”博蒙特小姐的确有吸引人之处。如果我有地位，能随便喜欢别人，我会非常喜欢她的。

“别唱了，”她喊道。我们已经进了小树林。“欢迎你们大家。”我们都鞠躬了。一路上都不笑的福特，这会儿头低得快碰到地了。“现在请坐吧。沃特斯太太——你坐那边——靠着那棵树干发绿的树，好吗？你漂亮的裙子在那里会更显眼。”

“好吧，亲爱的，我就坐那儿吧，”沃特斯太太说。

“安娜——坐那边。英斯基普先生坐在她旁边。然后是露丝和奥斯古德太太。啊，哈考特——请往前坐一点，这样你就遮住了后面的住宅。我一点儿都不想看见那宅子。”

“我不坐那儿！”她的恋人笑着说。“我也想靠着树坐。”

“博蒙特小姐，”福特说，“我坐哪儿呢？”他立正站着，像个士兵。

“啊，看看这些沃特斯，”她喊道，“中间有一个小福特！”她这样说是因为她学习语言文化到了这样一个阶段，特别喜欢双关语[①]。

---

① 博蒙特小姐用了两个双关语。一是“沃特斯”（Worters），与“河水”（waters）同音。二是福特（Ford），与普通名词（ford）同音同形。“ford”意为“可涉水过河的浅水处”。因此这句话除了字面意思外还有一层意思：“看看这河水，中间有一条小浅滩。”后文中仍有使用这两个双关语之处，请读者注意。

“博蒙特小姐，我是不是站着？要我站着给你遮挡那所住宅吗？”

“坐下，杰克，你这孩子！”他的监护人厉声打断了他的话，其实他没必要这么严厉。“坐下！”

“他要是愿意站着，可以站着，”博蒙特小姐说。“福特先生，把你的软帽往后拉一点。让它像头上的光环。现在你把烟囱冒出的烟都遮住了。而且这让你显得很英俊。”

“伊夫琳！伊夫琳！你对这孩子太苛刻了。你会把他惹烦的。他是那种书呆子。他身体不很壮。让他坐下吧。”

“你身体不壮吗？”她问。

“我很强壮！”他喊道。这是事实。福特虽然没有强壮的理由，可他确实强壮。他从来没练过哑铃，也没在学校的业余橄榄球队打过球。可是他长了浑身的肌肉。他认为这些肌肉是在他阅读品达罗斯①的诗歌时长起来的。

“你要是愿意站，就站着吧。”

“伊夫琳！伊夫琳！幼稚自私的姑娘！如果可怜的杰克累了，我就替他站在那儿。唉，你为什么不想看见那所宅子呢？”

沃特斯太太和她旁边那位沃特斯小姐不自在地动了动。她们看得出来，她们的哈考特不太高兴。她们不能问原因。应该由伊夫琳来消除他的不快，所以她们瞟了她一眼。

“哎，你为什么不想看见你未来的家呢？我必须说——尽管这宅子实际上是我自己规划的——它从这儿看很漂亮。我喜欢人字屋顶阁楼。小姐！回答我的问题！”

---

① 品达罗斯（前522—前438），古希腊抒情诗人。

我跟博蒙特小姐有同感。自家打造的人字屋顶阁楼一般是很难看的，哈考特的宅邸有了这几个肿块，看起来像个农舍。可是她会怎么说呢？

她什么都没说。

“啊？”

就像哈考特刚才根本没说话似的。博蒙特小姐仍像往常那样快活，那样笑容满面，那样漂亮，她什么都没说。她没有意识到问题是需要回答的。

在我们看来，这种情况难以忍受。我不得不小心翼翼地谈论眼前的风景来挽救局面，我说这风景有点让我想起维爱[①]附近的乡野。其实它并没有让我想起维爱——它确实不可能让我想起那个地方，因为我从来没去过维爱一带。可是运用古典文学典故是我思维方法的一部分。不管怎么说，我挽救了这个局面。

博蒙特小姐立刻变得严肃而讲道理了。她问我维爱存在于什么年代。我做出了恰当的回答。

“我真喜欢古典文学作品，”她告诉我们。“它们是那么自然。仅仅记录事情。”

“是—啊，”我说。“可是古典文学不仅有散文体作品，还有诗歌。它们并不是仅仅记录事实的。”

“仅仅记录事情，”博蒙特小姐说，她微笑着，仿佛对自己这个愚蠢的定义颇为得意。

哈考特又冷静下来。“这是很公正的评论，”他说。“我对古

---

① 古伊特拉斯坎的一个市镇，位于罗马西北约十英里处，公元前 396 年被罗马人摧毁。

代世界常有这样的感觉。古典文学不会给我们多少教益。它仅仅记录事情。”

“你是什么意思？”伊夫琳问。

“我的意思是这样——尽管在英斯基普先生面前谈这个有些冒昧。我的意思是这样的。世上并不是只有这些古典文学作品。我们从它们受益匪浅；我最不愿意低估它们的价值；我上学的时候也是学过的。它们充满典雅的美。但并不是说世上只有它们。这些作品是在人类还没开始真正感知事物的时候写的。”他的脸变得绯红。“所以，古典艺术是清冷的——缺少——缺少一点儿什么。而后来的作品——但丁的史诗——拉斐尔[1]的圣母像——门德尔松[2]的一些乐曲——”他表达崇敬的声音越来越小。我们坐在那里，眼睛看着地，不愿意看博蒙特小姐。她也缺少点儿什么，这几乎是公开的秘密。她的灵魂还没有发育健全。

沃特斯太太又小声打破了沉默，她说她要饿昏了。

年轻的女主人跳了起来。她不让我们帮忙，这是她的野餐会。她打开篮子，倒出袋子里的饼干和橘子，把茶壶烧开，给大家斟上茶水，这茶可真难喝。可是我们谈笑风生，无拘无束，气氛与野外的空气很相宜。就连沃特斯太太也笑得喷出了口水。福特站在那里，沉默而殷勤，他的形象高过我们所有的人；他很小心地喝着茶，唯恐喝茶会影响他的轮廓。他的监护人是个爱开玩笑的人，他逗他，还挠挠他的脚腕和小腿。

“啊，这太好了！”博蒙特小姐说。“我很高兴。”

---

① 拉斐尔(1483—1520)，意大利画家、建筑师。
② 门德尔松(1809—1847)，德国作曲家。

“你的树林，伊夫琳！”女士们说。

“永远属于她的树林！”沃特斯先生喊。“如果租赁九十九年的话，这种安排不够让人满意。没有永久的感觉。于是我重开了谈判。我已经给她买下了这片树林，永远买下了——行吧，亲爱的，行吧；别大惊小怪了。”

“可是我必须说说！”博蒙特小姐喊道。“因为一切都很完美！大家都那么和善——我一年前还不认识你们很多人呢。啊，真神奇——现在我有了一片树林——我自己的树林——永远的树林。你们所有的人都跟我一起来这里喝茶！亲爱的哈考特——亲爱的人们——而且就在那所宅子显然会影响风景时，福特先生站到了那个地方！”

“哈哈！哈哈！”沃特斯先生大笑，并悄悄地抬起手去抓男孩的脚腕。我不知道具体发生了什么，但是福特尖叫一声瘫倒在地上。对于局外人来说，他的叫声像愤怒的或者疼痛的叫声。我们这些更知情的人狂笑起来。

“他倒了！他倒了！”他们两人玩闹打斗，把土块和枯叶都踢起来了。

“别伤害我的树林！”博蒙特小姐喊。

福特又尖叫一声。沃特斯先生收住手。“我胜了！”他喊道。“伊夫琳！看看我们家族的祖宅！”可是博蒙特小姐已经像蝴蝶一样轻飘飘地离开了我们，漫步进了她的树林。

我们收拾了茶具，然后分成几组。福特和女士们一起走。沃特斯先生停在我身边，我感到荣幸。

“哎！”他说，这是他习惯的开头语，“古典语言文学课上得怎么样？”

“还不错。”

“博蒙特小姐表现出能力了吗？”

“我应该说表现出了。不管怎么说，她有热情。”

“你不认为那是小孩子的热情吗？英斯基普先生，我跟你说老实话。博蒙特小姐在很多方面其实还是个孩子。她什么都得学：她自己也承认这一点。她的新生活和以前的生活是那么不一样——那么陌生。我们的习俗——我们的思想——这些都需要有人给她启蒙。”

我明白他打算说什么，可我不是傻瓜，我回答：“有什么比学习古典语言文学更可以让她得到启蒙呢？”

“一点不错，一点不错，”沃特斯先生说。我们听见博蒙特小姐的声音在远处响起。她在数那些山毛榉树。“唯一的问题是——这个拉丁语和希腊语——她能用来干什么呢？能用来谋生吗？她能——唉，她不会总得给别人教语言吧。”

“这倒是实话。”如果当时有人观察我，大概会发现我的面部表情变得犹豫了。

“她知道得那么少，无论我多么同意你说的她有热情，我们是不是应该把她的热情引向——比如说引向英国文学呢？她连丁尼生[①]的作品都读不懂。昨天晚上我在温室里给她读了亚瑟王和吉尼维尔[②]见面的精彩场面。学希腊语和拉丁语倒是不错，可我有时觉得我们应该从基础的东西开始。”

---

① 丁尼生(1809—1892)，英国浪漫派诗人。

② 亚瑟王和吉尼维尔，丁尼生《国王叙事组诗》中的人物。亚瑟王是英国传说中的统治者，吉尼维尔是他的王后。

我说："你认为古典语言文学对博蒙特小姐来说是奢侈的东西吗？"

"奢侈的东西。这个词太准确了，英斯基普先生。奢侈。突发奇想。学这些对杰克·福特来说倒是不错的。这里我们涉及到另一个问题。她肯定拖了福特的后腿吧？她的知识一定很粗浅。"

"唔，她的知识确实粗浅；我必须说，把他们两人放在一起教实在困难。杰克总归已经读了很多书，而博蒙特小姐，虽然她很用功也有热情——"

"我一直这么觉得。这种安排对杰克来说有失公平。"

"唔，我必须承认——"

"确实这样。我当初真不该建议这样安排。当然啦，英斯基普先生，取消一个学生对你来说应该没有什么影响吧。"

"沃特斯先生，我们马上就要停课了。"

博蒙特小姐来到了我们面前。"哈考特，一共有七十八棵树。我刚刚数出来的。"

沃特斯先生微笑着低头看她。我别忘了说，他个子很高，很英俊，有厚实的下巴和一双清澈的棕色眼睛，额头很高，没有一丝灰白头发。哈考特·沃特斯先生的照片比什么都引人注目。

"七十八棵树？"

"七十八棵。"

"你高兴吗？"

"啊，哈考特——！"

我开始包装茶具。他们两人看见了，也听见了。如果他们不走远点，那就是他们自己的错了。

"我想修一座桥，"沃特斯先生说。"一座用粗糙木料做的桥，在山谷底部，然后也许再修一条柏油小路，从我们的住宅直通到草场，这样我们一年四季都可以散步来这儿，不会弄湿鞋子。男孩子们常常进这片树林——你看看这些人名的首字母——我以前就想建一道简单的栅栏，不准任何人进来，除了我们以外——”

“哈考特！”

“一道简单的栅栏，”他接着说，“就像围绕着我的花园和田地的那种。然后，我要在小树林的另一头，也就是离宅子远的那头，建一个大门，并且配备钥匙——我想，两把钥匙——一把给我，一把给你——没有富余的；我想把柏油小路修到——”

“可是，哈考特——”

“可是，伊夫琳！”

“我——我——我——”

“你——你——你——？”

“我——我不想要柏油路。”

“不想要？也许你是对的。也许修一条煤渣路。对呀。甚至可以修一条卵石路。”

“可是，哈考特——我根本就不想要小路。我——我——没钱修路。”

他得意地大笑。“最亲爱的！好像你会遇到麻烦似的。小路是我送给你的礼物的一部分。”

“这片树林是你给我的礼物，”博蒙特小姐说。“你知道吗——我不喜欢小路。我宁愿每次都像今天这样来。我不想要桥。不要——也不要栅栏。我不在意那些男孩子和他们姓名的首字母。他们和女孩子们常来‘另类王国’并一起把自己姓名的首字母刻在树皮上。这叫作‘第四次宣告’[①]。我不想制止这种做法。”

“哎哟！”沃特斯先生指着一个插着一支剑的大心形图案。“哎哟！哎哟！”我怀疑他是在拖延时间，以便想出对策。

“他们把名字刻上就走了，等第一个孩子降生后，他们会再来把刻痕加深。生每个孩子他们都会这样做。你凭这个就能知道：深入到木质里的姓名首字母是大家庭的父母的，而树皮上那些很快就合拢的浅划痕是根本没结婚的男孩女孩的。”

“你这人真棒！我在这儿住了一辈子，还从来没听说过这事，一个字都没听说过。赫特福德郡的神奇民间故事！我一定要告诉主教长：他会高兴的——”

“还有，哈考特，我不想制止这种做法。”

“我亲爱的姑娘，村民们会找到别的树的！‘另类王国’里的树没有什么特殊的。”

“可是——”

“‘另类王国’将为我们服务。只为你和我。只有我们两人姓名的首字母。”他的声音变得很小，近于耳语。

“我不想用栅栏把它围起来。”博蒙特小姐把脸转向我；我看出她脸上有困惑和恐惧的表情。“我讨厌栅栏。讨厌桥。讨厌所有的小路。这是我的树林。请听我的，你把这片树林给了我。”

“啊，是啊！”他回答，以此安慰她。可是我看得出来他很生气。“当然啦，可是，啊哈！伊夫琳，草场是我的；我有权在那儿

---

① 按照英格兰的婚姻法，新人准备结婚的消息，必须在婚礼举行前的三个礼拜日里由所在教区的教堂公开宣告三次，如没有异议，婚姻才算合法。“第四次宣告”是三次宣告的延伸。

建栅栏——在你的地块和我的地块之间！”

“啊，换句话说，你要把我圈在外面！你愿意怎么圈就怎么圈吧！可是永远别把我圈进去。啊，哈考特，永远别把我圈进去。我必须在外边。我必须在谁都能联系到我的地方。一年又一年——在那些姓名的首字母不断加深的过程中——唯一值得触摸的东西——最后它们合拢了——可是你已经触摸过它们了。”

“我们姓名的首字母！”他喃喃地说，他抓住“姓名的首字母”这个他明白的而且对他有用的词组。“我们现在刻上自己姓名的首字母吧。你和我——如果你喜欢，可以刻上一个心形、一支箭什么的。H. W. —E. B.[①]。”

“H. W.，”她重复道，“和E. B.。”

沃特斯先生拿出折刀，拉着博蒙特小姐去找一棵没有刻痕的树。“E. B.，永恒的祝福。我的！我的！我的远离尘世的清静之地！我的圣洁殿堂。啊，精神上的快乐——你现在还理解不了，可是你会理解的！啊，乐园的孤独之境。一年又一年，我们单独待在一起，只有我们两个人——一年又一年，灵魂对着灵魂，E. B.，永恒的幸福！”

沃特斯先生伸出手去刻他们姓名的首字母。在他刻的时候，博蒙特小姐就像大梦初醒似的。“哈考特！”她喊，“哈考特！那是什么？你的食指和大拇指上红糊糊的是什么？”

---

① H. W.是Harcourt Worters（哈考特 · 沃特斯）的首字母。E. B.是Evelyn Beaumont（伊夫琳 · 博蒙特）的首字母。此外，E. B. 也是Eternal Blessing（永恒的祝福）和Eternal Bliss（永恒的幸福）的首字母，下文将提及。

三

啊，我的天啊！啊，你们，所有的女神男神们！一切都乱了套。沃特斯先生一直在读福特的那个令人恼火的笔记本。

“是我的错，”福特说。“我本该贴上‘私密’标签。他怎么知道我不让他看里面的内容呢？”

我严厉地大声说话，就像一个受雇的教师应该做的那样。“我亲爱的孩子，不是那样的。你原来那张标签掉了。所以沃特斯先生才打开了你的笔记本。他从来没想过那是私密的。你明白了吗——那张标签掉了。”

“被刮掉了，”福特阴郁地反驳，并瞟了一眼他的脚腕。

我假装不明白。“问题是这样的。这件事沃特斯先生要考虑二十四小时。如果你听我劝，你就在这个时限之前道歉。”

“我要是不道歉呢？”

“你当然明白自己的事。可是别忘了你还年轻，几乎不懂得生活，你自己又没有钱。在我看来，你的生涯实际上要依赖沃特斯先生的恩惠。你嘲笑了他。他不愿意被人嘲笑。在我看来，你该怎么做是很明显的。”

“道歉？”

“太对了。”

“要是不道歉呢？”

“你就得走。”

他在石台阶上坐下，头抵着膝盖。博蒙特小姐在我们下边的草坪上慢慢地走来走去，玩着槌球[1]。她的恋人在远处的草场察看柏油小路的路线。因为路是要修的，桥是要建的，环绕“另类王国”的栅栏是要建的。博蒙特小姐明白了自己的反对意见多没道理。有一天晚上，她在客厅里主动说，她允许哈考特做他喜欢做的事。“那片树林看上去离我们更近了，”福特说。

“里边的栅栏撤掉了，就让树林显得更近了。可是我亲爱的孩子——你必须决定你打算怎么办。”

“他读了多少？”

“他自然只是刚打开你的笔记本。从你给我看的那部分来看，他只要瞟上一眼就够了。”

“他翻开诗歌部分了吗？”

“诗歌？”

“他说起过那些诗吗？”

“没有。那些诗是关于他的吗？”

“不是关于他的。”

“那么他即便看了也没关系。”

“一个人被别人提起，有时是一种赞扬，”福特抬头看着我说。这话带点刺鼻的香味——就像喝了美酒之后留在口中的余香。仔细品味，这不像一个孩子说的话。我觉得很遗憾，我的学生有可能毁了自己的前程；我又告诉他一遍，他必须道歉。

“我不是说沃特斯先生要求你道歉，我不想涉及这方面。问题是，你如果不道歉的话，那你——去哪儿呢？”

---

① 一种用长柄木槌把木球击人一连串铁圈的游戏，在草地上进行。

“去佩克汉姆[1]我的一个姑妈家。”

我指着眼前这片令人心旷神怡的风景，到处都有母牛和拉车的马在吃草，还有几个懂礼貌的家仆。沃特斯先生站在这风景中间，能量四射，财富四溢，就像直射地表的太阳。“我亲爱的福特——别逞能了！你道歉吧。”

不幸的是，我的话音高了一点，博蒙特小姐在下面的草坪上听见了。

“道歉？”她喊道。“道什么歉？”她对玩槌球已失去兴趣，这时她迈上台阶，拖着长柄木槌朝我们走来。她无精打采地走着。她终于变得温和了。

“进屋吧！”我小声说。“我们必须结束这个话题。”

“根本用不着！”福特说。

“说什么呢？”博蒙特小姐问，她在台阶上，站在福特身边。

福特抬头看她时欲言又止。我突然明白了。我知道他的诗歌是什么性质，表现什么题材了。现在我不那么坚信他必须道歉了。他们越早把他赶走越好。

不管我怎么阻拦，他还是把笔记本的事告诉了博蒙特小姐。博蒙特小姐说的第一句话是：“啊，一定要让我看看那个本子！”她没有一点“行为得体感”。然后她说：“可是你们两个人为什么显得那么伤心呢？”

“我们在等沃特斯先生做出决定，”我说。

“英斯基普先生！这是什么胡话呀！你以为沃特斯先生会生气吗？”

---

① 伦敦市内一地区。

“他当然生气啦，而且有理由生气。”

“为什么呢？”

“福特笑他了。”

“可是这算什么！”她的声音第一次透出愤怒。“你是不是说，他会惩罚笑他的人？唉，有什么别的原因——究竟为了什么我们大家聚在这里呀？不要相互嘲笑！我整天都笑别人，笑福特先生，笑你。哈考特也是这样。哎呀，你误解他了！他不会——他不可能对笑他的人生气。”

“我的笑不是有礼貌的笑，”福特说。“他不能完全原谅我。”

“你是个傻孩子。”她嗤笑他。“你不了解哈考特。他在各方面都是那么宽宏大量。唉，如果你向他道歉，他会像我一样气坏了的。英斯基普先生，是不是这样？”

“我认为他完全有权利要求道歉。”

“权利？什么权利？你总是用太多的新词。‘权利’——‘道歉’——‘上流社会’——‘地位’——我不明白。不管怎么说，我们大家聚在这儿为的是什么？”

她的话语充满颤动的光和影——一会儿愚蠢可笑，一会儿又提问人类为什么存在。我没参加道德学的学位考试，所以无法回答。

“有一点我是知道的——那就是，哈考特不像你们两人那样傻。他对社会习俗抱着超然的态度。他不关心‘权利’和‘道歉’。他知道所有的笑声都是好的，好的事物还包括金钱、灵魂什么的。”

灵魂什么的！我想知道远在草场那头的哈考特是否气得中风了。

博蒙特小姐接着说："哎，如果你们都在不停地生气、道歉的话，你们的生活会多糟糕呀！英格兰有四千万人口，所有的人都那么敏感！如果确实是这样，你怎么会笑呢！想象一下吧！"她还真的笑了。"看看哈考特。他比我们懂得多。他平时不是那样的。福特先生！他平时不是那样的。咦，你的眼睛怎么了？"

福特又把头抵在膝盖上，我们看不见他的眼睛了。博蒙特小姐用冷静的口气告诉我，她认为他在哭。然后她用木槌轻拍他的头发，并说："哭宝宝！哭了又哭的宝宝！无缘无故地哭！"并且叫喊着跑下台阶。"好了！"她从草坪喊道。"叫哭宝宝别哭了。我去跟哈考特谈谈！"

我们看着她默默地走了。其实福特并没有哭。只是他的眼睛睁大了，充满愤怒。他用自己知道的骂人话骂了几句，然后突然站起来，走进了住宅。我想他不忍心看到她失望的样子。我没有这样的柔情，只是饶有兴趣地看着博蒙特小姐走向她的主人。

她信心十足地穿过草场，工人们举起帽子向她致意，她向他们点点头。她一时的倦怠已经过去了，拿腔拿调的迹象也没有了。她又变成了哈考特从爱尔兰选来的那个粗鲁的、不拘小节的女人——极端漂亮也极端可笑，而且(如果你喜欢怜悯的话)也极端可怜。

我看见他们两人碰面，她很快就拉着他的胳膊。他用手比划着对她解释建桥的事。她两次打断了他，他不得不重新解释一切。然后她又插话，后面发生的情况比话剧还要好看。他们两人的小身影分开，又聚合，再分开；她做着各种手势，他则很自负，很冷静。她请求，争辩，而且——如果讽刺能传到半英里以外的话——她试图讽刺。为了强调自己幼稚的观点，她向后退了两步。扑通！她在小河里挣扎起来。

这就是这出喜剧的结局。哈考特救了她，工人们也都围拢过来激动地叫喊。她的腿湿到了膝盖，脚腕上全是泥。她就这样被哈考特领着朝我走来，我渐渐听到他们说的一些话。“流感——泡湿了一点儿——和健康比起来，衣服不重要——嘿，最亲爱的，别担心——是啊，一定是吓着了——床！床！我一定要你上床！答应了？好姑娘。那就上台阶，去床上休息。”

他们在草坪上分了手，她听话地走上台阶。她的脸上充满恐惧和困惑。

“这么说你刚才被水打湿了，博蒙特小姐！”

“湿了？啊，是啊。可是，英斯基普先生——我不明白：我没劝成。”

我表示惊奇。

“福特先生必须走——马上就得走。我没劝成。”

“我很遗憾。”

“我和哈考特没谈成功。他生气了。他不肯笑了。他不让我做我想做的事。都是拉丁语和希腊语闹的：我想了解众神和英雄，他不让我了解；后来我不想用栅栏把‘另类王国’围上，也不想要小桥和小路——你听呀！我请求他不要惩罚福特先生，福特先生没做什么——可是却必须永远离开这里。”

“对人粗鲁无礼不能算‘没做什么’，博蒙特小姐。”我这样说是因为我必须和哈考特保持友好关系。

“粗鲁无礼不算回事！”她喊道。“它不存在。它是假的，就像‘要求’、‘地位’和‘权利’一样虚假。它是伟大梦想的一个部分。”

“什么‘伟大梦想’？”我问，尽可能忍住不笑。

“请告诉福特先生——哎呀，哈考特过来了；我必须上床去。请替我问候福特先生，并叫他‘猜一猜’。我再也见不到他了，我受不了。叫他猜一猜。我很抱歉刚才叫他哭宝宝。他并没有像小宝宝那样哭。他是像成年人那样哭的，再说我现在也长大了。”

我认为应该把这段谈话告诉我的雇主。

四

小桥建成了，栅栏完工了，一条丝带般的柏油路把“另类王国”与我们的前门连接在一起。小树林里的七十八棵树的确显得近了些。在福特走后的多风的夜晚，我们可以听见山毛榉树枝在叹息；早晨我们会发现山毛榉树叶已被吹了上来，落在住宅周围。博蒙特小姐没有张罗着出去，这让几位女士感到宽心，因为哈考特已经留下话了，不能让她在没人陪伴的情况下出去，再说狂暴的天气会弄乱她们的衬裙。她一直待在屋里，既不读书也不说笑，而且不再穿绿色衣服，而是穿棕色衣服。

有一天，沃特斯先生往屋里看了看，没注意到她在里面，他轻松地叹了口气说：“好了。圈子已经完工了。”

“真的完了！”她回答。

“你在这儿呀，你这个安静的小耗子？我只是说，我们的老爷们，也就是那些英国工人，终于屈尊完成了他们的活计，把我们从这个世界圈了出来。我——说到底，我是一个顽皮的、专制的暴君，没有听你的。我没在小树林的另一边建大门。你能原谅我吗？”

“哈考特，让你高兴的事肯定都会让我高兴。”

女士们相互笑了。沃特斯先生说："这就对了，等风小了，我们大家马上去你的树林，正式宣告占有它，因为上次不能算数。"

"对，上次不能算数，"博蒙特小姐附和着说。

"伊夫琳说这风永远小不了，"沃特斯太太说。"我不知道她是怎么知道的。"

"只要我待在这房子里，风就永远小不了。"

"是吗？"沃特斯先生快活地说。"那你现在出来吧，跟我一起让风变小。"

他们在台地上来回转了几圈。风倒是小了一会儿，可是午饭时却刮得比以往更猛。我们吃着饭，风就顺着烟道呼啸着吹到我们身上，而"另类王国"里的树木则像大海似的翻着泡沫。许多树叶和小树枝被吹掉了，一根相当大的树枝被吹到光滑的柏油路面上，它真的沿着之字形路线飞过小桥，飞上草场，飞过我们的草坪。（我之所以冒昧地说"我们的"，是因为我现在仍留在那里，担任哈考特的秘书。）只是石台阶挡住了那根大树枝的去路，使它不能来到台地上，不能打破餐厅的窗户吧。博蒙特小姐跳起来，跑出去摸它，手里还拿着餐巾。

"啊，伊夫琳——"女士们喊。

"让她去吧，"沃特斯先生宽容地说。"这肯定是个了不起的事件，很了不起。我们必须记得把这事告诉主教长。"

"哈考特，"博蒙特小姐喊道，脸颊上又出现一丝红晕，"午饭后我们可不可以去小树林，你和我？"

沃特斯先生考虑了一下。

"当然可以，如果你认为不好的话，可以不去。"

"英斯基普，你的意见呢？"

我明白他的意见，于是喊道："行，咱们去吧！"尽管我和大家一样讨厌大风。

"好吧。妈妈、安娜、露丝、奥斯古德太太——我们都去。"

我们都去了，一行人表情严肃而悲伤；可是众神又一次厚爱我们，因为我们刚动身暴风就停止了，然后是反常的寂静。博蒙特小姐可以算天气预言家了。她的情绪一分一秒地好了起来。她在我们前头沿着柏油小路轻快地走着，不时回头对她的恋人说一些有礼貌的、迷人的话。我赞赏她的这种行为。我赞赏那些明白怎么做才对自己有利的人。

"伊夫琳，到这儿来！"

"你到这儿来。"

"吻我一下。"

"那你就过来让我吻吧。"

他追她，她跑开了，我们这些人都笑了起来，笑声很动听。

"啊，我真高兴！"她喊。"我认为我在全世界想要的一切都有了。啊，亲爱的，前几天待在屋子里是什么滋味啊！可是，看，我现在多高兴呀！"她已经换掉棕色衣裙，穿上了那件飘逸的绿色旧衣裙，她开始在那片突然被阳光照亮的开阔草场上跳裙子舞。那样子真美，沃特斯先生没管她，也许他为她的情绪又变好而高兴，即便她不再注意说话的腔调，他也不在乎。博蒙特小姐的脚几乎不动，但身体在摆动；她摆动得那么好看，裙子展开得那么漂亮，我们受到感染都快乐起来。有一只小鸟在"另类王国"里纵情歌唱，博蒙特小姐便和着鸟鸣翩翩起舞。小河收起波浪观看她跳舞（你可以这样假想），风儿在自己的岩洞里看得入了迷，大片的云彩在天空中看得入了迷。她跳着舞渐渐离开我们的社会和我们的生活，她往回跳过了几个世纪，直到所有的房屋和栅栏都倒塌，地球成了阳光下的荒原。她的衣裙像树的枝叶裹在身上；她强壮有力的四肢像大的树枝；她的喉咙犹如树顶上向清晨致礼或向雨水闪烁的光滑树枝。树叶动了起来，遮蔽了这根树枝，正如她晃动的头发遮蔽了她的喉咙。树叶又动了，这根树枝成了我们的树枝，正如她的喉咙又成了我们的喉咙。此时她突然拨开纷乱的头发对我们喊："哎！"她喊："哎，哈考特！我从来没有这么快活过。我拥有了世界上的一切。"

可是沃特斯先生沉浸在爱情的狂喜中不能自已，忘记了拉斐尔画的某些圣母形象[①]，也忘记了自己的灵魂（我这样想象）；他扑过去要拥抱她，并喊："伊夫琳！永恒的幸福！你是我的，直到永远！你是我的！"。她跑开了。这时响起了歌声，她唱道："啊，福特！啊，福特，在所有这些沃特斯当中，我要通过你到达我的'王国'。啊，福特，我做女人时的恋人，我永远不会忘记你，只要我有树枝为你遮阳，我永远不会忘记你。"她唱着歌渡过了小河。

沃特斯先生为什么那么热情地跟着她，我不知道。这是玩闹而已，她是在他的地盘上，四周有栅栏，她是无法逃脱的。可是他在小桥附近飞快地跑过，仿佛他们的爱情出现了危机；他拼命追她，跑上了小山。她虽然跑得很快，但结局是可以预料的，我们只需猜想他会在小树林外边还是里边抓到她。他一步一步追上了她；现在他们两人在树影里；他差一点就要抓住她了，但没抓着；她消失在树丛里，他紧跟过去。

---

① 意大利画家拉斐尔创作了多幅圣母像，他笔下的圣母马利亚美丽、端庄、圣洁、不容亵渎。

“哈考特情绪很高，”奥斯古德太太、安娜和露丝都说。

“伊夫琳！”我们听见他在林子里喊。

我们走上柏油小路。

“伊夫琳！伊夫琳！”

“很明显，他还没抓到她。”

“伊夫琳，你在哪儿？”

“博蒙特小姐一定是用巧妙的方法藏了起来。”

哈考特出现了，“嘿，”他喊，“你们看见伊夫琳了吗？”

“啊，没看见，她肯定在里面。”

“我刚才也那么想。”

“伊夫琳一定是藏在哪棵树后面了。你去这边，我去那边。我们很快就会找到她的。”

起初我们快乐地寻找，总是觉得博蒙特小姐就在附近，她纤细的四肢就在这棵树后面，她的头发和多褶的衣裙就在那些树叶中间晃动。她就在我们近旁，在我们上方；这边紫褐色的土地上有她的脚印——她的胸脯、她的脖子——哪里都有她，哪里又都没有她。快乐变成了恼火，恼火变成了愤怒和恐惧。博蒙特小姐显然失踪了。“伊夫琳！伊夫琳！”我们继续喊。“哎呀，真的，这可不是开玩笑。”

后来起了风，风停过之后再刮起来就更加猛烈，我们被可怕的风暴赶进了住宅。我们说：“不管怎么样，她现在会回来了。”可是她没有回来，雨幕嗞嗞响着从干燥的草场升起，像熏香的烟雾；雨点打在颤动的树叶上发出击掌般的声响。随后闪电出现了。女士们高声尖叫，我们看见“另类王国”像人似的鼓掌，听见它像人似的在雷声中大笑。就连主教长都不记得有过这么大的风暴。哈考特的树苗全部被毁，从他住宅的双坡屋顶阁楼上掉下来的瓦片散落了一地。他很快走到我跟前，脸色苍白憔悴，他说："英斯基普，我能信任你吗？"

"当然可以。"

"我早就怀疑了；她跟福特私奔了。"

"可是怎么——"我喘着大气说。

"马车已经准备好了——我们边走边谈吧。"然后他顶着大雨喊，"栅栏上没有大门，我知道，可是梯子呢？就在我犯傻的时候，她已经翻过栅栏了，还有他——"

"可是你离她那么近，她没有时间那么干呀。"

"干什么都有时间，"他恶狠狠地说，"对于一个狡猾的女人来说，干什么都有时间。我当初发现她不比野人好多少，我训练了她，我教育了她。可是我要毁掉他们。我能做到的；我要把他们从身体到灵魂都毁掉。"

现在谁都不能毁掉福特。这任务是不可能完成的。可是我为博蒙特小姐颤抖。

我们没赶上火车。有青年男女已经坐火车走了，几对青年男女；我们听说还有更多对青年男女到了伦敦，仿佛全世界都在嘲笑孤身一人的哈考特。在无计可施的情况下，我们找到了福特现在住的那个脏乱的郊区。我们从肮脏的女仆和吓得要命的姑妈身边跑过，飞跑上楼，要尽可能当场抓获他。福特坐在桌子旁边，阅读索福克勒斯的《俄狄浦斯在科罗诺斯》①。

---

① 索福克勒斯(前 496？—前 406)，古希腊三大悲剧诗人之一。《俄狄浦斯在科罗诺斯》是他写的一个剧本。

“我不会上你的当！”哈考特喊。“你把博蒙特小姐弄到这儿来了，我知道。”

“我没这个运气，”福特说。

哈考特怒火中烧，说话都结巴了。“英斯基普——你听见他的话了吗？‘没这个运气！’你把证明他有罪的证据说给他听。我说不了。”

于是我引用了博蒙特小姐的歌词。“‘啊，福特！啊，福特，在所有这些沃特斯中间，我要通过你到达我的‘王国’！啊，福特，我做女人时的恋人，我永远不会忘记你，只要我有树枝为你遮阳，我就永远不会忘记你。’她唱完不久，我们就找不到她了。”

“还有——有一次她给我寄了一张内容差不多的条子。英斯基普，你当证人。要他‘猜’一下。”

“我已经猜着了，”福特说。

“那么说你差不多——”

“啊，不对，沃特斯先生，你误解我了。我不是差不多猜着了。我已经猜着了。我要是想告诉你就可以告诉你，但那于事无补，因为她不是差不多逃避了你。她是绝对逃避了你，只要世上还有树枝为人类遮阳，她就永远、永远逃避了你。”

助理牧师的朋友

农牧神法翁是怎么出现在威尔郡[①]的，谁都说不清楚。他也许是跟着古罗马军团的士兵一起来的，为了和朋友们一起住在营地，给他们讲述卢克莱提利斯山[②]，或加尔纳斯半岛[③]，或埃特纳火山[④]的事。那些士兵接到召回令之后，非常高兴，竟忘记招呼他一起登船；于是他哭泣着流落异乡。可是他最后发现，我们的山峦也懂得他的忧伤，他高兴时也和他一起高兴。他在威尔郡出现，也可能是因为他本来就住在这里。关于一个法翁，没有什么特别经典的记载：只不过希腊人和意大利人一向有最犀利的目光。你会在《暴风雨》和《祈福赞美歌》里找到他的踪影；任何一个有山毛榉树丛、草坡、清澈河流的乡野，大概都会产生他，这是理所当然的。

我是怎么看见他的，这个问题更难回答。因为你要看见他就必须具备某种特质，把它叫作“坦诚”吧，太冷漠了点；叫作“动物精神”吧，又太粗野了点；只有他才知道我身上怎么会有这种特质。谁都没有权利说自己是傻瓜，但我可以说，我那时给人的印象就是一个十足的傻瓜。我说话随便但不会幽默，我严肃但没有信念。每个礼拜日，我都会用幕后策划者的口气对我的教民讲述另一个世界，或者给他们解释贝拉基主义者[⑤]所犯的错误，或者警告他们不要急匆匆地去干一件又一件挥霍放荡的事。每个礼拜二，我都会“对我的伙伴们做直率的演讲”——直接避开任何尴尬的话题的演讲。每个礼拜四，我给“母亲协会”成员讲解妻子或寡妇的责任，并具体指点她们如何管理一个有十口人的家庭。

我欺骗了自己，肯定在一段时间里也欺骗了埃米莉。我从来不知道一个女孩子能那么聚精会神地听我布道，或者在听我讲笑话时能那么开怀大笑。我自然被她吸引了。现在她已经成了一个优秀的妻子，能随意纠正丈夫的荒唐举动，但又不允许别人说他一句坏话；她能一边在客厅里谈论人的潜意识，一边注意倾听儿童房里是否有孩子的哭声，或洗涤室里是否有碟子摔碎的声音。她是一个优秀的妻子——比我想象的还要好。可是她并没有嫁给我。

那天下午，如果我们留在屋子里，什么事都不会发生。都是埃米莉的母亲，她非要叫我们到户外去喝茶。在村子对面，河的对岸，有一小片白垩层丘陵地，上面有一片山毛榉小树林和几处古罗马人的防御工事。（我曾做过讲演，生动描述过那些防御工事；后来人们考证那都是撒克逊人建的。）埃米莉和一个身材矮小的朋友走在前面，我则吃力地拽着茶具篮子和埃米莉母亲的沉重小地毯。那小个子朋友（他在整个事件里扮演的角色并不像他自己想的那么重要）是个讨人喜欢的青年，非常聪明，喜欢诗歌，特别

① 英格兰南部的一个郡。
② 系罗马诗人贺拉斯（前65—前8）在作品《歌集》中提到的一座山，位于意大利萨比纳地区。
③ 在意大利北部海岸。
④ 西西里岛东北部的一座活火山。
⑤ 指5世纪生于不列颠岛的基督教神学家贝拉基（360—417）及其追随者。他们首创基督教异端教义，强调人的本性善良和人有自由意志。

喜欢那种他称为“大地诗”的诗歌。他渴望攫取大地的秘密，我看见过他满怀激情地把脸贴在草丛里，即便在他相信那里只有他一个人。埃米莉那时有很多说不清的愿望，我虽然希望她的愿望都与我有关，然而如果不让她利用邻里提供的其他自我教育的机会，似乎不通情理。

那时我有个习惯，每到一个山顶总会不管不顾地大喊：“谁愿意站到我的两边，和我一起保卫这座桥？”[①]同时使劲挥动胳膊，或把宽边毡帽扔向一个假想敌。埃米莉和她的朋友像平时那样对待我的俏皮话，我也看不出他们的欢笑有任何不真诚。然而我相信现场有一个人并不认为我滑稽，任何一个对公众讲演的人都会明白我为什么渐渐不安起来。

埃米莉的母亲让我多少高兴了些，她喘着气喊道：“好心的哈里，把东西都拿过来了！要是没有你我们可怎么办呀，现在也是！啊，这风景多好呀！你能看见那个可爱的教堂吗？看不见，雾太大了。现在我要坐到小地毯上。”她神秘地笑了笑。“九月里的丘陵，你知道的。”

我们言不由衷地称赞这里的景致。其实只有喜欢大地的人才会觉得这里风景优美，也许在他们看来这是英格兰最美的地方。因为横贯我们这个岛屿的白垩沉积层像个巨大的蜘蛛，而这里正是蜘蛛的身体部分——蜘蛛的腿是南丘陵、北丘陵和奇尔特恩丘

① 此语出自英国政治家、政论家、历史学家麦考利(1800—1859)的史诗《古罗马之歌》之《霍拉提乌斯》篇第 29 节，诗中描述公元前 6 世纪末罗马英雄霍拉提乌斯·科克列斯与两位武士一起守卫罗马的一座河桥，与大批敌军浴血奋战，使罗马人有时间砍断河桥。最后他孤身抗敌，并跳进台伯河，游向对岸。

陵，它的脚趾尖从克罗默镇[1]和多佛尔市[2]露出来。这个巨大的白垩蜘蛛是个洁净的生灵，尽可能少长树，仅有的树也是一丛丛的，长得很整齐；它喜欢让湍急的河流胳肢它。它身上布满疙瘩，那是一个个防御工事，因为自从太古时代以来人们一直在争夺在上面驻足的特权，而且我们的一座最古老的庙宇就建在它的脊背上。

可是在那些日子里，我喜欢我的国家温馨美丽，充满绅士的住宅和林木荫蔽的凉亭，以及摸着帽子致意的人们。像这种阴沉的旷野，你可能走几英里也见不到一个不同的地标物，碰不见一个彬彬有礼的人，仍让我难以忍受。我抓紧机会得体地转过身说："我现在可以准备'让人兴奋的饮料'[3]吗？"

埃米莉的母亲回答："好心人，你帮了我。我总是说，费点事去户外喝茶还是值得的。我希望我们能过比较简单的生活。"我们表示同意。我把食品摆出来。"那个水壶立不住吗？啊，想法把它立住。"我把水壶立住了。这时我听见一声叫喊，声音虽然很小但很清晰，就像疼痛的喊声。

"这上面多安静啊！"埃米莉说。

我把一根点着的火柴掉到草地上，又听见了那种轻微喊叫声。

"怎么回事？"我问。

---

① 英国诺弗克郡海岸一城镇。

② 英格兰东南部一港口城市。

③ "让人兴奋的饮料"，指茶。此说法最早来自英国作家威廉·考柏（1731—1800）对茶的描述："让人兴奋但不让人醉的饮料"，后来成为英国人的常用语。

“我刚才只是说这里是那么安静，”埃米莉说。

“确实安静，”她的小个子朋友附和说。

还安静呢！这个地方充满各种声音。如果那根火柴掉在一个客厅里，那就糟糕透顶了，而最大的声音就来自埃米莉的身旁。我感觉自己就像去参加一个大型聚会，在充满回声的门厅里等着侍者宣告我的到来；在那里我能听见客人们说话的声音，但看不见他们的面孔。对一个拘谨的人来说，这是一个紧张的时刻；如果他觉得所有的说话声都很陌生，自己又从来没见过聚会的主人，他会更加紧张。

“我亲爱的哈里！”那位上了年纪的夫人说，“别管那火柴了。它会慢慢闷烧，伤不着人。上——茶！我总说——你会发现埃米莉也这样说——快到神奇的五点钟时，你不管午饭吃得多好，也开始感觉有点——”

现在说说农牧神法翁，在新雅典风格[①]浮雕上他是那种蹦跳嬉戏的形象，你如果没注意他的耳朵或没看见他的尾巴，会把他当成人，会感觉恐怖。

“游泳！”我狂叫。“我们村的小伙子怎么做这种事，可是我同意——要监管严些——我责备自己。走开，坏小子，走开！”

“他还会想起什么事来！”埃米莉说。她说话时，她身边那个生灵站起来向我招手。我费力地迈着小步往前走，做着手势，恐惧地大喊，用帽子驱赶那个幽灵。昨天埃米莉的侄女给我看她们的天竺鼠时，我也是这样的。现在她们又像昨天那样放肆地嘲笑

① 新雅典风格，公元前 1 世纪至公元 2 世纪期间在希腊流行的一种雕塑风格。

我。直到有几个怪异的手指头抓住了我，我仍以为这儿有我的一个教民，因此不停地喊：“放开我，淘气孩子，放开！”埃米莉的母亲认为自己明白其中的笑料，她回答：“唔，我必须承认他们都是淘气的男孩，你坐在地毯上他们也摸你：九月里的丘陵地，正如我刚才说的。”

我突然看见了法翁的尾巴，我尖叫一声，逃到后面的山毛榉树丛里。

“哈里可是个天生的演员，”埃米莉的母亲在我离开时说。

我意识到我的生活将要发生巨大的危机，如果我不能解决这个危机，我可能永远失去自尊心。我在树林里已经被许多声音所困扰——我脚下小山的说话声、我头上方树木的说话声、树皮里昆虫的说话声。我甚至听见小河在蚕食草场，听见草场在哼哼唧唧地抗议。在这些与蜜蜂飞的声音差不多的噪音之中响起了法翁的声音，他说：“亲爱的牧师，要镇静，要镇静：你为什么要害怕？”

“我没害怕，”我说——我确实没害怕。“可是我很伤心：你在女士面前羞辱了我。”

“别的人没看见我，”他悠闲地笑着说。“那些女士穿着紧裹着腿的靴子，那个男人留着长头发。这种人从来看不见我。多年以来我只跟孩子们说过话，他们一旦长大就看不见我了。可是你不会看不见我的，你永远都是我的朋友，直到你离世。现在我要让你快活：你是躺下呢，还是赛跑呢，还是爬树呢；或者要不要我给你取来黑莓，或风信子，或妻子——”

我用可怕的声音对他说：“您到我身后去！”他到了我身后。我接着说：“我就告诉你一次，你想诱惑一个给别人幸福并从中得到幸福的人，那是白费劲。”

“我不明白你的意思，”他沮丧地说。“什么是诱惑？”

“可怜的林地生灵！”我转过身说。“你怎么能明白呢？批评你也没有用。按你的本性，你理解不了自我克制的生活。唉，我要是能让你明白就好了！”

“你已经让他明白了，”小山说。

“如果我能摸到你就好了！”

“你已经摸到他了，”小山说。

“可是我永远不会离开你，”法翁脱口而出。“我会替你打扫祭坛，我会陪你去参加妇女集会。我会让你在集市上发财。”

我摇了摇头。“我根本不在乎那些东西。我刚才确实想完全拒绝你要提供的帮助。我错了。你一定要帮我——你一定要帮我使别人幸福。”

“亲爱的牧师，这是多么奇怪的生活啊！我从来没见过的人们——看不见我的人们——我为什么要让他们幸福呢？”

“我可怜的小伙子——也许到时候你就会明白了。现在走吧，开始。就在这座山上坐着一位年轻姑娘，我很敬重她。就从她开始吧。啊哈，你的脸拉长了。我早就想到了。你什么都不会做。这事就算完了！”

“如果你给我下命令，”他回答，“我可以让她幸福；我这样做了以后，你也许会更信任我。”

埃米莉的母亲已经动身回家了，可是埃米莉和小个子朋友仍坐在茶具旁边——她穿着白色提花布连衣裙，戴着浅黄褐色草帽，他则穿着质地粗糙但剪裁精细的夏装西服。原始神法翁的巨大身影矗立在他们上方，姿态粗鲁。

小个子朋友说：“你在人群中从来没感到孤独害怕吗？”

埃米莉回答：“这我都感觉到了，而且感觉到了更多——”

这时，法翁把两只手放到他们身上。他们本来只想文雅地调情，所以尽量抵制法翁；可是在他的怂恿下，他们渐渐伸出胳膊深情地拥抱起来。

“坏蛋！”我从树林里冲出来喊。“你背叛了我。”

“我知道，我不在乎，”小个子朋友说。“靠边站吧。你在看一件你理解不了的事。我们终于在巨大的孤寂中找到了自我。”

“拿开你那倒霉的手！”我尖声对法翁说。

他把手拿开了，而那位小个子朋友更冷静地说：“责备没有用。可怜的助理牧师，你怎么知道永恒的男人和永恒的女人之间的爱情秘密呢，你怎么知道一个灵魂是如何实现自我的呢？”

“确实是这样，”埃米莉生气地说。“哈里，你永远不会让我幸福的。我会把你当朋友对待，可是我怎么能把自己交给一个开了如此愚蠢玩笑的男人呢？你喝茶时扮演了小丑，你的命运就定局了。我必须受到严肃的对待：在我站起来的时候，必须看到无限的前景在我周围延展。你也许不同意这一点，可我就是这样。我终于在这巨大的孤寂中找到了自我。”

“可怜的姑娘！”我喊道。“巨大的孤寂！啊，一对无助的木偶——”

小个子朋友要领埃米莉走开。可是我听见埃米莉小声对他说：“亲爱的，发生了这样的事之后，我们不能把篮子留给哈里，还有妈妈的小地毯；你能用另一只手拿吗？”

他们就这样走了，我绝望极了，扑倒在地上。

“他哭了吗？”法翁说。

"他没哭，"小山回答。"他的眼睛像鹅卵石一样干。"

如此折磨我之后，法翁叫我看着他。"我看见你心底里有幸福感，"他说。

"我相信我有自己的秘密源泉，"我厉声说。然后我打算无情地谴责他，可是想说的话我都没说出来，只说了一个以"D"开头的词①。

他快乐地大喊："啊，你现在真正属于我们了。从今以后你将在生气的时候骂人，在快乐的时候大笑，直到你的生命完结。现在笑吧！"

一阵极度的寂静。整个大自然站在那里等待，而一个助理牧师却在试图隐瞒自己的思绪，不仅对大自然隐瞒，也对自己隐瞒。我想到自己的自尊心所受的伤害，想到自己无私的意图所受的挫折，想到我正在失去并无过错的埃米莉，想到那位背着沉重茶具篮的小个子朋友，这时他刚好滑了一跤；这让我下了决心，大笑起来。

那天晚上我平生第一次听见那些白垩丘陵隔着山谷对唱，正如它们在宁静气氛中度过了舒适的一天后常做的那样。我从书房窗户可以看见法翁在阳光下的身影，他坐在山毛榉树林前，就像一个人坐在自己的房子前。夜深时分，我确信法翁在熟睡，群山和树林也都在熟睡。那条小河当然从来不睡觉，正如它从来不封冻一样。黑暗的时段实际上是水被大地的强劲脉动窒息了一整天后畅流的时段。这就是你在夜里从较远处也能感觉到水并听到水声的原因，也就是日落之后到河里游泳成了美妙之事的原因。

---

① 以D字母开头的词，似指骂人话 Damn 或 Damned。

尽管在那之后我度过了很多快乐的岁月，我仍清楚地记得那个最初夜晚的欢乐。每当我走上讲坛——现在我已有了生计——看着下面那些坐在一排排长椅上的慷慨而满足的最好的人、那些挤在过道上的较坏的人、那些留着络腮胡子的唱诗班男高音歌手、那些情趣高雅的助理牧师和摸着提包的教区理事，以及那些不让迟到者进门的傲慢的教堂司事，这个时候我会记起那个夜晚的欢乐。每当我坐在舒适的教区单身牧师居所里，四周有善良的姑娘给我做的地毯拖鞋、善良的小伙子给我雕刻的橡木托架，还有我的礼品茶壶方阵、我的杰出人士奖状，以及那些认为得到过我的帮助的人和那些真心帮助过我摆脱困境的人所送的其他东西，这个时候我也会记起那个夜晚的欢乐。虽然我努力把自己的欢乐传达给别人——正如我努力把其他一切看起来好的东西传达给别人——虽然我有时获得成功，但我不能告诉任何人这欢乐究竟是怎么来的。因为如果我透露了一个字，我现在那么愉快、那么有收益的生活就会终止，我的教众就会离我而去，我自己也得走人了；我不但不能做一个对教区有用的人，还可能成为国家的负担。所以我不得不放弃了适于表现这一题材并符合我的圣职需要的抒情的和修饰文辞的手法，而使用了讲故事这个价值不大的手段来欺骗你们，告诉你们这是一篇短篇小说，适合在火车上阅读。

离开科罗诺斯的路

卢卡斯先生骑着骡子超过了他的同伴，急匆匆地往前去了，其原因并不难理解。他大概是到了珍惜自己的独立能力的年龄，因为他很快就会失去这种能力。别人对他的注意和关心，他已经厌倦了，他喜欢甩开那些比他年轻的成员，自己一个人骑行，也不要别人搀扶他下来。也许他还喜欢一种难以言传的乐趣——等候吃午饭，并告诉那些姗姗来迟的人，来晚了没关系。

于是，他像孩子一样不耐烦，用脚跟狠踢骡子腹部，还让赶骡人用粗棍子打骡子，用尖棍子戳骡子，这样他就颠簸着、摇晃着冲下了山坡，穿过一丛丛开花的灌木和一片片银莲花和长春花，最后终于听见了流水声，看见了一组悬铃木，那是他们选定吃午饭的地方。

即便在英格兰，这些悬铃木也是引人注目的，它们如此巨大，如此错综交错，如此壮观地披着微微颤动的绿色外衣。在希腊这个地方，悬铃木是很独特的；在受到四月阳光炙烤的粗犷明亮的风景当中，它们构成了唯一的凉爽地点。在这些树木中间隐藏着一家小客栈，或者说乡村小旅店，那是一幢不很结实的土楼，带有宽敞的木制阳台。阳台上有一位老妇人坐着纺线，她身边有一只褐色小猪在啃橘子皮。土楼下面的湿泥地上蹲着两个孩子，用手指头在玩一种原始的游戏；他们的母亲也不怎么干净，正在屋里忙着做米饭。正如福曼太太会说的那样，这一切都具有希腊特点。有洁癖的卢卡斯先生庆幸他们带来了自己的食品，准备在露天里吃。

然而他仍然高兴来到这里——赶骡人已经扶他下了骡子——还高兴福曼太太不在跟前，不会阻碍他发表意见——他甚至高兴他会有半个多小时见不到艾塞尔。艾塞尔是他最小的女儿，尚未结婚。她是无私的，很懂亲情，人们一般认为她会把自己的一生都奉献给父亲，成为他老年时的慰藉。福曼太太总称艾塞尔为安提戈涅，而卢卡斯先生则努力扮演着俄狄浦斯的角色①，这似乎是公众舆论允许他扮演的唯一角色。

卢卡斯先生有一点确与俄狄浦斯相似：他在逐渐变老。这一点就连他自己也知道得很清楚。他对别人的事已经不感兴趣，别人跟他说话他也很少在意。他倒是很喜欢说话，可是常忘记要说什么；即便讲出来了，似乎也都是不值得讲的事。他的词语和手势变得陈旧而僵化，他讲的事曾那么吸引人，现在却变得很没意思，他沉默也好，说话也好，都没有任何意义。然而他一直过着健康的、积极向上的生活；不断地工作，赚钱，教育自己的孩子。他什么都不抱怨，谁都不埋怨：他只是在逐渐变老。

目前这会儿他在希腊，实现了平生的一个梦想。四十年前他受到新古典主义热②的影响，总觉得若能去希腊看看就没有白活一

① 希腊神话中的底比斯国王。安提戈涅，俄狄浦斯的长女。俄狄浦斯在不知情的情况下杀死生父，娶生母为妻。他得知真情后，戳瞎了自己的眼睛，流亡国外，最后来到希腊雅典附近科罗诺斯村的森林，并在此圣境居住下来，终其余生。安提戈涅一直忠实地陪伴着他。

② 新古典主义运动是18世纪在罗马兴起并迅速扩展到欧洲许多地区的艺术运动。英国的新古典主义者热衷于学习希腊在美学、超验哲学、民主政治方面的榜样。19世纪20至30年代，欧洲许多国家的政党和人士热情支持希腊人民摆脱奥斯曼帝国统治的斗争(1821—1832)，形成了新古典主义热。

生。可是雅典灰尘太多，特尔斐[①]太潮湿，温泉关[②]的洼地太平坦；他一直抱着玩世不恭的态度惊奇地听他的同伴们发出狂喜的感叹。希腊很像英格兰：它是个逐渐变老的人，无论这人是看着泰晤士河还是看着埃夫罗塔斯河[③]，没有什么区别。希腊是他借以对抗这一经验逻辑的最后希望，但它正在衰退。

不过希腊倒是为他做了些事，尽管他不知道。希腊让他感觉不满足，而生命的萌动就存在于不满足之中。他知道他不是持续厄运的受害者。某种伟大的东西出了错，他不得不跟既非平庸又非偶然的敌人进行较量。近一个月来他有一个奇怪的愿望，想在斗争中死去。

"希腊是年轻人的国度，"他站在悬铃木下自言自语，"可是我要参与进去，我要占有它。树叶还会变绿，流水还会变甜，天空还会变蓝。四十年前它们是那样的，我要重新得到它们。我对变老确实很在意，我不再装作不在意了。"

他往前迈了两步，马上有凉水潺潺响着漫过他的脚腕。

"这水是从哪儿来的？"他问自己。"我连这都不知道。"他记得所有的山坡都是干燥的，然而这里的道路突然被流水覆盖了。

他惊讶得站住一动不动，他说："水是从一棵树里——从一棵空心树里流出来的吗？我可从来没见过这个，也没想过这个。"

原来那棵弯向小客栈的特大悬铃木是空心的——曾有人烧过它做木炭——从它还活着的树干里涌出一股泉水，放肆地流淌，给树皮覆盖上一层蕨草和青苔；随后泉水通过骡道，流到远处，

---

① 古希腊城市，因有阿波罗神庙而出名。
② 在希腊东部爱琴海沿岸。
③ 在希腊南部伯罗奔尼撒半岛上。

形成了肥沃的草场。那些纯朴的乡下人竭力表达自己对美和奥秘的崇敬，因为在那棵树的外皮上有一个挖凿的祭坛，里面放了一盏灯和一张圣母像；圣母成了水泉女神那伊阿德和护林女神德丽阿德丝共同居室的继承人。

“我从来没见过这么神奇的事，”卢卡斯先生说。“我甚至可以走进树干里边，看看泉水是从哪儿来的。”

他迟疑了片刻，不想玷污这圣坛。然后他笑着回忆起自己的想法——“这个地方将属于我，我要进去占有它”——他几乎是以挑衅的姿态跳到树干里的一块石头上。

泉水从悬铃木有空洞的根和隐蔽的小缝隙中悄悄地不断往上涌，形成了一个黄褐色的漂亮水潭，然后溅到树皮边缘，流到外面的土地上。卢卡斯先生尝了尝泉水，水是甜的；他抬头看了看树干的黑洞，居然看见了蓝天和绿叶。这时他记起了自己的另一个想法，这次他没有笑。

在他之前已经有人来过这里了——他确实感觉到一种奇特的伙伴情谊。树皮上钉着人们对主宰万物的老天爷表示谢恩的祭品——锡制的小胳膊、小腿、小眼睛，还有怪异的大脑模型或心脏模型——都是某种重获力量、智慧或爱情的象征物。那里根本不存在所谓大自然的孤独，因为人类的忧伤和欢乐已经印到了大树的胸膛里。他张开双臂稳稳地站在柔软的炭化木上，然后慢慢向后靠，靠到身后的树干。他闭上眼睛，有一种奇怪的感觉，如同人在移动，却很平静——是游泳者的感觉：在波浪激荡的海洋中长时间拼搏后，游泳者发现潮水终归会把他冲向他的目标。

卢卡斯先生就这样一动不动地躺着，只意识到脚下的小河，只意识到万物汇成了一条河，而他就在河中移动。

最后他被一种震惊——也许是到达目的地的震惊——唤醒了，因为当他睁开眼睛的时候，一种无法想象的、无法确定的东西飘过万物上空，使万物变得容易理解，变得美好。

那位老妇人弯腰干活的姿态、那只小猪欢快的动作、老妇人手中逐渐变小的毛线梭子，都蕴含着某种意义。一个小伙子骑骡唱歌过了河，他的姿势很美，打招呼的态度很真诚。太阳照在许多树木延伸出去的树根上，形成了绝非无序的图案；点着头的长春花丛和流水的音乐声中都蕴含着意图。卢卡斯先生在很短的时间里不仅发现了希腊，而且发现了英格兰和全世界，发现了生活；在他看来，想往树洞里再挂一个表示感恩的祭品——一个很小的完整的人型——似乎并不可笑。

"哎呀，爸爸在这儿呢，扮演默林[①]呀。"

不知不觉间他们都来了——艾塞尔、福曼太太、格雷厄姆先生，以及那个会说英语的导游兼翻译。卢卡斯先生从树洞里疑惑地端详他们。他们突然变得生疏了，他们的所作所为似乎很不自然、很粗俗。

"请允许我拉你一把，"格雷厄姆先生说。他是个年轻小伙子，对长辈总是很有礼貌。

卢卡斯先生觉得恼火。"谢谢你，我自己能出去，"他回答。他刚迈出树洞便脚下打滑掉进了泉水。

"哎呀，爸爸，我的爸爸！"艾塞尔喊，"你干什么呢？感谢上帝，我给你带了一套换洗衣物，在骡子上。"

她细心地照顾父亲，递给他干净的袜子和干燥的靴子，然后

---

① 希腊神话亚瑟王故事中的预言家和魔法师。

安排他坐在午饭篮子旁边的小地毯上；她自己则跟其他人一起去察看小树林。

他们兴高采烈地回来了，卢卡斯先生也试图分享他们的快乐。可是他发现他们让人难以忍受。他们的激情肤浅平庸，忽冷忽热。他们觉察不到流溢在自己四周的自成一体的美。他至少要努力解释自己的感觉，于是他说：

“总的来说，我喜欢这个地方的风景。它给我的印象很好。这里的树很漂亮，对于希腊来说是出奇的漂亮；这清亮的流水很有诗意。人们也显得很友善，懂礼貌。这绝对是个吸引人的地方。”

福曼太太批评他，说他的称赞不冷不热。

“啊，这可是千里挑一的好地方！”她喊道。“我可以在这儿住，在这儿离世！要不是必须回雅典，我真愿意留在这儿！它让我想起了索福克勒斯笔下的科罗诺斯[①]。”

“哎，我必须留在这儿，”艾塞尔说。“我真的必须留在这儿。”

“好，留下吧！你和你的父亲！安提戈涅和俄狄浦斯。你们当然应该留在科罗诺斯啦！”

卢卡斯先生激动得差点喘不过气来。站在树洞里的时候，他还相信自己的幸福与居住地无关。可是这几分钟的谈话让他明白过来了。他再也不相信自己能去全世界旅游了，因为他一离开这些悬铃木的树阴，一离开这纯净泉水的音乐声，昔日的想法、昔日令人厌烦的事可能伺机重新纠缠他。如果他和那些好心的、眼

① 古希腊雅典附近一村庄，现为雅典市中心一地区。科罗诺斯是古希腊悲剧作家索福克勒斯的出生地，也是他笔下的人物俄狄浦斯去世的地方。

神慈祥的乡下人一起睡在小客栈里，看着蝙蝠在圆球状的阴影里飞来飞去，看着月亮把金色图案变成银色——这样一个夜晚会使他远离重温过去的危险，会让他确信他永远生活在自己重新得到的王国里。可是他嘴里说出来的只是："我愿意在这里住一宿。"

"爸爸，你的意思是住一个星期吧！住得少了是对圣地的亵渎。"

"那就住一个星期，一个星期，"他说。女儿纠正了他的话，他很恼火，而他的心却高兴得怦怦直跳。在吃午饭过程中他没再说话，只是看着这个他将会深入了解的地方，以及那些很快就要成为他的伙伴和朋友的人。住在小客栈的只有一个老妇人、一个中年妇女、一个年轻小伙子和两个孩子；他虽然没跟他们说过话，但他爱他们，因为他爱所有在悬铃木的恩惠树阴下移动、呼吸或存在的一切。

"上路吧[①]！"福曼太太尖声说。"艾塞尔！格雷厄姆先生！最好的事该结束了。"

"今天晚上，"卢卡斯先生想，"他们会点燃祭坛旁边那盏小灯。当我们都坐在阳台上的时候，他们也许会告诉我哪些祭品是他们放上去的。"

"对不起，卢卡斯先生，"格雷厄姆说，"他们想把你坐的小地毯叠起来。"

卢卡斯先生站起来自言自语道："艾塞尔先去睡觉，然后我也会想法告诉他们我想放什么祭品——因为这是我必须做的事。我

---

① 原文为法语。

想，如果我一个人留下和他们待在一起，他们会明白的。”

艾塞尔摸摸他的脸。“爸爸！我都叫你三次了。所有的骡子都在这儿。”

“骡子？什么骡子？”

“咱们的骡子呀。我们都在等着呢。啊，格雷厄姆先生，请搀我父亲上骡子。”

“我不知道你在说什么，艾塞尔！”

“我最亲爱的爸爸，我们必须动身。你知道我们今天晚上必须赶到奥林匹亚[①]。”

卢卡斯先生用自负而又自信的语调回答：“艾塞尔，我一直希望你做计划的时候头脑更聪明点。你知道得很清楚，我们要在这儿住一个星期。这是你自己提的建议。”

艾塞尔很惊讶，变得很没礼貌。“多可笑的想法呀。你一定知道我刚才是开玩笑。我的意思当然是，我希望我们能住一个星期。”

“唉！如果我们能做自己希望做的事就好了！”福曼太太叹着气说。她已经骑在骡背上了。

艾塞尔用平静些的口吻接着说，“你一定不会认为我真要住一个星期。”

“我当然认为啦。我以为我们要在这里停留，我已经制订了自己所有的计划，让我现在就动身确实很不方便，也不可能。”

他说这话时神情很自信，福曼太太和格雷厄姆先生只好扭过脸去掩饰他们的笑容。

---

① 古希腊一城池，被视为圣地，也是奥林匹克运动会的举办地。

“我很抱歉，我刚才说话太随便了；这是我的错。可是，你知道吗，我们不能拆散我们的旅游团；我们在这儿即使只住一宿，也会错过帕特拉斯[1]的船。”

福曼太太在一旁低声对格雷厄姆先生说话，让他注意艾塞尔是用什么好方法照管她父亲的。

“我不管帕特拉斯的船。你刚才说我们要在这儿住下，我们就在这儿住下。”

住在小客栈里的人似乎通过某种神秘的方法猜到了我们的争论跟他们有关。老妇人停下缠线，小伙子和两个孩子则站在卢卡斯先生身后，仿佛在支持他。

无论是争辩还是请求，都无法打动卢卡斯先生。他虽然不说话，但是下定了决心，因为他第一次对自己的日常生活有了正确的看法。他有什么必要回英格兰呢？谁会想念他呢？他的朋友不是死了就是对他冷漠。艾塞尔在某种程度上是爱他的，可是她有别的兴趣，这是正常的。其他孩子他很少见到。他还有一个亲戚：他的妹妹朱莉亚，他对她是又怕又恨。抗争并不费劲儿。如果他离开这个给他带来幸福和安宁的地方，那他不仅是胆小鬼，还是傻瓜。

最后，艾塞尔想迁就一下父亲，大概还想显示自己懂现代希腊语，就和导游一起走进小客栈去看房间，导游感到很惊讶。里边的女人接待了他们，大声表示欢迎；那个小伙子趁别人不注意时把卢卡斯先生的骡子领向牲口棚。

“放下，你这个劫匪！”格雷厄姆喊。他总是说，如果外国人

---

① 希腊西海岸一港口城市。

愿意听英语的话，他们是能听懂的。他说得很对，因为那个小伙子服从了他的命令。他们大家都站在那里等着艾塞尔回来。

艾塞尔终于出来了，手里拿着几条多褶的裙子；导游抱着一只小猪跟在后面，那是他刚刚还价买下的。

“我亲爱的爸爸，我愿意尽力为你做一切事，可是要住那个小客栈——不行。”

“那里有——跳蚤吗？”福曼太太问。

艾塞尔暗示，岂止有“跳蚤”。

“唔，我想问题就解决了，”福曼太太说，“我知道卢卡斯先生有多么挑剔。”

“问题没解决，”卢卡斯先生说。“艾塞尔，你接着往前走吧。我不需要你。我不知道刚才为什么要征求你的意见。我要一个人留在这里。”

“纯粹胡说，”艾塞尔发火说。“你这么大岁数，怎么能把你单独留下呢？你怎么吃饭，怎么洗澡？所有的信件都在帕特拉斯等着你看呢。你会误船的。那就意味着你会误了伦敦的歌剧，而且会打乱你这个月的一切安排。就像你能独自旅行似的！”

“他们有可能拿刀子捅你，”格雷厄姆加上一句。

几个希腊人都没说话，可是每次卢卡斯先生朝他们那边看，他们都招手示意他去小客栈。两个小孩甚至想拽他的上衣拉他走；阳台上的老妇人停下快要纺完的线，用表达请求的神秘目光凝视着他。就在他抗争的过程中，走与留的问题变得越来越重要。他相信，他要留下不仅仅是因为在这里重获了青春，或看见了美景，或找到了幸福，而是因为在这个地方，和那些人在一起，他将面临一个重大的事件，那事件将会改变世界的面貌。这一时刻是那么重要，因此他抛弃了词语和论证，认为那些都没有用，转而依靠尚不为人知的强力同盟者的力量，这些同盟者包括沉默的人们、潺潺的流水和窃窃私语的树木。因为整个地方在同声召唤他，这声音他听得十分真切；而他那些喋喋不休的对手们每一分钟变得愈加无聊，愈加荒唐。他们很快就会厌烦，会唠唠叨叨地走进阳光里，把他留给凉爽的树丛、月光和他所预见的命运。

福曼太太和导游已在小猪的尖叫声中动身了；要不是艾塞尔把格雷厄姆先生叫进来，这场争论还可能无休止地进行下去。

“你能帮我吗？”她小声说。“他简直让人没办法。”

“我不善于争论——可是如果我能用别的方法帮助你——”他自负地低头欣赏自己的好身材。

艾塞尔犹豫了。然后她说：“帮帮我吧，你能用什么方法就用什么方法。我们怎么做都是为他好。”

“那就让骡夫把他那匹骡子牵到他身后去。”

于是，就在卢卡斯先生以为他已赢得胜利时，突然感觉被人抱离了地面，又被侧身放到骡背的鞍座上，这只骡子立刻一溜小跑出发了。他什么都没说，因为他无话可说；他感觉树阴从身边滑过，感觉听不到流水声了，这时他的脸上仍没有流露出任何感情。格雷厄姆先生拿着帽子在他身边奔跑，一边跑一边道歉。

“我知道这不是我该管的事，我真诚地请求你原谅。可是我真地希望你有一天也会觉得我是——见鬼！”

一块石头打在他后背中央。是那个小男孩扔的，他正沿着骡子走的小道追赶他们。男孩的姐姐跟在后面，也在扔石头。

艾塞尔吓得大喊导游，导游和福曼太太一起走在前头，离他们有一段距离，可是没等导游来到他们身边，又出现了一个对手。是那个希腊小伙子，他已插到前面挡住了他们的去路，现在又冲过来拽卢卡斯先生骑的骡子的笼头。幸好格雷厄姆是个有经验的拳击手，一下子就突破了小伙子的薄弱防御，把他击倒了；小伙子仰面朝天跌进长春花丛里，嘴里流出鲜血。这时导游已经赶到，那两个孩子看见哥哥的惨状十分惊恐，已经停下脚步，于是这个救援团（如果他们能算救援团的话）慌乱地撤进树丛里。

“小鬼们！”格雷厄姆得意地笑着说。“这就是彻头彻尾的现代希腊人。如果你的父亲住下来，他就意味着钱，他们认为我们把钱从他们口袋里掏走了。”

“啊，他们太可怕了——头脑简单的野人！我不知道该怎么感谢你才好。你救了我父亲。”

“我只是希望你没认为我太粗野。”

“没有，”艾塞尔轻轻地叹了口气说。“我崇尚力量。”

此时这个骡队重新集结，卢卡斯先生已被舒适地安置在骡背上；正如福曼太太所言，他得体地承受住了失望的打击。他们害怕再受攻击，便匆匆登上了对面的山坡。等他们远离那个多事的地段之后，艾塞尔才找到机会跟父亲说话，并为自己先前对待他的方式请求他原谅。

“亲爱的爸爸，你那会儿好像变了一个人，把我吓坏了。现在我觉得你又是以前的样子了。”

卢卡斯先生没有答话。艾塞尔得出结论，父亲并没有因为她的行为而过分生气。

由于山区风景的一种奇幻作用，他们一小时前刚离开的地方又突然出现在下面低处。那家小客栈隐藏在绿色穹顶之下，可是露天地里仍站着三个人影，透过纯净的空气传来了微弱的喊声，也许是抗议，也许是告别。

卢卡斯先生迟疑地停下来，手中的缰绳掉了。

“过来吧，亲爱的爸爸，”艾塞尔柔声说。

他服从了。一刹那间，一处山嘴永远遮住了那个危险的地点。

二

早饭时间到了，可是煤气灯还亮着，因为有浓雾。卢卡斯先生正在讲他昨天夜里怎么没睡好觉。艾塞尔(她再过几星期就要出嫁了)把胳膊撑在饭桌上听着。

“先是门铃响，然后你从剧场回来。过后狗开始叫，狗刚叫完猫又叫。凌晨三点，一个小流氓唱着歌路过。啊，对了，后来我头顶上的水管又哗啦啦地响。”

“我想那不过是洗澡水流走的声音，”艾塞尔说，她显得很憔悴。

“哼，我最讨厌的就是流水。简直没法在这房子里睡觉。我要退房。我过十五分钟就通知房主。我要明确告诉房主：‘我退房的原因是：我根本没法在里面睡觉。’如果他说——说——唉，他有什么可说的呢?”

“爸爸，再来点烤面包吧?”

“谢谢，我亲爱的。”他接过面包，沉静了片刻。

可是他很快又开始说话。“我不像他们想象的那么温顺，不打算迁就隔壁人家的做法。我给他们写信告诉他们了——是不是？”

“是啊，”艾塞尔说，其实她留了一手，没把这封信送出去。“我见了那个家庭教师，她已经答应改变安排了。朱莉亚姑妈讨厌噪音。情况会好的。”

艾塞尔的姑妈是家族中唯一没结过婚的人，她要到这儿来，在艾塞尔离家后替她父亲管家。姑妈的事不是愉快的话题，卢卡斯先生开始发出一连串半压抑的叹息声，直到邮件来了才停止。

“啊，这么大的包裹！”艾塞尔喊道。“是给我的！会是什么呢？有希腊邮票。我太高兴了！”

原来包裹里是一些长春花的鳞茎，是福曼太太从雅典寄来的，让他们种在花房里。

“这包裹把一切都带回来了！爸爸，你还记得那些长春花吧。这些东西都用希腊报纸包着。不知道我还能不能读懂希腊报纸。你知道，过去我能读懂的。”

她喋喋不休地说着，想压过隔壁家孩子的笑闹声——早餐时让人心生怨气的主要根源。

“听我念！‘乡村灾难’。哎呀，我正赶上一件惨事。可是别介意。‘上星期二，在梅西尼亚州[①]的普拉塔尼斯特发生了一件令人震惊的惨案。一棵大树’——我读得不错吧？——‘在夜间被风刮倒了，并且’——等一等——啊，天呀！‘砸死了住在那里小客栈的五个人，他们当时显然是坐在阳台上。客栈的老店主玛丽亚·罗玛伊德斯和她四十六岁女儿的尸体很容易辨认，而她的外孙的尸体’——哎呀！后面写的真是太恐怖了；我真希望刚才没

① 希腊伯罗奔尼撒半岛西南部的一个州，有悠久的历史。

念这段，再说了，我觉得以前听过普拉塔尼斯特这个地名。我们没在那儿停过吧，春天的时候，是吧？”

“我们在那儿吃的午饭，”卢卡斯先生说，他那无表情的脸上掠过一丝忧虑。“也许那个导游就是在那儿买的小猪。”

“确实是，”艾塞尔紧张地说。“导游就是在那儿买的小猪。多可怕呀！”

“非常可怕！”她父亲说；他的注意力正在游移，又想起隔壁家吵闹的孩子。艾塞尔突然站起来，表现出真正的关注。

“老天爷啊！”她喊道。“这是一张旧报纸。这事不是最近发生的，而是发生在四月——十八日星期二夜间——而我们——我们当天下午一定是在那儿吧。”

“我们是在那儿，”卢卡斯先生说。艾塞尔把手放在胸口，说不出话来。

“爸爸，亲爱的爸爸。我必须说说：你当时想待在那里。那里所有的人，那些可怜的半野人都极力留你，可现在他们都死了。报上说，那地方全成了废墟，就连那条小河都改了道。亲爱的爸爸，如果不是我，如果亚瑟没帮你，你一定会被砸死的。”

卢卡斯先生恼怒地摆了摆手。“跟那个家庭教师谈话一点用都没有，我要给房主写信，告诉他：‘我退房是因为：小狗乱叫，隔壁家的孩子让人受不了，还有我忍受不了流水的噪音。’”

艾塞尔没有打断父亲的唠叨。她感到惊骇，他们竟如此侥幸地逃过了劫难；她沉默了很长时间。最后她说：“我们如此神奇地获救，这让人更相信有上天保佑了。”

卢卡斯先生没有回应，他仍在构思给房主的信。

机器停转

第一部分
气动飞船

如果你能够想象，你就想象一间六角形的小屋，像蜂房中的巢室。屋里既没有窗户透光，又没有电灯照亮，却充满了柔和的光。虽然没有通风口，可是空气却很清新。虽然没有乐器，可是在我开始冥想的瞬间，却响起了悦耳的旋律。屋子中间放着一个沙发椅，旁边是一张书桌——这是仅有的家具。在沙发椅上坐着一个包裹着的大肉团——一个女人，大约五英尺高，脸像蘑菇一样苍白。这间小屋就属于她。

电铃响了。

女人触摸了一个开关，音乐停了。

“我得看看是谁，”她想，并挪动椅子。这椅子像那音乐一样，是由机械控制的，它滚动着把她送到屋子另一边，电铃还在那里响个没完。

“谁呀？”她喊。她的声音透出几分恼火，因为自从音乐响起后她一再受到干扰。她认识好几千个人；在某些方面，人类的交流方式已经有了很大的进步。

可是她听了受话器之后，苍白的脸上浮起了皱纹，现出了微笑，她说：

“太好了。咱们谈话吧，我要把自己隔离起来。我希望在五分钟之内不会发生什么重要的事——因为我可以给你足足五分钟时间，库诺。然后我就该讲课了，我要讲‘澳大利亚时期的音乐’。”

她触摸隔离键，这样其他人就不能和她说话了。然后她触摸光控器，小屋就进入黑暗之中。

“快点！”她又恼火地叫。“快点，库诺；我正在黑暗里浪费时间。”

可是过了足足十五秒钟她手里的圆盘才开始发亮。一束微弱的蓝光出现在圆盘上，颜色渐渐变深，成了紫色，她很快就看见了住在地球另一边的儿子的影像，她的儿子也能看见她。

“库诺，你太慢了。”

他心情沉重地笑了笑。

“我知道你就喜欢磨蹭。”

“妈妈，我先前就给你打过电话，可你总是忙，要不就是被隔离了。我有特殊的事要说。”

“什么事呀，我最亲爱的孩子？快点说。你为什么不通过气流管式输送系统寄信来呢？”

“因为这样的事我愿意直接说。我想——”

“怎么？”

“我想让你过来看我。”

瓦什蒂看着蓝色圆盘显示出的库诺的脸。

“可是我能看见你呀！”她喊道。“你还想怎么样呢？”

“我不想通过机器看你，”库诺说。“我不想通过讨厌的机器跟你说话。”

“啊，别说了！”他的母亲略带惊讶地说。“你可不能说机器的坏话。”

“为什么不能？”

“不许说。”

“看你说的，就像这机器是天神做的似的，”库诺喊。“我相信你不高兴的时候常向它祈祷。别忘了它是人做的。伟大的人，只有人。机器虽然很重要，但它不能取代一切。我从圆盘上看见了一个很像你的影像，可是看不见你本人。我在电话里听见一个像你说话的声音，可是听不见你本人的声音。这就是我想让你过来看我的原因。来吧，跟我待几天。来看我吧，这样我们就能面对面相见了，还能谈谈我心中的许多希望。”

她回答说，她抽不出时间去看他。

“我和你之间这段距离，气动飞船差不多要飞两天。”

“我不喜欢飞船。”

“为什么？”

“天黑的时候，我不喜欢看令人恐怖的褐色地球，还有大海，还有星星。我在气动飞船里得不到新的想法。”

“除了气动飞船以外，我在别的地方都得不到新的想法。”

“空气能给你什么新的想法？”

他停了片刻。

“难道你不知道那四颗组成长方形的大星、挤在长方形中央的三颗星，以及从这些星上垂下的另外三颗星吗？”

“我不知道，我不喜欢星星。可是它们给了你什么想法呢？多有意思啊；告诉我。”

“我曾想，这些星星像一个人形。”

“我不明白。”

“那四颗大星是人的肩膀和膝盖。中间的三颗星就像人以前系的皮带，垂下来的三颗星就像一把剑。”

“剑？”

“过去人们佩带剑四处游走，要杀死动物，杀死别的人。”

“我认为这不是个好想法，可是肯定有创意。你第一次这么想是在什么时候？”

“在气动飞船里——”他突然不说了，她想象他的表情是悲伤的。她不能肯定是不是，因为机器传递不了人的细微表情。它只能给你人的大致概念，这种概念对于实现一切实际的目的已经够用了，瓦什蒂想。有一种被人怀疑的哲学宣称，人脸上泛出的红晕是难以估量的，它是人际交流的真正本质，但机器理所当然地忽略了它，正如制作假水果的人忽略了真葡萄皮上难以估量的红润一样。我们人类早就习惯于接受“足够好”的东西了。

“说真的，”他接着说，“我想再看看那些星星。它们是奇特的星星。我不想从飞船上看它们，我想从地球表面看它们，就像我们的祖先几千年前那样。我想去地球表面看看。”

她又感到震惊。

“妈妈，你一定要来，哪怕是给我讲讲访问地球表面有什么害处也行。”

“没有害处，”她控制住自己的情绪回答。“可是也没有好处。地球表面不过是尘土和泥巴，上面已经没有生命了；你会需要一个人工呼吸器，否则寒冷的外层空气会把你冻死。人在外层空气里马上会死的。”

“我知道；我自然会采取各种预防措施。”

“还有——”

“什么？”

她考虑了一下，小心地选择词语。她的儿子脾气古怪，她想劝他不要做这次旅行。

“这是违背时代精神的，”她强调。

“你是不是说违背了机器的意旨？”

“从某种意义上说是的，可是——”

库诺的影像在蓝色圆盘上逐渐消失。

“库诺！”

他已经把自己隔离起来了。

一刹那间，瓦什蒂感到了孤独。

然后她生产出光，看到充满亮光和布满电气按钮的房间，她又振作起精神。屋里到处都是按钮和开关——召唤食品的按钮、召唤音乐的按钮、召唤衣服的按钮。那里有热水浴盆按钮，按下以后，一个(仿)大理石浴盆就从地板里升起来，里面盛满除过臭味的温暖液体。那里还有冷水浴盆按钮。那里有产生文学的按钮。当然还有她与朋友交流的按钮。这间屋子虽然表面上空空如也，但实际上与她在世间喜欢的一切都有联系。

瓦什蒂的下一个动作是关掉隔离开关，于是前三分钟里积累起来的一切都朝她扑来。房间里充满铃声和通话管的声音。新的食品是什么样的？她能推荐这种食品吗？她最近有什么新想法吗？别人能把自己的想法告诉她吗？她会尽早安排访问公共保育院吗？——比如说下个月的今天。

她回答大部分问题时，态度都很恼火——恼火是那个被加速的时代里逐渐增长的特质。她说那种新食品很糟糕。她说她在百忙之中无法抽身去访问公共保育院。她说自己没有什么新想法，但有人告诉了她一个想法——四颗星星连同它们中间的三颗星星像一个人形：她怀疑其中颇有含义。然后她关上了与通话者的连接，因为她该去做关于澳大利亚音乐的报告了。

公众集会的愚笨系统早已停用了；瓦什蒂和她的听众都没走出自己的屋子。她坐在自己的沙发椅上讲话，他们则坐在自己的沙发椅上听讲，他们听得较清楚，而且能较清晰地看见她。她开头先用幽默的口吻讲了前蒙古时代[①]的音乐，又描述了中国人征服蒙古[②]以后歌曲的大发展。尽管艾三索[③]的方法和布里斯班流派的方法很老旧，很原始，但是她觉得（这是她说的）研究那些方法对今天的乐师可能有好处：那些创作方法有清新的特点；最重要的是，它们蕴含着思想。

她讲了十分钟，很受听众欢迎，最后她和许多听众一起听了一个关于海洋的讲座；从海洋可以得到很多新的想法；讲话人最近曾经戴着人工呼吸器下海考察。在这之后，她吃饭，跟许多朋友聊天，洗澡，再聊天，然后召唤床铺。

这床铺不是她喜欢的那种，它太大了，她愿意要个小床。抱怨是没有用的，因为全世界的床都一样大；如果要其他的尺寸的床，会牵涉到对机器做重大的改动。瓦什蒂把自己隔离起来——这是必要的，因为地底下不存在昼和夜——然后她回顾自己上次

---

① 前蒙古时代，指蒙古历史上匈奴时期后的一个时期，约在公元 10 至 12 世纪。

② 指 1469 年明朝入侵蒙古。

③ I-San-So 的音译。

要床铺以来所发生的一切。新思想？几乎没有。事情——库诺的邀请算一件事吧？

在她身边的小书桌上，有一件垃圾时代遗留下来的东西——一本书。这是《机器之书》，里面有应对各种偶发事件的说明。如果她热了，冷了，暴躁了，或想不出词了，她都要看这本书，书会告诉她该按哪个按钮。这书是中央委员会出版的。根据一种日益盛行的习惯做法，书的装帧非常精美。

她坐在床上，恭敬地双手捧书。她环视了一下这间发光的屋子，仿佛有人在看着她似的。然后，她半羞愧半快乐地小声说："啊，机器！啊，机器！"并把书举到唇边。她三次亲吻书，三次低下头，三次感觉到顺从权威的狂喜。仪式过后，她翻到了第一三六七页，上面有从她住的南半球小岛去她儿子住的北半球小岛的飞船出发的时间。

她想，"我没时间去。"

她把房间调暗并睡觉；她醒来时又把房间调亮；她吃饭并和朋友们交流思想，她听音乐，听讲座；她把屋子调暗并睡觉。在她的上方、下方和周围，机器的轰鸣声不断；她注意不到这噪音，因为她一生下来听见的就是这种噪音。地球嗡嗡响着带她飞速穿过寂静，一会儿让她转向看不见的太阳，一会儿又让她转向看不见的星星。她醒了，把屋子调亮了。

"库诺！"

"等你来了，"他回答，"我才和你说话。"

"我们上次谈话以后你去过地球表面吗？"

他的影像逐渐消失。

她又阅读那本书。她变得很紧张，向后靠在沙发上，心脏急速跳动。你可以把她想象成既没有牙又没有头发。她很快把自己的椅子调到墙壁前，按下一个不熟悉的按钮。墙慢慢地向两边打开。她通过门缝看见一条隧道，由于隧道是弧形的，因此看不见它通向哪里。如果她去看儿子的话，要从这里踏上旅途。

她当然很了解联络系统。那没有什么神秘的。她会召唤来一辆小汽车，小汽车会载着她在隧道里急速奔驰，最后到达通往气动飞船站的电梯。早在机器得到广泛认可之前，这个系统就已经使用了很多很多年。她当然研究过她所处的文明时代之前的那种文明——那种文明误解了这个联络系统的功能，不是通过它把物带给人，而是把人带给物。往昔是多么可笑啊！那时人们到外面去换空气，而不是换屋子里的空气！然而——她还是害怕这条隧道，她生下最后一个孩子以后还没看见过这条隧道呢。隧道是弧形的——可是和她记忆中的不大一样；隧道很明亮——可是并不像一个讲演者所说的那样明亮。突然间，瓦什蒂对获取直接经验产生了恐惧。她缩进自己的屋子，那面墙又关上了。

"库诺，"她说，"我不能去看你。我不舒服。"

一个巨大的器械立刻从天花板落到她身上，一个温度计自动塞进她的嘴唇之间，一个听诊器自动放在她的心脏部位。她躺在那里无能为力。凉爽的纱布垫放到她的额头上，让她感觉舒服了些。原来是库诺给她的医生发了电报。

这么说人类的情感仍然在机器里到处瞎撞。瓦什蒂喝了机械医生注射进她嘴里的药水，然后那个机械装置就退进天花板里。她可以听见库诺的声音问她觉得怎么样。

"好点了。"然后她又恼火地说："可是你为什么不到我这儿来呢？"

“因为我不能离开这个地方。”

“为什么？”

“因为，随时都有可能发生大事。”

“你去过地球表面吗？”

“还没有。”

“那有什么大事？”

“我不愿意通过机器告诉你。”

她重新有了活力。

可是她想起了库诺幼年的往事：他诞生的情况、被移送到公共保育院的情况、她唯一的一次去看他的情况、他多次来看她的情况。自从机器在地球另一边给他分配了一个房间以后，他就没有再来看她。《机器之书》上说：“父母的责任在孩子降生那一刻就结束了。第四二二三二七四八三页。”确实是这样，可是库诺有些特殊——说实在的，她所有的孩子都有些特殊——不管怎么说，如果库诺希望她去，她就必须冒险做这次旅行。而且“有可能发生大事”。这话是什么意思？毫无疑问，这是年轻人的胡说八道，可是她必须去。她又按了那个不熟悉的按钮，墙壁又向后打开，她看见了那条一眼望不到尽头的弧形隧道。她抓起那本书站了起来，踉跄地走到站台，召唤来一辆小汽车。她的房间在她身后关闭了，她去北半球的旅行开始了。

这当然非常容易。小汽车过来了，她发现里面有沙发椅，与她的沙发椅一模一样。她发出一个信号，车便停了下来。她踉跄地进了电梯。里面还有一个乘客，这是她几个月来面对面见到的第一个同胞。现在没有人旅行了，由于科学的发展，地球上到处都一样了。前一个文明时代曾希望能从快速交流中受益，现在快速交流由于自身的原因失败了，终结了。当北京[1]像什鲁斯伯里[2]一样的时候，去北京有什么用呢？当什鲁斯伯里像北京一样的时候，为什么要回什鲁斯伯里呢？人们很少挪动身体；一切骚动不安都集中在灵魂里。

气动飞船服务业是前一个时代的遗物。它之所以保存下来，是因为保持运营比停止运营或减少运营更容易，但是现在这种服务业已经供大于求了。一艘艘飞船会从拉伊[3]或克赖斯特彻奇[4]（我使用古老的名称）的出口飞进拥挤的天空，会在南部的码头停下——空无一人。这个系统调试得那么好，完全不依赖气象学的支持，因此无论是晴朗无风还是层云密布，天空都像一个巨大的万花筒，里面时时出现同样的图案。瓦什蒂搭乘的这艘飞船有时在日落时分起飞，有时在黎明时分起飞。可是它飞越兰斯[5]上空时总会与往返于赫尔辛基和巴西之间的飞船并肩飞行，而且它每隔两次飞到阿尔卑斯山上空时，总会有巴勒莫[6]的飞船队在后面横穿它飞过的航道。夜晚和白天、大风和暴雨、涨潮和地震，再也阻挡不了人类。人类已经征服了海怪利维坦[7]。所有那些赞扬大自然和表达对大自然恐惧的古老文学，听起来都很虚假，就像小孩子说的胡话。

瓦什蒂看见了气动飞船那斑驳的巨大侧翼，那些斑点是暴露

---

① 美国伊利诺伊州中西部一小镇。
② 英国什罗普郡首府。
③ 英国东南部萨塞克斯郡一古镇。
④ 英国南部多塞特郡沿海一古镇。
⑤ 法国北部香槟—阿登大区一古城。
⑥ 意大利南部一历史名城。
⑦《圣经·旧约》中的海怪，象征邪恶。

在外层空气中形成的，这时她又对获取直接经验产生了恐惧。这艘飞船不大像电影拍摄的那种飞船。首先，它有异味——尽管不太强烈也不太难闻，可是它确实有异味；她即使闭上眼睛都会知道近处有一个新的东西。再有，她不得不从电梯步行到飞船，不得不忍受其他旅客瞟视的目光。走在她前面的男人失手掉了《机器之书》——这虽然不是什么大事，但让他们大家无法再保持沉默。在房间里，如果有人掉了《机器之书》，地板会机械地把它举起来，可是通往飞船的跳板不是这样设计的，所以那本圣书依然一动不动地躺在地上。他们停了下来——谁都没有预料到会发生这样的事，那个男人没有拾他的书，而是摸了摸胳膊，看看肌肉怎么不管用了。然后有人直接说："我们要晚了"——于是他们鱼贯登船，瓦什蒂踩上了那本书的书页。

在气动飞船里，她变得更加焦虑。这里的各种安排还是旧式的，很不周到。甚至还有一个女服务员，她在旅途中想要什么东西还得跟女服务员说。当然啦，飞船里有一个旋转站台从一头通到另一头，可是她得从站台步行到自己的客舱。有些客舱条件好一点，但她没得到最好的客舱。她认为女服务员对她不公正，一阵阵怒火中烧。玻璃阀门已经关上，她无法往回走。在通过台的尽头，她看见自己上来时乘坐的电梯在无声地上上下下，里面空无一人。在一条条镶嵌着光亮瓷砖的走廊下面是一层层房间，一直深入到地球深处，每间房里都坐着一个人，在吃饭，或睡觉，或产生想法。她自己的房间就隐藏在这个大蜂房深处。瓦什蒂很害怕。

"啊，机器！啊，机器！"她喃喃地说，并抚摸着她的《机器之书》，感觉得到了安慰。

在这之后，通过台两边的侧壁似乎融为一体，就像我们在梦中常见的走廊侧壁融为一体一样，电梯消逝了，那个男人掉下的那本书滑到左边消失了，光滑的瓷砖像河水一样从身边涌过，随后是一阵轻微的震动，飞船从隧道冲出去，在热带海洋的波浪上方翱翔。

夜来临了。一刹那间她看见了苏门答腊岛[①]的海岸，岸边有闪亮的波浪，岸上有几座灯塔，仍然射出容易被人忽视的缕缕光线。这些也都消失了，只有点点繁星转移她的注意力。它们不是一动不动，而是在她头顶上方摇来摆去，簇拥着出了一个天窗又进了另一个天窗，仿佛是宇宙在疾驰，而不是飞船在疾驰。正如在晴朗的夜空经常发生的那样，星星似乎一会儿近大远小，一会儿又在同一个平面；一会儿层层叠叠直上无垠的天空，一会儿又掩藏起无限性，成了永远限制人类视野的屋顶。无论是哪种情况，它们都似乎让人无法忍受。“我们就得在黑暗里旅行吗？”旅客们愤怒地叫道，于是那个粗心的女服务员生产出亮光，并拉下用柔韧金属做的窗挡。世人制造气动飞船时，仍有直接观看事物的愿望。因此飞船上有超常数量的天窗和窗户，也给那些文明优雅的人带来了与此相应的不舒适。一颗星星甚至透过瓦什蒂的客舱窗挡上的瑕疵向里面窥视。她不安地睡了几小时之后被一种不熟悉的光所打扰，那就是黎明。

气动飞船虽然快速向西飞，但地球以更快的速度向东转，因而把瓦什蒂和她的旅伴们往回拉，让他们面向太阳。科学虽然能延长黑夜，但只能延长一会儿，那些取消地球周日自转的奢望，

---

① 印度尼西亚的一个岛屿。

与一些可能更高的奢望一起已经终结了。要“赶上太阳”或甚至超过它，不过是前一个文明时代的目标。为了实现那个目标，人们建造了快速飞机，它们能疾速飞行，由那个时代最伟大的天才驾驶。它们绕着地球转呀，转呀，向西，向西，转呀，转呀，伴随着人类的掌声。但是这种努力徒劳无功。地球以更快的速度向东旋转，可怕的事故发生了，因此当时已变得显赫的机器委员会宣布，这项研究是非法的、非机械的，可以受到“无家可归感”的惩罚。

关于“无家可归感”，后面会详细说明。

毫无疑问，委员会是对的。然而“击败太阳”的尝试引起了我们人类最近一次对天体或对任何事物的共同兴趣。这是人类最后一次被“世界之外存在一种强力”的想法紧紧地团结在一起。太阳取得了胜利，然而这标志着其精神统治的完结。黎明、中午、黄昏、黄道带[1]既影响不了人类的生活，也影响不了人类的情感；科学女神退到地下，集中精力思考她有把握解决的问题去了。

因此当瓦什蒂发现一缕光线像玫瑰色手指头一般伸进自己的客舱后，她很烦恼，设法调整窗挡。可是整个窗挡卷了上去，她透过天窗看见几片粉红色的小云朵在蓝天背景下摆动；太阳爬得更高时，光芒直射进来，洒满墙壁，像金色的海洋。阳光随着飞船的动势时高时低，就像波浪时升时降；可它还是不断前行，就像潮汐向前涌动。如果她不注意，阳光会碰到她的脸。她突然感

① 由地球上看太阳运行的轨道向两侧延伸 8 度的区域，日、月和主要行星的运行路径都在黄道带内。

到一阵阵的恐惧，于是按铃叫女服务员。女服务员也感觉恐怖，可是无能为力；她没法修补窗挡。她只能建议瓦什蒂换到另一个客舱去，瓦什蒂倒是愿意换。

全世界的人几乎完全一样，可是这位飞船女服务员却与常人有些不同，也许是因为她担负着不同寻常的责任。她常常直接对旅客说话，这使她的姿态有些粗鲁，颇有新意。当瓦什蒂叫喊着猛然转向一边躲阳光时，女服务员表现得很粗野——她竟伸出手来扶她。

“你怎么敢这样！”瓦什蒂大喊。“你忘了自己的身份！”

女服务员感到困惑，于是就为没让她跌倒而道了歉。人们从来不互相触摸。由于有了机器，那种习俗已经过时了。

“我们现在到哪儿啦？”瓦什蒂傲慢地问。

“我们在亚洲上空，”女服务员赶紧客气地说。

“亚洲？”

“你要原谅我这个普通人的说话方式。说起我们飞过的地方，我习惯用它们的非机械名称。”

“啊，我记得亚洲。蒙古人就来自亚洲。”

“在我们下方的露天地里有一个城市，过去叫希姆拉[①]。”

“你听说过蒙古人吗？听说过布里斯班流派吗？”

“没有。”

“布里斯班[②]也曾经矗立在露天地里。”

“右边那些山——让我指给你看。”女服务员把金属窗挡推了

① 印度喜马偕尔邦一城市。
② 澳大利亚东海岸一港口城市。

上去。喜马拉雅山的主山系显露出来。“那些山过去被称为‘世界屋脊’。”

“多么愚蠢的名字！”

“你必须记住，在文明时代的黎明到来之前，它们似乎是能触及星空的不可穿透的大墙。人们认为，只有众神才能住在它们的顶峰上。我们取得了多么大的进步啊，多亏有了机器！”

“我们取得了多么大的进步啊，多亏有了机器！”瓦什蒂说。

“我们取得了多么大的进步啊，多亏有了机器！” 那位前一天夜里掉了《机器之书》的乘客附和说，他正站在过道里。

“大山裂缝里的白色东西呢？——是什么呀？”

“我忘了它叫什么。”

“请挡上窗户。那些山不能让我产生任何想法。”

喜马拉雅山的北坡笼罩在浓浓的阴影里：阳光刚刚照亮印度这边的山坡。在文学时代，这里有大量森林被砍伐，用于制造新闻纸的纸浆；可是山上的积雪正在苏醒，觉察到自己在清晨时分光彩夺目，云彩仍然挂在干城章嘉峰[①]的胸膛上。可以看到平原上有城市废墟，城墙边有水量已减少的河流慢慢流淌，在这些城墙边上，有时可见一些入口的迹象，说明那些是今天的城市。许多气动飞船在这整个风景上空疾驰，以不可思议的从容和自信穿过天空，并在相互的航道上交叉飞行。当它们想躲避下层大气的干扰，想飞跃“世界屋脊”时，便漫不经心地上升。

“我们确实取得了进步，多亏有了机器。”女服务员重复道，并且拉下金属窗挡，挡住了喜马拉雅山脉的景象。

---

① 喜马拉雅山脉东部一山峰，在尼泊尔和中国西藏之间，为世界第三高峰。

白昼疲惫地缓慢前行。乘客们都坐在各自的舱房里，怀着一种几乎是生理的厌恶互相躲避，都渴望再回到地下。乘客里有八个或十个人，大部分是年轻男子，他们来自公共保育院，被派去地球各地入住死者的房间。那个掉了《机器之书》的人是乘飞船回家的。他曾被派到苏门答腊去繁育人类。只有瓦什蒂一人是按照个人意愿旅行的。

中午时分，她又瞟了一眼地球。飞船正在跨越另一个山脉，可是由于云层太厚，她看不见什么。大块的黑岩石悬浮在她的下方，融入朦胧的灰色。它们的形状很奇特；其中有一块宛若一个俯卧的人。

"这里没有思想，"瓦什蒂喃喃地说，并拉下一个金属窗挡，遮住了高加索地区[1]的景象。

晚上她又看了看外面。他们正在飞越一片金色的海洋，里面有许多小岛和一个半岛。

她又说："这里没有思想，"然后拉下一个金属窗挡，遮住了希腊的景象。

第二部分

维修器械

经过了通过台、电梯、管道状火车、站台、推拉门——经过与她来时完全相反的步骤，瓦什蒂来到了她儿子的房间，那房间和她的房间一模一样。她完全可以宣称她的访问纯属多余。这些

① 位于亚洲和欧洲之间的多山地带。

按钮、旋钮，这张书桌连同放在上面的《机器之书》、这温度、空气、照明——这一切都分毫不差。即便她的骨肉库诺终于站到她身边，那又有什么好处呢？她太有教养了，甚至不会去握他的手。

她把目光转向别处，说了如下的话：

“我来了。我完成了最可怕的旅行，大大延缓了我心灵的发展。这不值得，库诺，不值得。我的时间太宝贵了。阳光差一点晒到我，我还遇见了最粗鲁的人。我只能停留几分钟。你要说什么就说吧，然后我必须回去。”

“有人用‘无家可归’威胁我，”库诺说。

她现在才正眼看他。

“有人用‘无家可归’威胁我，而我又不能通过机器告诉你。”

“无家可归”意味着死亡。受害者被暴露在空气中，会死去的。

“我上次跟你通话以后，一直待在外面。那件大事已经发生了，他们发现了我。”

“可是你为什么不能到外面去呢？”她喊道。“访问地球表面是完全合法的，是完全机械的。最近我听了一个关于海洋的讲座；没有反对外出的意思，你只要召唤来一个人工呼吸器，并得到一张‘外出许可证’。这不是注重精神生活的人做的事，我求你不要去做，可是法律上并没有反对外出的规定。”

“我没得到‘外出许可证’。”

“那你是怎么出去的？”

“我找了一条自己的路。”

她没有领会这句话的意思，因此他不得不再说一遍。

“你找了一条自己的路？”她小声说。“可那是错误的。”

“为什么？”

这个问题让她大吃一惊。

“你开始崇拜机器了，”他冷冷地说。“你认为我找了一条自己的路是漠视宗教。这正是委员会用‘无家可归’来威胁我时所想的。”

她听了这话很生气。“我什么都没崇拜！”她叫道。“我是最先进的。我没认为你漠视宗教，因为现在已经没有宗教这种事了。过去的一切恐惧和迷信都被机器毁灭了。我刚才只是说，你找自己的路就是——再说，没有新路可出去。”

“人们总这样认为。”

“你不可能出去，除非通过那些出口，可你必须有‘外出许可证’。《机器之书》这么说的。”

“哎，那本书错了，因为我是走着出来的。”

因为库诺有较强的体力。

到了这个时代，肌肉发达成了缺点。每个婴儿出生时都受到检查，那些有迹象表明将来体力可能过于强健的婴儿都被杀死了。人道主义者可能会抗议，可是让一个擅长运动的人活下去并不是真正的善心；他只能过机器允许他过的生活，他永远不可能幸福；他会渴望有树可爬，有河流可沐浴，有草地和山峦可进行体力较量。人类必须适应自己的生存环境，是不是？在世界的黎明，我们的体弱者必须被扔到塔依耶托斯峰①上；在世界的黄昏，

① 希腊南部伯罗奔尼撒半岛上的一个山峰。据传说，古斯巴达的新生婴儿必须经国家长老检查，认为健壮合格的，才准许父母养育，否则就被抛弃到塔依耶托斯峰的弃婴场里。

我们的健壮者将忍受安乐死，这样机器才可能进步，这样机器才可能进步，这样机器才可能永远进步。

“你知道我们已经失去了空间感。我们说‘空间被消灭了’，可是我们不仅消灭了空间，也消灭了空间感。我们失去了自身的一部分。我决心恢复空间感，因此我开始在我房间外的火车站台上走来走去。我走来走去，直到累了为止，于是我重新找到了‘近’和‘远’的意义。‘近’是我用脚能很快走到的地方，而不是火车或飞船会很快把我带到的地方。‘远’是我不能用脚很快走到的地方；飞船出口很‘远’，尽管我召唤来火车后可以在三十八秒钟内到达。人类就是标尺。这是我学的第一课。人类的脚是丈量距离的标尺，手是衡量所有权的标尺，身体是衡量一切可爱的、可想望的、强有力的东西的标尺。然后我走得再远些，就是在那个时候，我第一次给你打电话，可你不肯来。

“正如你所知道的，这座城市建在地球下面很深的地方，只有那些出口是突出来的。我在自己房间外的站台上踱步以后，乘电梯到了上一层站台，也在那里踱步，我就这样一层一层上去，最后到了最上层，它的上面就是地球的起点。所有这些站台都一模一样，我游览它们后得到的收获是：我的空间感扩展了，我的肌肉也增强了。我想我应该对此感到满足——这不是件小事——可是当我一面走一面思考时，我突然想到，我们的城市是在人类仍呼吸外层空气时建造的，所以有一些给工人用的通风井。我一心想着那些通风井。它们是不是被机器最近开发的所有那些食物管道、药物管道和音乐管道毁坏了？有没有留下一些迹象？有一点是肯定的。如果说我遇见过这些通风井，那是在最上层的铁路隧道里。在其他地方，所有的空间都有说明。

“我讲得很快，可是别认为我不是胆小鬼，也别认为你的回答没让我沮丧过。在铁路隧道里走路是不恰当的、非机械的、不得体的事。我不怕踩上一根连着电源的铁轨触电而死。我怕的是某种更难以描述的东西——我怕做机器没有考虑过的事。随后我对自己说：‘人类就是标尺’，于是我就进到隧道里了。去了多次以后，我发现了一个洞口。

“那些隧道当然有照明。到处都是亮的，人造的亮光；黑暗倒成了例外。所以当我看见瓷砖里有一个黑色缺口时，我知道那是个例外，我很高兴。我伸进去一只胳膊——起初我只能伸进一只胳膊，我狂喜地抡着胳膊。我弄松了另一块瓷砖，把头伸了进去，对着黑暗喊：‘我来了，我要做这件事’，我的声音在无尽的通道里回响。我似乎听见已故工人的鬼魂的声音，那些鬼魂每天晚上都回到星光之中，回到妻子身边；所有在露天地住过的一代代人对我喊：‘你一定要做这件事，你来了’。”

他停了片刻，尽管他很荒唐，但他的最后一句话还是感动了瓦什蒂。因为库诺最近曾申请当父亲，但被委员会拒绝了。他不是机器想要的那种传人。

“后来一列火车开过去了。它从我身边擦过，可我还是把头和胳膊伸进了那个洞。这一天我已经干了不少事，所以我爬回了站台，乘电梯去了地下，并且要来了我的床。啊，这是什么样的梦啊！我又给你打了电话，可是你又拒绝了。”

她摇了摇头说：

“别说了。别说这些可怕的事了。你让我难过。你在丢掉文明。”

“可是我找回了空间感，人一旦有了空间感就不能休息了。我决心从那个洞口进去，攀爬那个通风井。于是我锻炼胳膊。一天又一天，我做着可笑的动作，直到肌肉疼痛，最后我能靠着双手的力量把身体悬空了，能伸直手臂举着床上的枕头坚持好几分钟了。然后我要了一个人工呼吸器就出发了。

“一开始很容易。墙上的灰泥不知怎么腐烂了，我很快就把几块瓷砖推了进去，跟着爬进了黑暗之中，那些死者的鬼魂在安慰着我。我不知道我说这个要表达什么意思。我只是讲我的感受。我头一次感到这是对腐败的抗议，我就像那些死者安慰我一样安慰那些还没出生的人。我感觉人类存在着，没穿衣服。我怎么解释这个呢？人类是赤裸的，人类看起来是赤裸的；所有这些管道、按钮、机械装置都不是和我们一起进入这个世界的，也不会跟着我们出来；有我们在这里，它们就不很重要了。假如我身强力壮的话，我会撕掉身上所有的衣服，一丝不挂地到外层空气中去。可是我做不到，大概我这一代人都做不到。我戴着人工呼吸器，穿着卫生服，带着有关饮食的通俗小报往上爬！这总比什么都不做强吧。

“那里有一把梯子，是用某种古金属做的。铁路的光亮照在梯子最下层的阶梯上，我看见整个梯子立在通风井底部的碎石中，直通到上面。也许我们的祖先在建造这个通风井时每天要爬上爬下十多次呢。我爬的时候，通风井的粗糙边缘割破了我的手套，我两只手都流了血。那点光亮对我有一点帮助，然后黑暗来临了，更糟糕的是，寂静也来临了，它像利剑一样刺痛我的耳朵。机器嗡嗡响了！你知道这个吗？它的嗡嗡声深入我们的血液，甚至可能引导我们的思维。谁知道呢！我正在超越它的力量。然后我想：‘这寂静意味着我正在做错事。’可是在这寂静中我听见了说话声，这些声音又给了我力量。”他大笑起来。“我需要它们。随后我的头碰上了什么东西。”

她叹了口气。

“我碰着了一个气动闭锁器，那些器械可以保护我们不受外层空气的侵扰。你在飞船上大概注意到它们了。通风井里漆黑一片，我的两只脚踩在我看不见的梯子的阶梯上，我的两只手满是伤痕；我无法解释这段时间我是怎么过的，可是那些说话声仍然给了我安慰；我摸索着寻找插销。我猜想那个闭锁器大约有八英尺宽。我使劲往上伸手去摸它。它非常光滑。我几乎要摸着它的中间部位了。但我没有摸到中心，因为我的胳膊太短了。然后有声音说：‘跳起来。很值得一试。在中心部位可能有一个手柄，你可以抓住它，用你自己的方法到我们这儿来。如果没有手柄，你就可能掉下去，摔得粉碎——这仍然值得一试：你仍然会用自己的方法到我们这儿来。’于是我就跳了。那里有一个手柄，而且——”

他停顿了一下。他的母亲眼里充满泪水。她知道他要完了。即便他今天不死，明天也会死。世界上没有这种人生存的空间。她的厌恶感与怜悯混杂在一起。她为自己生了一个这样的儿子感到羞耻，她一直是那么值得尊敬的人，而且充满思想。他真是那个小男孩吗？她曾教过他如何使用停止阀和按钮，教过他《机器之书》的第一课，他真是那个小男孩吗？他上唇边长出了胡须，使嘴唇变了形，这说明他正复归某种野人类型。机器不能原谅返祖倾向。

“那里有一个手柄，我确实抓住了。我迷迷糊糊地悬在黑暗之上，听见这些器械运转的嗡嗡声，就像在即将逝去的梦境里听到最后的耳语声。我关注过的一切以及通过管道与我说过话的所有的人都显得很渺小。与此同时，那手柄在转动。我沉重的身体不知触动了什么机关，我慢慢地横跨通风井，然后——”

“我简直没法描述当时的情景。我躺在地上，脸朝着阳光。鲜血从我的鼻子和耳朵里涌出来，我听见了巨大的轰鸣声。原来是我连同那个闭锁器被一起喷出了地球，我们在地下制造的空气通过这个通风口进入上面的空气中。它像喷泉一样往上喷。我爬回了我们的人造空气之中——因为上面的空气刺痛了我——而且可以这么说，我在通风井边缘小口吸着我们的空气。我的人工呼吸器不知哪儿去了，我的衣服也撕破了。我躺在那里，嘴唇离那个洞很近，我小口吸着我们的空气，直到血不流了为止。你没法想象这么奇怪的事。这个长满草的小山谷——我一会儿要谈到它——太阳不是明亮地照进去，而是透过大理石色的云层照进去；那种平和、那种自在、那种空间感，还有我们的人造空气的喷发气流，带着轰鸣声擦过我面颊！我很快就看见了我的人工呼吸器，它在我头顶上方高处的气流中飘上飘下；在更高的空中还有许多飞船。可是飞船里没有一个人往外看，不管怎么说，他们也不可能看见我。我陷入了困境。太阳往通风井里多照进了一点，露出了那个梯子的最上一阶，可是我怎么伸腿都踩不到它，我感到很无奈。我不能再一次从逃跑通道被抛上地面，又不能掉下去摔死。我只能躺在草地上，用嘴吸人造空气，还不时往周围看一眼。

“我知道我是在韦塞克斯[①]，因为我在动身之前特意去听了一

① 英格兰南部一地区，历史上曾是盎格鲁—撒克逊人的王国。

个有关这个题目的讲座。韦塞克斯就在我们谈话的这间屋子的上方。它过去曾是一个重要的国家。它的国王们统治着从安德列德斯沃尔德[①]到康沃尔[②]的整个南海岸，而旺斯代克[③]横在高地上，从北部保护它。那个讲演者只关心韦塞克斯的兴起，因此我不知道它作为一个国际上的强国维持了多长时间，即使知道了对我也不会有什么帮助。说实话，在这个阶段我什么都做不了，只能在那里笑。我躺在那里，身边是一个气动闭锁器，头顶上方飘着人工呼吸器，我和这两个器械一起被困在一个绿草如茵的小山谷里，山谷的边缘长着蕨草。”

然后他又变得很严肃。

“我很幸运，那是一个小山谷。因为喷出来的空气开始下降，充满了整个山谷，就像水充满饭碗一样。我能四处爬了。很快我就站了起来。每一次我努力爬上山坡时，我呼吸到的是混合空气，其中刺痛我的空气占主要成分。这还不算太糟。我带来的那些小报没有丢，因此我仍然很快乐，这有点可笑；至于机器嘛，我把它全忘了。我现在唯一的目标就是爬到长满蕨草的山顶上，看看山后究竟有什么。

“我冲上了山坡。新的空气对我来说仍然太痛苦了，一刹那间我看见了某种灰色东西，然后我又滚了回来。阳光变弱了，我记得太阳是在天蝎座[④]——我也听过关于这事的讲座。如果太阳在天蝎座，而你在韦塞克斯，那就意味着你必须尽快走开，否则天就

① 又称安德列德森林，英国南部一地区，古代曾为林地。
② 英格兰西南角的一个郡。
③ 英格兰西部乡野中一处中世纪早期遗留下来的防御工事。
④ 黄道十二宫中第八宫。每年10月24日至11月22日之间，太阳在天蝎座。

要变得太暗了。(这是我通过讲座得到的第一条有用信息，我估计它将是最后一条有用信息。)这促使我拼命呼吸新的空气，并尽可能大胆地走出我的气坑。空气是那么缓慢地漫上山谷。有时我想，那个喷气口喷的劲小些了。我的人工呼吸器似乎跳动得离地面更近了；轰鸣声在减弱。”

他突然不讲了。

“我觉得你对这个不感兴趣。其余的事你就更不会感兴趣了。那里面没有思想。我真希望我没麻烦你，没叫你来。妈妈，我们两人太不一样了。”

她叫他接着说。

“我还没爬到坡上，就到了晚上。这时太阳就要溜出天空了，风景我看不清楚了。你刚刚飞越过‘世界屋脊’，你不会愿意听我讲我看见的小山吧——没有色彩的低矮小山。可是对我来说，它们是活的，覆盖着它们的草皮就是皮肤，下面有凸起的肌肉。我感到，从前那些小山曾用难以估计的力量向人类呼喊，人类也爱它们。现在小山睡觉了——也许永远睡过去。它们与人类在梦中交流。男人快乐，女人快乐，他们唤醒了韦塞克斯的群山。因为这些山虽然睡了觉，但它们永远不死。”

他提高了声音，充满激情。

“你难道不明白，所有你们这些讲演的人难道不明白，我们就要死了，在我们这里，唯一真正活着的是机器？我们创造了机器，让它按我们的意旨办事，可是我们现在没法让它实现我们的意旨了。它夺走了我们的空间感和触觉，它模糊了一切人际关系，并把爱情缩小为肉体动作，它使我们身体瘫痪、意志瘫痪，现在又强迫我们崇拜它。机器发展了——但不是按照我们的方式。机器进步了——但不是向着我们的目标。我们只是作为流经它动脉血管的血球而存在，如果它没有我们也能运转的话，它会让我们死的。唉，我没有补救办法——或者至少说，只有一种办法——一遍遍地告诉人们，我看见了韦塞克斯的山峦，就像阿尔弗雷德[1]推翻丹麦人时所看见的一样。

“于是太阳下山了。我刚才忘记说了，我所在的那座山和其他山中间有一个薄雾带，是珍珠色的。”

他又不讲了。

“接着说呀，”他的母亲疲惫地说。

他摇了摇头。

“接着说呀。现在你说什么都不能让我沮丧了。我已经不容易被打动了。”

“我刚才是想把其余的事都告诉你，可是我不能说，我知道我不能说，再见吧。”

瓦什蒂站在那里，犹豫不决。听了库诺的亵渎神明的言论，她所有的神经都感到刺痛。可是她也很好奇。

“这不公平，”她抱怨说。“你叫我跨越整个世界过来听你说事，我就要听你讲。告诉我——尽可能简单点，因为浪费时间简直是灾难——告诉我你是怎么回到文明当中来的。”

“啊——这个！”他说。“你愿意听关于文明的事。当然可以。我刚才是不是讲到我的人工呼吸器掉下来啦？”

“没有——可是我现在什么都明白了。你戴上了人工呼吸器，

---

① 阿尔弗雷德(849—899)，韦塞克斯国王，曾战胜入侵的丹麦人，结束了他们对英格兰的统治。

设法沿着地球表面走到一个出口，在那儿你的行为被人汇报到了中央委员会。”

“不对。”

他用手摸摸额头，似乎在驱除某种强烈的印象。然后，他又拾起话头接着讲下去。

“我的呼吸器大约在日落时分掉了下来。我刚才说过那个喷气口似乎喷劲小了，是不是？”

“是啊。”

“大约在日落时分，呼吸器掉了下来。正如我说过的，我把机器完全忘了，我在想别的事，也没太注意时间。我有一潭人造空气，当外层空气过于刺鼻、难以忍受时，我可以把头伸进人造空气里，那空气大概可以维持几天，只要没有突然刮来的风把它吹散就行。我起先并没有意识到那个逃跑通道被堵意味着什么，等意识到已经太晚了。你明白吗——隧道里的那个缺口已经被修补好了；是维修器械修补的；维修器械在追我。

“我还得到过一个警告，可是我忽略了。夜里的天空比白天的天空更晴朗，月亮在太阳背后，相隔半个天空，时不时照进小山谷，有时很明亮。在我常待的那个地方——两种空气的交界处——我突然看见有个黑的东西穿过小山谷底部消失在通风井里。我很傻，我跑了下去。我弯下身子听着，我想我听见地下深处传来轻微的刮擦声。

“听见这声音——可是太晚了——我立刻警觉起来。我决定戴上人工呼吸器走出小山谷。可是我的呼吸器不见了。我知道它掉下的准确地点——在闭锁器和洞口之间——我甚至能摸到它在草皮上留下的痕迹。呼吸器不见了，我意识到有一种邪恶的力量在起作用，我最好是逃到另一种空气里去。如果我必须死，我要死在跑向那片珍珠色云朵的路上。我没有跑。从通风井里——太恐怖了。一只毛毛虫，一只很长的白毛毛虫从通风井里爬了出来，在月光下的草地上滑行。

“我大声喊叫。一切不该做的事我都做了，我没有逃跑，而是用脚去踩那个生灵，它立刻蜷缩到我的脚腕上。然后我和它进行斗争。那毛毛虫任我跑遍小山谷，可是在我跑的时候它侧身爬上了我的腿。‘救命！’我大喊。（这部分太可怕了。这是你永远不会知道的情况的一部分。）‘救命！’我大喊。（我们为什么不能默默地忍受呢？）‘救命！’我大喊。随后我的两只脚被缠住，我摔倒了，我被拽离了亲爱的蕨草和有生命的山峦，经过那个大的金属闭锁器（这部分我可以告诉你），我想如果我抓住那个手柄的话，还可能得救。闭锁器也被毛毛虫团团包围。啊，整个山谷都是那种虫子。它们从四面八方搜索山谷；它们破坏草皮，让泥土裸露出来；其他毛毛虫的白色口鼻部从那个洞里伸出来，准备必要时参战。它们带来了一切可以挪动的东西——灌木、蕨草，什么都有，然后我和所有这些纠缠着一起掉进了地狱。闭锁器在我身后关闭之前，我看见的最后景象是一些星星，我感觉有一个和我差不多的人住在天上。我确实进行了斗争，一直斗到最后，我只是在头碰到那架梯子时才平静下来。我醒来时是在这间屋子里。毛毛虫都消失了，我被人造空气、人造光亮、人造的平和气氛所包围，我的朋友们通过通话管道在叫我，想知道我最近是否接触到了新的思想。”

他的故事讲完了。他们当时不可能进行讨论，而瓦什蒂转过身要走。

“这件事会以‘无家可归’告终。”她平静地说。

“我倒是希望它会。”库诺反驳说。

“机器已经很慈悲了。”

“我更喜欢上帝的慈悲。”

“你用这个迷信的词语，是不是意味着你能在外层空气里生活？”

“是啊。”

“在那些出口周围，你看见过那些在‘大叛乱’之后被喷出去的人的尸骨吗？”

“看见过。”

“他们被遗弃在那里死去，是为了给我们启示。有几个人爬到了别处，可是也死了——谁能怀疑这一点呢？我们这个时代的‘无家可归者’也是这样。地球表面不再给生命提供支持了。”

“确实这样。”

“蕨类植物和小草可能生存下去，但所有更高形式的生命都已经死了。有飞船发现过它们吗？”

“没有。”

“有讲演者讲过它们吗？”

“没有。”

“那你为什么这么顽固？”

“因为我见过它们。”他突然大声说。

“你见过什么？”

“因为我在黄昏时见过她——因为我喊的时候她过来帮了我——因为她也受到毛毛虫的纠缠，不过她比我幸运，她被一只毛毛虫扎中喉咙杀死了。”

他疯了。瓦什蒂走了，在后来发生的麻烦中，她再也没有见到他的脸。

第三部分
无家可归者

在库诺这次冒险之后，在几年的时间里，机器取得了两项重要进展。从表面看，这两项进展都是革命性的，可是无论是哪项进展，人类事先都有思想准备，因此它们不过是把已经潜在的倾向表现出来罢了。

第一项进展是废除人工呼吸器。

先进的思想家们，像瓦什蒂，一向认为访问地球表面是愚蠢的做法。气动飞船固然不可缺少，但仅仅为了满足好奇心而出去，乘坐陆地汽车慢慢行驶一两英里有什么好处呢？这种习惯很庸俗，也许不大恰当：它不能产生思想，与那些真正重要的习惯没有任何联系。于是人工呼吸器就废除了，当然啦，陆地汽车也随之废除了。人们悄然接受了这项进展，除了几个讲演者以外，这几个人抱怨没有机会亲身接触自己所讲的题材。那些仍想知道地球是什么样的人，只需听听特定的留声机，或者看看特定的电影摄像就行了。就连那些讲演者也接受了这项进展，因为他们发现，要讲一个关于海洋的学术报告，只要把别人讲过的同类报告编撰起来讲一讲，同样有吸引力。“小心第一手思想！”讲演者中最先进的一个喊道。“第一手思想并非真正存在。它们不过是爱和恐惧所产生的自身感受而已，谁能在这么粗俗的基础上创立一种哲学呢？让你的思想成为第二手思想吧，如果可能的话成为第十手思想，因为那样一来这些思想就摆脱了令人不安的成分——直接观察。你们用不着学习我的这个课题——法国革命。对于法国革命，米拉波伯爵有所论述；对于他的论述，卡莱尔有自己的看法；对于卡莱尔的看法，小泉八云有自己的看法；对于小泉八云的看法，企伯兴有自己的看法；对于企伯兴的看法，贺阳有自己的看法；对于贺阳的看法，古奇有自己的看法；对于古奇的看法，尤里曾有自己的看法；对于尤里曾的看法，伊尼查蒙有自己的看法；对于这一切，我又有自己的看法。[①]因此你们只要学习我的看法就行了。有了这十位[②]伟大思想家作中介人，巴黎的血泊和凡尔赛宫被砸的窗户就会得到清晰的解释，成为一种可以在日常生活中充分利用的思想。可是要知道，中介人的人数很多，各有特点，因为在历史上一个权威是为了对抗另一个权威而存在的。尤里曾必须对抗贺阳和伊尼查蒙的怀疑主义，我自己必须对抗古奇的鲁莽冲动。你们这些听我讲课的人比我更有条件评判法国革命。你们的后代则会比你们更有条件这样做，因为他们将会了解到你们是怎么看待法国革命的。我认为，这个链条中会再加进一个中介人。到时候"——他提高了嗓音——"会产生超越事实、

---

① 根据 *E. M. Forster: Selected Stories*, Penguin Books 2001 中的注释，这一长句中涉及的人名，除了米拉波伯爵、卡莱尔、小泉八云之外，均为作者虚构。
米拉波伯爵(1749—1791)，法国大革命初期统治国家的国民议会中最伟大的演说家和最富才智的政治家。
卡莱尔(1795—1881)，苏格兰散文作家和历史学家。著有《法国大革命史》。
小泉八云，原名拉夫卡迪奥·赫恩(1850—1904)，希腊裔爱尔兰作家、翻译家、教师，十九岁移居美国，1895 年入日本籍。

② 原文如此。

超越影响的一代人，绝对枯燥乏味的一代人，这代人

像神仙一样
不受个性的污染[①]，

以后他们对待法国革命，不会看实际发生的情况，也不会根据自己的愿望，而是设想它假如发生在机器时代会怎么样。”

这个讲座赢得了听众的热烈掌声，这掌声只不过表达了潜藏在人类心中的一种感觉——人类必须无视陆地的种种事实，废除人工呼吸器肯定有利。甚至有人建议也应废除飞船。这一点没有实现，因为飞船不知怎地已进入了机器的体系。可是一年年过去了，飞船用得越来越少，爱思考的人们也就很少提它了。

第二个进展是重新确立宗教。

这一点在这个受欢迎的讲座里也谈到了。谁都不会误解那冗长乏味演说的结尾所流露出的崇敬口气，这种口气在每个听众心中都引起了反响。那些一直默默崇拜的人现在开始公开谈论了。他们描述自己摆弄《机器之书》时油然而生的奇怪的平和感；描述他们重复书中某些数字的快乐，无论那些数字听起来多没意义；描述他们触摸按键的狂喜，无论那个按键多不重要，或者触摸电铃的狂喜，无论那个动作多没必要。

他大声说：“机器供我们吃，供我们穿，供我们住；我们通过它相互说话，我们通过它相互看见，我们生存在机器之中。机器

① 此引语出自英国历史学家乔治·沃森爵士（1858—1931）写的文章《诗歌是历史行为吗？》。

是思想的朋友、迷信的敌人；机器是万能、永恒的；机器神圣。”没过多长时间，这段训示就印上了《机器之书》的首页，在以后的版本里这个套语又扩大了，成了一个赞扬和祈祷的复杂体系。人们一直回避“宗教”一词，在理论上机器仍是人类的创造物和工具。可是在实际上，除了几个主张倒退的人以外，大家都把它当作神来崇拜。人们崇拜的不是机器的整体。一个信徒会对那个让他看见其他信徒的蓝色光盘感兴趣；另一个信徒会对维修器械感兴趣(有罪的库诺竟把维修器械叫做毛毛虫)；再一个信徒会对电梯感兴趣；再一个信徒则会对《机器之书》感兴趣。每个人对着自己感兴趣的部分祈祷，请求它替自己向机器的整体说好话。迫害——这也存在。这里没有突然施加的迫害，原因我很快会说明。但迫害是潜在的，凡是不接受所谓“非教派的机械主义”底线的人，都生活在“无家可归”的危险中，据我们所知，“无家可归”意味着死亡。

如果把这两项伟大的进展归功于中央委员会，那是一种对文明的极狭隘的看法。诚然，是中央委员会宣布了这两项进展，但他们只不过是导致这些进展的起因，正如帝国主义时代的国王们只不过是导致战争的起因一样。不如这样说：中央委员会屈服于某种不可战胜的压力，谁都不知道压力来自何方；当这种压力达到目的后，某种同样不可战胜的新压力又来了。给这种事态冠以“进步”之名倒是很省事。没有人承认机器失控。一年又一年，人们为机器服务，效率越来越高，自己的智能却越来越低。一个人越明白自己对机器负有什么责任，就越不明白他的邻人的责任，全世界没有一个人懂得机器这个魔鬼的整体。那些极具才智的决策者已经死了。他们确实留下了许多详细的说明书，他们的继任者也各自了解那些说明的一个部分。可是人类由于渴望舒适已经把手伸得过长了。他们过度使用了大自然的丰富资源。他们非常自负，正在堕落，而“进步”已经意味着机器的进步了。

至于瓦什蒂，她继续过着平静的生活，直到最后的灾难来临。她把屋子的光线调暗，睡觉；她醒来把屋子调亮。她做学术报告，听学术报告。她和无数朋友交流思想，并相信自己更注重精神追求了。有时一个朋友被给予安乐死，离开了自己的房间，去忍受超出一切常人概念的“无家可归”。瓦什蒂对此并不在意。讲座不成功时，她有时也申请安乐死。可是机器不允许死亡率超过出生率，所以到目前为止一直没批准她安乐死。

其实麻烦早就悄悄地开始了，她一直没有意识到。

有一天她接到儿子的信息，感到惊奇。他们两人因没有共同语言从来都不联系，她只是间接地听说，他还活着，并从北半球(他在那儿净招惹麻烦)被调到了南半球——实际上就住在离她不远的一个房间里。

“他想让我去看他吗？”她想。“不去，永远不去了。再说我也没时间。”

不对，这是另一种疯狂。

库诺拒绝看蓝色光盘上显示的自己的脸，他在黑暗中郑重地说：

“机器停转。”

“你说什么？”

“机器将要停转。我知道，我了解那些迹象。”

她突然哈哈大笑。听见她的笑声，他很生气，他们不再说话了。

“你能想象出比这更荒唐的事吗？”她对一个朋友喊。“一个男人（我的儿子）相信机器将要停转。他不是疯了就是亵渎机器。”

“机器将要停转吗？”她的朋友回答。“这是什么意思？这句话对我没有意义。”

“对我也没有意义。”

“我想，他不是指最近音乐出的麻烦吧？”

“啊，不是，当然不是。咱们谈谈音乐吧。”

“你向领导投诉了吗？”

“投诉了，他们说音乐需要修理，让我找维修器械委员会。我告诉他们有一些奇怪的喘气叹息声，歪曲了布里斯班流派的交响乐。这些声音听起来就像有人因疼痛而喘息似的。维修器械委员会的人说，他们很快就会修好。”

她虽然忐忑不安，但还是继续过着自己的生活。一方面，她对音乐的毛病感到恼火。另一个方面，她忘不了库诺的话。如果他已经知道音乐日久失修——他不可能知道，因为他不喜欢音乐——如果他知道音乐出了错，“机器停转”正是他会说的恶毒话。他当然是冒着风险说的这话，可是这种巧合使她感到恼火，于是她对维修器械委员会说话时没有好气。

他们仍像以往一样回答说，这个缺陷很快就会纠正。

“很快！马上就干！”她反驳道。“我为什么要为不完美的音乐烦恼呢？很多事情都马上得到了纠正。如果你们不能马上修理，我就向中央委员会投诉。”

“中央委员会不接受个人投诉，”维修器械委员会回答。

“那我通过谁投诉呢?”

“通过我们。”

“那我现在就投诉。”

“我们到时候会转交你的投诉。”

“有别人投诉过吗?”

这个问题是非机械的，维修器械委员会拒绝回答。

“太糟糕了！”她对另一个朋友抱怨说。“没有哪个女人像我这样倒霉。现在我总也拿不准我的音乐。每次我召唤它，它都越来越糟。”

“我也有麻烦，”那位朋友回答，“我的思想有时受到一种有点刺耳的声音干扰。”

“是什么声音?”

“我不知道那声音是在我脑子里，还是在墙里。”

“不管是哪儿的声音，你得投诉。”

“我投诉了，而且我的投诉将会被适时转交给中央委员会。”

随着时间的流逝，他们已不再讨厌那些毛病了。那些毛病仍然没得到修理，但是在后来的日子里，人体的各种组织已经变得那么驯服，它们很快适应了机器的每一次突变。出现在布里斯班流派交响乐高潮中的叹息声已不再让瓦什蒂恼火；她已将它视为交响乐旋律的一部分。她的朋友不再讨厌那刺耳的声音了，无论那声音是在他脑子里还是在墙壁里。人们也不再讨厌发霉的人造水果、散发臭气的洗澡水、诗歌机发出的有缺陷的节奏。他们起初还气愤地就这些问题进行投诉，可后来又接受了它们，忘掉了它们。事态越来越坏，没有得到解决。

睡觉器械的故障则是另一个样子。那是更严重的停转。终于有一天，在世界各地——在苏门答腊，在韦塞克斯，在库尔兰[①]和巴西——当困倦的主人召唤床铺的时候，床铺没有出现。这件事看起来可笑，但我们可以从中确定人类垮掉的时间。对这个故障负有责任的委员会收到了许多投诉，他们像平时那样让人们去维修器械委员会投诉，而维修器械委员会又向他们保证会把这些投诉转交给中央委员会。可是人们的不满情绪增长了，因为人类还没有完全适应不睡觉的生活。

“有人在干预机器——”他们说。

“有人千方百计想当国王，要重新引进个人成分。”

“用‘无家可归’惩罚那个人。”

“要抢救！为机器报仇！为机器报仇！”

“战争！杀死那个人！”

可是现在维修器械委员会成员来到前面，用精心挑选的词语来减轻恐慌。他承认维修器械本身需要修理。

他的坦诚认错所产生的效果令人赞赏。

“当然啦，”一个著名的讲演者说——就是讲法国革命的那位讲演者，他给每一处新的腐败镀金——“当然啦，我们现在不坚持投诉了。维修器械过去一直对我们那么好，我们都同情它，我们会耐心等待它修复。到了适当的时候它会重新担起责任的。在这期间，就让我们在没有床铺、没有小报、没有其他小东西的情况下生活吧。我相信这是机器所希望的。”

在几千英里之外，他的听众给他鼓掌。机器仍把他们联系在一起。在海底下，在大山的基底下面，铺设了许多电缆，人们通

---

① 拉脱维亚一历史地区，曾一度被苏联兼并。

过电缆进行视听，这些巨大的眼睛和耳朵是他们的遗产，而许多器械运转产生的嗡嗡声像一件“顺从”外衣，包裹着他们的思想。只有老人和病人仍不感恩，因为有谣言说安乐死机也出了问题，疼痛重新出现在人们中间。

阅读成了困难的事。一种有害的因素进入了大气，减弱了亮度。有时候瓦什蒂几乎看不见屋子的另一头。空气也有异味。人们的投诉呼声很高，补救办法却不起作用。那位讲演者喊“勇敢！勇敢！只要机器运行，这有什么关系？对于机器来说，黑暗和光明是一体的”，这时他的口气透出了勇敢。虽然过了一段时间屋里的情况又有所改善，可是先前的光辉永远不会再现了，人类已进入黄昏，永远无法复原。有人歇斯底里地大谈“措施”，大谈“临时专政”；有人要求苏门答腊的居民熟悉中央电站的运行方法，这里说的电站坐落在法国。但是在大部分地区，人们恐慌不已，他们不遗余力向各自的《机器之书》祈祷，这些书是机器无所不能的具体证明。那里有不同程度的恐惧——不时传来给人以希望的谣言——维修器械差不多修好了——机器的敌人已被制服——许多新的“神经中枢”在逐渐发展，将会比过去工作得更好。可是有一天，全世界的联络系统突然垮了，事先没有一点警示，也没有一点要坏的迹象。正如他们所理解的，世界完结了。

当时瓦什蒂正在讲课，她刚才的话已赢得了有节奏的掌声。她接着讲时，观众沉默了；讲到结尾时，观众悄无声息。她有些不高兴，就呼叫一个研究同情心的专家朋友。没有声音，那个朋友无疑是在睡觉。她试着呼叫另一个朋友，还是这样；再呼叫一个还是这样。最后，她想起了库诺说过的那句隐晦的话：“机器停转。”

这句话仍然没有说明什么。假如“永恒”要停下来，它当然很快会被启动。

比如说，这里仍然有一点亮光和空气——几个小时之前大气有所改善。《机器之书》还在，只要书在，安全就有保障。

随后她情不自禁地哭了起来，因为随着活动的停止，出现了一种预料不到的恐怖——寂静。

她从未经历过寂静，寂静的到来几乎要了她的命——寂静确实一下子就杀死了几千人。她从生下来就被不停的嗡嗡声所环绕。这声音对于耳朵就像人造空气对于肺一样，这时她突然感到一阵头疼。她不知道自己干了什么，只是磕磕绊绊地往前走，按了那个不熟悉的按钮，也就是那个开启她屋门的按钮。

现在她的房门靠着自身的简单合页转动。它没有与远在法国的那个衰败的中央电站连接。门开了，这让瓦什蒂产生了不切实际的希望，她以为机器已经修好了。门开了，她看见了那条阴暗的隧道，隧道在很远的地方转弯，通向自由。她看了一眼便缩了回去。因为隧道里全是人——她几乎是那个城市里最后一个感到恐慌的人。

她平素讨厌人群，而这些人可以说是她最糟糕的梦幻之中的噩梦。人们四处爬行；他们尖叫，嘟囔，喘着大气，推推搡搡，消失在黑暗里，很快被推下站台，掉到通着电的火车轨道上。有些人围着电铃打斗，争相呼叫那无法叫来的火车。另一些人在大喊，要求安乐死，或者索要人工呼吸器，或者咒骂机器。还有些人站在自己的房门旁边，像她一样，既不停留在门里又不离开门。在所有这些喧嚣的后面是寂静，寂静是地球的声音，也是已离去的几代人的声音。

不对——这寂静比孤寂还要严重。她又关上门，坐下来等着末日到来。世界的解体伴随着令人恐怖的爆裂声和轰隆声在继续进行。控制医疗器械的阀门一定是磨薄了，因为医疗器械爆裂了，悬在天花板上，样子很难看。地板升起来又降下去，把她从椅子上甩到地下。有一根管子像蛇一样朝着她渗出液体。最后的恐怖终于来临了——光开始变暗，她知道文明时代的漫长白昼行将结束。

她在屋里转来转去，做着祷告，祈求从这场灾难中获救；不管怎么说，她亲吻了《机器之书》，按下一个又一个按钮。外面的喧嚣声越来越大，甚至穿透了墙壁。她屋里的光线慢慢变暗，金属开关反射出的光也逐渐黯淡。现在她看不见阅读架了，现在她看不见《机器之书》了，尽管书仍在她手里。声音隐遁了，光亮随之隐遁，空气又随着光亮隐遁，于是，曾长久被排除在外的原始的虚空又回到了洞穴般的屋子里。瓦什蒂继续转来转去，就像信奉一种早期宗教的信徒，她尖叫，祈祷，用两只流血的手拍打那些按钮。

她就是这样打开自己的囚室逃跑的——是精神上的逃跑，至少我在结束冥想之前是这样看的。要是说她的身体逃跑了——我看不出来。她偶然击中了开门的开关，一股臭气扑面而来，放大的耳语声在她耳朵里震颤，这些都告诉她，她又面对着那条隧道，面对着那个巨大的站台，她曾看见人们在那里争抢。那些人现在不再争抢了。只有耳语声依旧，还有啜泣呻吟声。他们几百个人正在黑暗中慢慢死去。

她痛哭流涕。

眼泪回答了她的疑问。

他们在为全人类哭泣，而不是为自己。他们不能接受这竟会是末日。在周围完全安静下来之前，他们的心扉已敞开，他们知道了地球上什么是重要的。人类是一切生物中的花朵、一切可见的生灵中最高尚的生灵；人曾经按照自己的形象塑造神，曾经把自己的力量反映在星座之中；现在，美丽赤裸的人被自己编织的衣服所窒息，正在消亡。一个世纪又一个世纪，人一直拼命地劳动，现在竟然得到这样的回报。这件衣服最初看起来的确奇妙，它具有文化的绚丽色彩，是用“自我约束”的线缝制的。只要它是纯粹的衣服，只要人能随心所欲地脱掉它，并凭着自己的本质——灵魂和同样神圣的肉体——去生活，它就一直是奇妙的。人类对身体犯下了罪孽——他们两人主要为此哭泣；几个世纪以来，人们错误地排斥肌肉和神经以及赖以感知的五官，还大谈“进化”加以粉饰，直到身体变成白色浆糊，思想的器官也黯然失色，曾经掌握星宿奥秘的灵魂在做最后的悸动。

“你在哪儿？”她抽泣着问。

黑暗中传来了库诺的声音：“我在这儿。”

“库诺，还有希望吗？”

“对我们来说，没有了。”

“你在哪儿呢？”

她爬过死者的尸体，朝着他爬去。他的血喷到她手上。

“快点，”他喘着大气说，“我要死了——可是我们触摸了，我们谈话了，没有通过机器。”

他亲吻了她。

“我们回到了从前的自己。我们虽然要死，但是我们重新找回了生命，正如阿尔弗雷德推翻丹麦人的时候在韦塞克斯发生的情况。我们了解了外面的人都知道些什么，那些住在珍珠色云彩里的人们。”

“可是库诺，那是真的吗？地球表面上仍然有人吗？这条——这条隧道，这恶毒的黑暗——真的不是末日吗？”

他回答：

“我见过他们，跟他们说过话，我爱他们。他们隐藏在薄雾里的蕨草丛中，直到我们的文明终止。今天他们是‘无家可归者’——明天——”

“啊，明天——哪个傻瓜又会启动机器了，明天。”

“永远不会了，”库诺说。“永远不会了。人类已经吸取了这个教训。”

就在他说话的时候，整个城市像蜂房似的崩溃了。一架气动飞船已从出口飞进了一个废弃的码头。它向下撞击，同时爆炸，用钢铁翅膀撞碎了一条走廊又一条走廊。一刹那间，他们看见了死者们的国家和未受污染的小块天空，随后他们就加入了死者的行列。

意义

一

“我不明白这有什么意义，”米奇傻笑着说。

哈罗德继续划船。他们先前在沙丘上待得太久，现在潮水正迅猛地退出河口。夕阳西下，对岸的田野闪着亮光，他们准备去暂住的那幢农舍，由于上层窗户被照亮而闪光，仿佛充满火焰。

“我们会被潮水带到海里的，”米奇接着说。“你永远不会赢，除非你使点劲，而且你还是个可怜的病人。我把赌注下给大海。”

他们正在接近中心航道，中心航道就好比退潮水的脊梁骨。小船一旦闯过它，潮水的力量就会减小，他们就会划得比较顺利，最后会在农场下边把船拉上岸。这是一个令人愉快的晚上。那天白天就很令人愉快。他们在潮水小的时候划船出去，到了沙丘，下河洗澡，赛跑，吃饭，睡觉，再下河洗澡，赛跑，吃饭。米奇的情绪极好。到现在为止，上帝还没有阻挠过他的努力。他不能想象退去的潮水真会让他们赶不上吃晚饭。当他们划到中心航道时，一直慢慢往上游蹭的小船竟然在流水中一动不动。他几乎失去了一切理智，大喊：

也许湾流将把我们冲下海底，

也许我们将会登上幸福岛屿，

见到伟大的老朋友阿喀琉斯。①

哈罗德不喜欢诗歌，他只是喊叫。他的情绪也越来越好，看上去不像病人，他也不觉得自己是病人。最近，科学女神跟他进行了严肃的谈话，看到他那晒黑的身体直摇头。科学女神知道什么？她派他到海边休养康复，派米奇来确保他不会过累。米奇起初很让人讨厌，但常理还是占了上风，正如它经常在年轻人中占上风那样。两个星期之前，米奇不让这个病人摸船桨。现在他却叫他使劲，哈罗德听他的话，使劲划桨。他让自己意志坚强，肌肉紧绷。他开始忘乎所以了。他脚边的担架和冲到他胳膊上的潮水给了他刺激，这种刺激跟他朋友的声音混合在一起，构成了一种不可名状的感觉；他正在接近运动员真正追求的、但说不出的神秘状态：他在开始生活。

米奇念叨着："一、二——一、二，"并猛地扳舵来帮助他。可是米奇有想象力。他看着那些仿佛冒着火焰的窗户，幻想那农场是一颗星星，他们的小船是它的卫星。那么这潮水就是宇宙间汹涌的乙醚流，那永远跳动的星际间的涌流。多么快乐啊！他按照上了年纪人的谨慎做法，没有确切表达自己的欢乐。他太幸福了，甚至忘了感恩。"趁现在年轻，记住您的造物主吧"，这是一个已度过了青年时代的人说的话，而米奇只是哼着"一、二"。

---

① 引自英国诗人丁尼生(1809—1892)的长诗《尤利西斯》第62至64行，该诗表现了希腊神话中的伊萨卡国王尤利西斯"努力、追寻、发现、绝不屈服"的气概。

哈罗德什么都没听见，只管哈哈大笑。汗水从他的额头流下来。他突然使劲划桨，潮水也使劲涌动。

“我希望医生能看见你，”米奇喊。

哈罗德没有回答。他咬紧牙关，勃然大怒。他的祖先在召唤他，告诉他：与其被海洋击败不如去死。他喘着大气划着船，不时发出愤怒的呼喊，而那位舵手的声音像鞭子似的抽打着他，让他无比愤怒。

“对了——一、二——留心听着点……哎，我说，有点费劲了。咱们放弃吧，老伙计，也许该放弃。”

现在有海鸥围着他们飞。有的在他们头顶上转圈，有的掠过层层波浪。从陆地依稀传来云雀的歌声，米奇看见医生的双轮轻便马车行进在通往农场的路上。他觉得很惭愧。

“嘿，哈罗德，你真不应该——我真不应该让你划船。我——我不明白这有什么意义。”

“你不明白？”哈罗德说，他的话出奇地清晰。“唉，总有一天你会明白的，”他说着放下了双桨。于是小船在原处打转，农场、马车和云雀的歌声都消失了，他重重地摔在桨锁上。米奇一把抓住了他。他已经心力衰竭了。他的身子一半在船内，一半在船外，他就这样死了，这事真糟糕。

二

真糟糕。这事发生在迈克尔[1]二十二岁的时候，他认为自己

---

① 迈克尔(Michael)，即米奇(Micky)，是米奇的教名。

今后永远不会快乐了。他被抬出小船时的喊声、医生说“我认为你有责任”的声音、哈罗德父母的到来、助理牧师概括哈罗德与未知世界联系的声音——这一切给了他如此深刻的影响，他以为会影响他一辈子。其实这些并没有影响他一辈子，因为他活了七十多岁，即使他有世界上最坚强的意志，也不可能在过了那么长时间以后还清楚地记得那些事。人的心灵无论多么敏感，多么充满爱，每天都会被涂上一层新的经验；它自己无法清除日积月累的积淀，不得不忘掉过去或者歪曲过去。迈克尔的情况就是如此。到了一定的时候，只有那些更富有戏剧性的事件留存下来。他记得哈罗德最后的姿势(一只手抓着他的手，另一只手伸进海水里)，因为那姿势含有美的特质，并非因为那是他朋友的最后姿势。由于同样的原因，他记得哈罗德最后的话：“你不明白这有什么意义吗？唔，总有一天你会明白的。”这句话给他印象深刻，储存进他的脑子里；过了三四十年之后，他忘了这句话的出处。不应该责备他，他为了维持生计忙得不可开交。

还有一个情况需要说明：迈克尔和哈罗德除了拥有青春之外没有什么共同之处。没有精神纽带可以留存下来。他们从来没有讨论过神学或社会改革，也没有就充斥于迈克尔头脑中的任何问题进行过讨论，因此他们虽然曾经十分亲密，但仍没有什么可回忆的。你越想哈罗德，他就越消失。他的身体已被夺走，他就像影子一般。你也不能把他想象成幽灵，因为死亡背后的世界肯定是威严的。无论是天堂还是地狱都容不下体育运动和无端的好脾气；如果哈罗德被剥夺了这两样，那还剩什么呢？即使那种看不见的神秘生活成了今世生活的范例，即使它也有一个太阳和自己的星辰，我们看它的时候，俗世的晒斑一定会从我们脸上褪去；

在我们能去它那无边的海洋划船之前，俗世的肌肉一定会萎缩。迈克尔悲伤地接受了他的朋友受到上帝恩惠这样一个事实。他自己是无能为力的，因为人类只能让那些用诗歌或智慧给他们留下强烈印象的人名垂千古。

他期待自己有另一种命运。尽管他很谦卑，但他知道自己跟哈罗德不一样。这并不是由于他有美德，而是由于他出生在一个更有知识的家庭，并遗传了能使他更有意义地度过一生并应对来世的力量。他喜欢宇宙，喜欢宇宙中被我们称为“文明”的那个错综复杂的小团体，喜欢创造了这个小团体并超越它的那些同胞。是爱，是对人类的爱温暖了他；即便他思考别的事时，他在寒冷的冬夜看着星星时(大概是看着猎户星座吧)，一阵突如其来的欢乐，美妙得无法形容的欢乐，会使他精神一振。他会相信，我们的最高冲动有某种永恒的价值，今后将会得到实现。具有如此完美本性的人不可能忧虑死亡。

现在概述一下他的职业生涯。

那件惨案过后不久，当轮到他去休养康复时，他遇到了一个女人，那女人后来成了他终生的助手。他以前曾遇见过她一次，并不喜欢她；她对人似乎很严厉，很无情。现在他明白她的无情来自一种道德，而他自己正缺乏这种道德。如果说他相信爱情，那么珍妮特则相信真理。她考验过所有的人和所有的事。她很难接受那种避开世界上的激烈竞争的多愁善感的人。她那时已与一个男人订了婚，因此她对迈克尔说话要比平时更随便。她告诉他，一个人自我感觉良好或感觉别人好，是不够的；一个人应该让别人更好，她敦促他从事一种专业工作。她说这话的时候，迈克尔突然意识到诚实的工作是美丽的。他在心理上和身体上完全成熟了，成了男子汉。经过一定的准备之后，他进入了政府的文职机构——不列颠博物馆。

他在那里开始了引人注目的、对人类全然有益的职业生涯。他对于行为和文化有自己的理想，不满足于例行公事。他希望帮助别人，而且由于他天生懂策略，领导批准了他的运作计划。他很快就成了所在部门的调解力量。他可以抚慰上级，鼓励下级，安抚外国学者，并表明他可以为各方说话。一直注视着他如何升迁的珍妮特，又指责他变化无常。可是这次她错了。这个年轻人不是单纯的机会主义者。他总能真诚地提出自己的意见，否则他不可能一直得到同事们的尊重。实际上是他本性的内在美起了作用，在一个女人的影响下向富有成果的结局发展。

他们两人在相识十年之后结了婚。在那十年中，珍妮特曾忍受了许多痛苦，因为与她订婚的那个男人实际上配不上她。她来到迈克尔面前时，性格已经定型，并且正如他所知，与他的性格完全相左；或许他们已经尽可能分享了所有的优点。可是事实证明他们的婚姻是持久的，也足够幸福。特别是迈克尔，不断地做出让步，因为容忍和同情正成为他本性的主要成分。如果在官方看来他的妻子有失公正，如果他的无神论者小舅子谴责宗教，他会对自己说："他们无法控制自己；他们天生就是那样的人，有自己特定的缺点。我不如独立思考，不断努力，培养更广博的人生观。"他一天天变得更加善良。

正是这种想培养更广博人生观的希望，使他转向文学。在四十多岁的时候，他突然想写几篇散文，文章要有点怀旧口吻，内容要发人深省，而不是过于深奥。这些散文获得了某种成功。它们的优雅韵味、明晰文风，以及伦理观点中久经考验的基督教本质，激励了那些只受过初中教育的公众，促使他们去思考和感觉。这些作品不是伟大的文学，作者也没打算让它们成为伟大的文学，但是它们打开了通向伟大文学的大门，而且无疑具有向善的力量。散文集第一卷出版后，他又出版了《一个中年男子的忏悔》。在这本书里，迈克尔动听地赞美了青春，但也说明成熟是至关重要的。他教导说，只有经验能使人变得仁慈；人只有在上了点年纪以后才能具有同情心、心理平衡和多边视角。要是有人告诉你，最好的作品还没有创作出来，而你的书销量很大，你总是会高兴的。也许他会成为一个受大众欢迎的作者，可是他深受妻子的影响，不能写自己没有真正感觉的东西。到目前为止，妻子给他生了三个孩子：亨利、凯瑟琳、亚当。总的来说，他们是幸福的一家人。亨利从来不惹麻烦。凯瑟琳长得很像她的母亲。亚当狂热而粗鲁，让父亲很担心。父亲虽然很细心地观察他，但不能理解他，父子两人一直没有成为真正的朋友。然而这不过是飘浮在广阔地平线上空的一小朵浮云。迈克尔在家里与在工作中一样，比大多数男人都成功。

迈克尔就是这样逐渐进入了五十岁的年龄段。他父亲去世后，他继承了位于萨里郡[①]山区的一幢房子，酷爱园艺的珍妮特就在那里安下家来。事实毕竟证明她不是知识型女性。她那咄咄逼人的姿态曾经让他，大概也让她自己，错误地相信她是知识型女性。她在伦敦的社交圈里虽然游刃有余，但对此感到厌倦，因为她缺乏丈夫的应变能力，而且比他老得快。乡村生活也不适合她。她变得爱抱怨，常和别的妇人争论花卉的名称。当然啦，岁

① 英格兰东南部的一个郡。

月对迈克尔也不是没有影响。到了现在他已有些担心自己的健康了。他放弃了一切户外运动，他的身体还不错，但头已经秃了，身体长胖了，胆子变小了。他反对熬夜，反对激烈的操练，反对晚上散步，反对热天游泳，反对划小船兜风；他常常不得不控制自己，以免惹恼孩子们。亨利是个有同情心的漂亮小伙子，总是捏着他的手说："好吧，爸爸。"可是凯瑟琳和亨利有时皱起眉头。迈克尔越来越想孩子们了。现在他妻子的身体每况愈下，孩子们就是他的未来；他想起自己的父亲是如何让自己失望的，因此决心与孩子们保持联系。他笃信文雅，常常在他们和他们的母亲中间调停。两个男孩长大以后，他让他们自己选择朋友。凯瑟琳十九岁时问他，她是否可以离开家去当园丁挣钱，他允许她去。在这方面他得到了回报，因为凯瑟琳把花都养死以后又回来了。她是一个不安分的、面带愠怒的姑娘，让她的母亲很伤脑筋，她母亲不能想象女孩子们会变成什么样子。后来凯瑟琳结了婚，有了很大的改进；事实的确证明，在以后的岁月里，迈克尔主要靠的是她。

因为在她婚后不久，迈克尔就遇到了很大的麻烦。珍妮特病了，卧床很长时间后去了未知世界。迈克尔爵士——他已被授予爵位——声称自己不应该比她活得长。他和妻子已习惯了一起生活，谁也离不开谁，因此他完全期待随她而去。这一点他想错了。妻子是在他六十岁时死的，而他却活到了七十多岁。他的性格已经不受情势控制了，他仍然保留着过去的兴趣和不可征服的善良。

第二个麻烦又接踵而至。人们得知，亚当忠于他的母亲，以前只是为了她才忍受家里的生活。他粗暴地吵闹之后离开了家。

他从“阿根廷人号”客轮上来信说，他很抱歉，但是他想开始自己的生活。“我不明白这有什么意义，”迈克尔声音颤抖地说。“我什么时候阻止过他或你们任何人开始自己的生活？”亨利和凯瑟琳对他表示赞同。然而他感觉他们比他更理解他们的弟弟。“在他的一生中，我一直给他自由，”他接着说。“我已经给了他自由，他还想要什么呢？”亨利犹豫了片刻说：“有些人觉得自由不能由别人赐予。至少我听见过这种说法。也许亚当就像这样。他自己拿不到自由，就不可能感觉自由。”迈克尔爵士不同意这个说法。“我研究青春期已经很多年了，”他回答，“我亲爱的孩子，你的结论很可笑。”

亨利和凯瑟琳很仁义，都来帮助父亲；别忘了，迈克尔度过了一个有尊严的晚年。他从不列颠博物馆退休后，又写了少量文学作品。大部分公众已经把他遗忘，可是他的《一个退休者的思考》，因其透出的温文尔雅而受到较年长的有教养的读者的喜爱，在他们中间广为流传。他因此得到了新的精神慰藉。他以“天生信仰英国国教的灵魂”[①]自居，对于国教体制从来没有敌意；当他批评国教会的世俗思想和偶尔的非人道倾向时，说话就像个局外人，而不是反对派。在妻子去世、儿子出走之后，他放弃了爱做推测的喜好。多年的生活经验使他接受了几个世纪以来的经验，把个人微弱的声音汇入传统的巨大声音之中。是的，要过一个平静的、有尊严的晚年。没人认为他不应该享有这样的晚年。当然啦，他有敌人，他们声称看透了他，并说亚当也看透了他；可是不带偏见的观察者都不同意这种看法。迈克尔爵士没有任何

① 原文为拉丁语。

隐秘的动机，不会产生偏见。他的人生记录很纯洁，不是因为他运气好，而是因为他内心纯洁，他安抚别人的姿态出自受到过安抚的心灵。他能够回顾失败和错误，他还没有实现年轻时的理想。有谁实现过呢？可是他调整了那些理想来适应这个崇尚事实的世界，在这方面他比大多数人都成功。如果说他把爱情调整成同情，又把同情调整成妥协，那么就让他的一个同代人向他抛出第一块石头吧[①]。

有一个事实依然存在——死亡的事实。到目前为止，迈克尔爵士尚未经历过死亡，他经常像野兽一样感到害怕。可是死亡更经常地出现在他眼前，作为他目前职业生涯的延续。他看见自己在妻子的帮助下默默地妥善安排“永恒”之中的一个角落；珍妮特有了很大进步。他看见自己从一个天球进入另一个包含熟悉的事物和永恒的事物的天球；他在前一个天球中曾经很能干，在后一个天球中也会同样能干；他看见自己以有尊严的姿态进入后一个天球，没有任何痛苦。今生就是为来世做准备。活得最久的人必然是准备得最好的人。经验是伟大的教师；愿上帝降福于那些有经验的人，因为他们无须进一步调整他们的理想。

他死亡的方式如下所述。他也出了事故。他从自己的城内住宅出发，步行去凯瑟琳家，走了一条近路穿过一个贫民区。几个女人正在为一条鱼争吵，看见他路过便请他评理。老人一向彬彬有礼，于是停下来说，他不大了解情况，无法评判，并建议她们把鱼撂到一边，放二十四小时。这话可惹恼了她们，她们相互之

① “抛第一块石头”，英语习语，意为率先批评、攻击或惩罚有罪孽的人，原出自《圣经·新约·约翰福音》第 8 章第 7 节。

间倒不那么有气了，而是把气都撒到他的身上。她们说他“欺骗”她们，说他“回避”她们的问题；其中一个喝醉酒的女人更是过分，她说：“看他还回避这个吗”，说着就拿那条鱼打他的脸。他摔倒了。他苏醒的时候正躺在床上，头又疼了。

他能听见凯瑟琳的声音。她让他恼火。如果说他没睁眼，那只是因为他不想睁眼。

“他这样已经差不多两年了，”亨利的声音说。

这会儿离他在贫民区摔倒最多才十分钟。可是他不想争辩。

“是啊，他的精力差不多耗尽了，”第三个声音说——实际上是亚当的声音；亚当是怎么回来的，什么时候回来的？“可是他近三十年来都是这个样子。”

“小点声，老小孩，”亨利说。

“唔，他就是这样，”亚当说。“我不相信有关道德的伪善言辞。自从妈妈死后，他什么都不做，就是在那之前他做得也很少。人们忘记了他写的书，因为那些书不是第一手资料；不过是把他在不列颠博物馆里处理过的案例重新整理一下而已。就是这玩艺儿。他就会告诉人们要穿暖和点但也别太暖和，除此之外他还干过什么别的事？”

“亚当，你不许——”

“正是因为没有人直言，像老头儿这样的人才得以出名。这是你们庸俗伤感的文明的标志。你们大家都害怕了——害怕创新，害怕工作，害怕伤害彼此的感情。你们让没恐吓过你们的任何人登上高位，等他一死你们就忘掉他，然后再把爵位授给其他有名无实的领导人。”

一个没听过的声音说：“让人震惊，亚当先生，真让人震惊。

这么可爱的老人，而且也很有名。”

“护士，你很快会习惯听我说话的。”

护士大笑。

凯瑟琳沉默了一会又说：“亚当，有你在这儿，我松了一口气。我想让你和你的儿子帮着照顾我的儿子。”她的声音听起来不那么清晰了；她已经转过身去，没跟父亲说一句告别的话。“一个人必须从别人的错误中获益……别忘了，要有更大的勇气。我决心和我儿子保持联系——”

“你就揍他，”亚当说。“这是个秘诀。”他跟着姐姐走出屋子。

然后亨利的快乐笑声响了最后一次。“你让我们大家觉得年轻了二十岁，”他说；“年轻得更多，当——”

门关上了。

迈克尔爵士气得浑身发冷。这就是生活，这就是年轻一代的想法。他不在乎亚当，可是想起亨利和凯瑟琳的话，他决心去死。如果他愿意，他本来可以从病床上爬起来，把这伙人统统赶到大街上去。可是他不愿意。他宁愿离开这个奸诈的、忘恩负义的世界。潜藏在我们大家心中的超出人情的玩世不恭态度终于占了上风，并改变了他。他明白了爱情的荒谬，这个看法逗得他放声大笑。刚才说他是“可爱的老人”的那个护士弯下腰看他，这时两个男孩子进了病房。

“我姥爷身体好吗？”他们中的一个——凯瑟琳的儿子——问道。

“不太好，”护士回答。

屋里一阵沉默。然后另一个男孩说：“嘿，咱们逃学吧。”

“可是他们叫我们别那么做。”

“我们为什么要按老年人说的去做呢？我爸爸已经陈腐了，你妈妈也一样。”

“真让人震惊；你们俩都走吧，”护士说。凯瑟琳的儿子轻轻哼着表示赞赏的歌曲，跟着他的表哥走出了房间。他们的姥爷/爷爷更乐了。他在床上辗转反侧；他刚明白了整个情况的讽刺意味便死了，到未知世界继续思考去了。

三

米奇还躺在床上。他做了几个忧伤的梦，通过长梦，他明白了那么多事情。可是当他张开嘴想笑的时候，嘴里充满了尘土。他决心睁开眼睛，发现自己全身极度肿胀，陷在沙子里，躺在无边无际的平原上。正如他所料，他没有机会大幅度调整自己的理想；无垠的空间已经取代了他的卧室和伦敦城。在它的表面上，一切东西都静止不动，除了几根沙柱以外；这些沙柱有时聚合成一体，仿佛凑在一起聊天，然后又嘶嘶响着跌落下去。除此之外，没有其他活动，没有其他声响，他也感觉不到风。

他在这里躺了多长时间？也许有很多年了，大概是死亡之前的很长时间，而他的肉身似乎仍在人群中走动。生命是那么短暂和渺小，因此，谁知道我们是否能赶上它的全过程呢？谁知道灵魂之中是否只有很小的一块被唤醒，披上肌肉的外衣呢？花蕾和花朵在一瞬间死去，果实的外壳却长时间留存，难道灵魂不可能是这外壳吗？在米奇看来，他在尘土里躺了一辈子，受着痛苦，嘲笑别人；他认为，衰老是一切事物的本质，即所有星球背后的本源力量。年龄，没牙的、水肿的年龄；对老年和青年都不慷慨；生于所有的时代之前，并比它们延续的时间还长；宇宙就跟老龄一样。

这个地方在折磨人的同时也衰败了。它很辽阔，但很卑微。它向下倾斜进入黑暗之中，向上倾斜进入云层之中，可是它进入的是什么样的黑暗，什么样的云层啊！没有悲哀的光华使它们生辉。米奇看着黑暗和云层的时候，明白了自己为什么这么不幸福，因为它们在看着他，嘲笑他，他也嘲笑它们。它们的污秽比白昼和黑夜的色彩更古老，它们的讽刺比白昼和黑夜的讽刺更深刻；他是它们开的玩笑的一部分，就像青春是他的一部分一样，他慢慢地意识到自己是在地狱里，而且已经待了好几年。

在他周围还躺着其他人形，身躯巨大，布满霉菌。仿佛这片平原已经腐朽似的。有的人可以坐起来，别的人只从沙堆里露个头。他知道，他们一生中犯过错误，跟他犯的一样，尽管他还不知道是什么错误；可能是某种小小的失误，如果事先有人提醒，本来是很容易避免的。

这里允许说话。很快有一个声音说："我们的天空不是很美好吗？难道它不漂亮吗？"

"非常漂亮，"米奇回答，他发现每说一个字都伴随着一下钻心的疼痛。后来他才知道这里惩罚的罪孽之一就是"赞赏"。他为称赞过地球上的坏人和平庸的人而受痛苦；他曾由于无事可做，或者为了讨好或鼓励而称赞别人，现在他为所有不含真情的称赞而受痛苦。他又说了一句"非常漂亮"，天空轻轻颤动了，因为他现在开始受到更严重的折磨。不过他还存有一线快乐之光，他知道他的妻子不会在这个地方。她没有和平原上的人一起犯罪，不可能像他们这样受到歪曲。事实毕竟证明她的人生观是正确的；米奇悲伤的时候，这给了他安慰。珍妮特会再一次成为他崇拜的对象。随着“永恒”慢慢前行，自动返回，再慢慢前行，她会向他展示：老龄如果管理得当的话，可以非常美丽；经验如果吸取得当的话，可以引领人的灵魂走向幸福。然后他转向他旁边一个仍在哼唱赞美歌的人。

“我可以永远躺在这里，”那人说。“当我想起我的不安情绪，在我活着的时候——也就是说，在人们错误地称之为‘生命’的那个时期，因为所谓‘生命’实际上是死亡——现在这个才是生命——当我想起我在地球上的不安情绪时，我被那么多的善意和怜悯打动了，因此我可以永远躺在这里。”

“你会吗？”米奇问。

“啊，那是最大的恩赐——我会那样做的，你也会的。”

这时一个沙柱从他们中间穿过。他们过了很长时间才能说话或看东西。米奇接着唱那首赞美歌，他被进入灵魂的沙粒弄得很恼火。

“我也后悔浪费了很多时间，”他说，“特别是我年青的岁月。我后悔我在阳光下度过了那么多时间。最近几年我确实悔悟了，所以我就得到允许来到这个没有太阳的地方；是啊，而且没有风，也没有那些曾在夜间差点让我发疯的星星。再看见猎户星座会是很可怕的事，对不对？‘猎户座之剑’[①]中间的星其实不是一颗星，而是星云，是未来世界的金色种子。在地球上的时候，我

① 猎户星座，以希腊神话中的巨人猎手俄里翁命名。“猎户座之剑”是猎户座中的一个星群，由三颗星组成。

多么害怕秋天升起的猎户座啊，因为它让我回忆起冒险和我的青春。太可怕了。现在我再也看不见它了，我多高兴啊。”

“哎呀，可是你抬起头来看看猎户座左边的天空，能看到双子星座[①]，那更可怕。卡斯托尔和波吕克斯是兄弟，一个是人，一个是神；卡斯托尔死了。可是波吕克斯也下了地狱，为了和卡斯托尔做伴。”

“是啊，是那么回事。波吕克斯去了地狱。”

“后来众神怜悯他们，把他们升到天上成了星星，海员崇拜他们，所有恋爱的年轻人也崇拜他们。宙斯[②]是他们的父亲，海伦[③]是他们的姐姐，就是那个带领希腊人攻打特洛伊城的海伦。我怕它们，比怕猎户座还怕。”

他们两人不说话了，都望着自己头上的天空。上苍表示赞同。他们在地球上的时候都是有教养的人，这样的人今后可以受到较轻的折磨。他们的记忆将会突然展现出优雅的形象来增加他们的痛苦。“我不说话了，”米奇对自己说。“我将在‘永恒’中一直保持沉默。”可是黑暗撬开了他的嘴，他马上又说话了。

“再给我讲讲这个幸福之家的情况吧，”他请求道。“里面有等级吗？在我们的极乐之地有等级吗？”

“这里有两个极乐之地，”那人回答，“硬心肠人的极乐之地和软心肠人的极乐之地。我们躺的地方是软心肠人的极乐之地。这

---

① 从冬季到春季之间出现在银河东岸的一个星座。古希腊人把其中最亮的两颗星想象成卡斯托尔和波吕克斯两兄弟。

② 希腊神话中的天帝，即朱庇特。

③ 希腊神话中希腊国王迈涅劳斯的妻子，后被特洛伊国王的儿子帕里斯带到特洛伊，迈涅劳斯为夺回妻子而进攻特洛伊。

种安排很恰当，因为所有的人年纪大的时候不是硬心肠就是软心肠。”

米奇说话时，云层消散了，他抬起头，望着平原的缓坡，看见远处有石山环绕。不用别人说他就知道，珍妮特就躺在群山之中，已经僵硬，他永远见不到她了。她没有得到拯救。黑暗也会永远嘲讽她。和他自己躺在一起的有多愁善感的人、调解人、调停人、人道主义者和所有相信这种更温情看法的人；跟他妻子躺在一起的有改革者、苦行者和所有像利剑一样的灵魂。他们是通过不同途径来到地狱的，米奇现在明白了生活的忙乱现象掩盖了什么：岁月要么使人液化，要么使人僵硬；爱神和真理之神表面上像天使那样争夺我们的灵魂，实际上都掌握着让我们衰败的种子。

“这种安排确实很恰当，”他说；“既恰当又简单。可你要是再回答我一个问题，我的幸福就能完美了；这两个极乐之地里，哪个住着年轻人？”

他旁边的那个人回答：“两个都没有；根本就没有年轻人。”

那人不再说话，更深地躺进尘土里。米奇也如此。他依稀记得那些还没成年就死去的男女，记得男孩子、未婚姑娘和小伙子的遗体在他们的父母眼前被放进坟墓的情景。他们去哪了呢，那些尚未发育好的少数人？他们短暂的生命有什么意义呢？他们是彻底消失了呢，还是又得到了积累经验的机会，最后变成了像珍妮特和他自己这样的人？有一点是肯定的：无论是大山还是平原，上面都没有年轻人，也许人们对这些生灵的记忆只是云彩造成的幻景吧。

现在时机已经成熟，他该检点自己在地球上的一生了。他追溯自己逐渐解体的过程——他的工作是轻松的，他的书是温和的，他已缓和了与其他人的关系。他曾看到万物中的善，这本身就是一个衰败的迹象。不管发生了什么事，他都赞赏，容忍，善于适应。其结果是，他一直很成功；亚当说得对，那是他这类人在文明中的一个瞬间。他曾把自我批评错当成自我约束，他曾把自己和他人的锐利威猛的锋芒掩盖起来。然而上苍不肯给他忏悔的奢侈机会。这个错误虽然是他犯的，但这种命运是全人类的，因为每个人到老的时候不是变得硬心肠就是变得软心肠。

“这就是我的生活，”米奇想；“我的著作已被人遗忘，我的工作已被人取代。这就是我的一生。”他的痛苦增加了，因为他一生中同样有过一种难以言传的快乐，如果当初他能理解其真谛，这种快乐本来会使他在‘永恒’的日子好过一些。他竟然试图在厌恶与希望之间左右摇摆，这是上帝开的玩笑的一部分。因为在地狱里没有什么终极的东西；人们进来时不会把所有的希望抛到一边，否则他们就会达到炫目的绝望境地了。你写一首关于地狱的诗，就是误解了地狱的本质；追求美的人类的想象力，把地狱塑造成冰或者火焰。米奇虽然老了，但还能活得更长，他躺在这片沙尘地带，想起有一次曾记起一个地方——一个没有沙尘的地方……

他周围幽灵嘟囔的声音让他回过神来。他们表达出了他先前没有注意到的一种不安情绪。“一个沙柱，”一个幽灵说。另一个说：“不是沙柱，它是从河里来的。”

他问：“什么河？”

“被上帝罚下地狱的罪人的幽灵住在那边；我们从来不谈那条河。”

“那河宽吗？”

“水流很急，河面很宽。”

“那些罪人常过河吗？”

“他们有时得到允许过河，我不知道为什么。”

他从这些回答中捕捉到一种新的语气，仿佛他的同伴们很害怕，正在设法表达他们的恐惧。他说：“那些罪人既然得到了允许，就不会伤害我们。”这时他得到了回应：“他们用亮光和一首歌伤害我们。”然后又说：“他们伤害我们，是因为他们记得我们，并努力提醒我们。”

“提醒我们什么？”

“我们像他们一样的那个时辰。”

他提问题的时候，从低洼地边缘传来了低语声。那些幽灵在相互轻声地哭诉。他听见：“它来了；把它赶回河那边去，击碎它，强迫它变老。”随后黑暗被划破了，一颗痛苦之星闯入他的灵魂。他现在明白了；更大的折磨就在眼前。

这时传来了那首歌：“在人类懂得选择善恶之前，我就存在了。在人类区分软硬心肠之前，我就存在了。我曾生活在‘真理即爱’的日子里，现在也如此。”

整个平原都在震颤。可是那个闯入者却不能被击碎。当它挤压的时候，大气分开了，沙柱倒塌了，而且它所到之处充满了衰弱老人的哭声。

“我一直代表所有的人，可是所有的人都把我忘了。我曾为了他们改变世界，直到他们喜欢它。他们求助于我时还是害怕的孩子；我教育了他们，他们却鄙视我。童年是一个关于我的梦幻，阅历丰富的成年是一个缓慢遗忘的过程：我一向掌控两者之间的神奇岁月，现在也如此。”

“你为什么要烦我们？”那些阴影呻吟道。“我们能忍受折磨，就那么忍受着，直到这里有了光亮和歌声。你还是回到河那边去吧。我们曾说，这里就是天国，那黑暗就是上帝；先前我们能赞扬天国和上帝，你来后就不能了。记录我们业绩的本子已经合上，为什么要打开它呢？我们一出生就被上帝罚下了地狱；你就别动那本子了。啊，‘高超的开玩笑者’，离开我们。我们犯下了罪孽，我们知道这一点，这个地方就是死亡和地狱。”

“死亡来临了，”那个声音响亮地说，“死亡不是梦幻，也不是遗忘。死亡是真实的。可是，我也是真实的，我拯救我愿意拯救的人。我看到了万物的格局，其中没有我的位置，头脑和身躯都抗拒我。所以我把这格局撕成两半，给自己一个位置；我已经以无数名义把地狱耙过了。来吧。”随后，那声音用一种难以表达的欢快口气说：“所有能记忆的人到我这边来，走出你们的‘永恒’，到我的‘永恒’里来。这很容易，因为我还在你们的眼睛旁边，等着透过它们往外看；我还在你们的心里，等着跳动。我和你们一起度过的岁月似乎很短暂，但它们是神奇的，而且超越了时间。”

那些黑影沉默着。他们不能回忆。

“谁希望回忆呢？有希望就足够了。人间不存在力量和美的持久家园。花儿会消逝，大海在阳光下会干涸，太阳和所有的星星都像花儿一样消逝。可是对这些事物的希望是永恒的，可以持久，而希望要我的人就是我自己。”

然后米奇第二次死亡。这一次他由于被刺眼的阳光灼烤，被闯入者的声音刺痛，在可怕的疼痛中消融了。可是他临死时说：

“我确实怀有希望”，于是闯入者立刻消失了，他独自站在覆盖着沙尘的平原上。原来这只是个梦幻。可是他站着。这是怎么回事？他以前为什么没想到要站呢？他在地狱里一直很不快活，必须到别处去。他往下走去，对地狱的云彩的嘲笑不再感到痛苦。那些沙柱从他身边擦过，倒下了，阴间的黑暗从他头顶越过。他走啊，走啊，最后来到那条冥河岸边。他在那里绊倒了——被一块木头，不是不可名状之物，而是一块曾属于一棵树的木头。由于他的碰撞，那块木头移动了，河水哗啦啦地冲击着它。他已登上小船。有一个人在划船。他能看见桨叶在白浪中朝着他划动，可是划桨的人在云彩里，他看不见。当他们接近中心航道时，小船走得更慢了，因为正值退潮。米奇知道，小船一旦被退潮水冲走，他就会永远消失；没有第二次获救的希望。他说不出话来，可是他的心随着船桨的节拍跳动——一、二。地狱做了最后的努力，于是万物中所有邪恶的东西、所有令我们恼火的歪曲爱情和真理的东西，都涌到了河口；小船停在水面上一动不动。米奇在这喧嚣声中听见了喘气的声音、肌肉断裂的声音；然后他听见一个声音说：“意义……”；他的身体突然失重，漂过了河流中心。

这是一个阳光灿烂的早晨。小船飞速前进，一下子就进入阳光之中。天空万里无云，大地闪耀金光，海鸥在层层波浪上时高时低地飞翔。在他们离开的那个河岸上，有一些沙丘，越来越高，成了壮观的小山；在他们前面的河岸上，有一个农场，充满火光。

安德鲁斯先生

死者们的灵魂冉冉上升，朝着最后审判庭和天国大门飘去。“世界灵魂”[①]从四面八方压挤他们，正如大气压挤飘升的肥皂泡，它竭尽全力粉碎他们，击破它们薄薄的人格包装，把他们的美德与自己的美德混合在一起。可是那些亡灵极力反抗，他们记起自己在地球上的值得称道的有个性的生活，希望来世也能过上有个性的生活。

在这些亡灵中间，有一个安德鲁斯先生的灵魂。安德鲁斯先生度过了有益而荣誉的一生，最近刚在小镇的家中去世。他知道自己仁慈、正直、虔信宗教；他虽然极其谦恭地对待即将到来的审判，但对审判结果毫不怀疑。现在的上帝已不是嫉妒人的上帝了，不会仅仅因为一个人期望得到拯救而拒绝拯救他。一个正直的灵魂有理由意识到自己的正直，而安德鲁斯先生就意识到自己是正直的。

“路还很长，”一个声音说，“可是愉快的谈话能使路途变短。我可以陪你同行吗？”

“很愿意，”安德鲁斯先生说。他伸出手去，于是两个亡灵就一起向上飘去。

“我是在跟异教徒斗争时被杀的，”那人得意洋洋地说，“我要直接去感受先知穆罕默德[②]讲过的那些种快乐。”

“你不是基督徒吗？”安德鲁斯先生严肃地问。

“不是，我是个有信仰的人。可你一定是穆斯林吧？”

“不是，”安德鲁斯先生说。“我是个有信仰的人。”

两个亡灵默默地飘升，但没有松开拉着的手。“我属于宽和教派[③]，”他轻声补充说。“宽和”这个词在间隔层[④]里奇怪地颤动。

“给我讲讲你的一生吧，”那个土耳其人终于开口说话了。

“我生在一个体面的中产阶级家庭，在温切斯特[⑤]和牛津受过教育。我本想当传教士，却得到了商务部提供的职位，我接受了那个职位。我三十二岁结婚，有四个孩子，两个已经死了。我的妻子还健在。如果我活得再长点，就得到爵位了。”

“我来说说我的一生吧。我从来不知道父亲是谁，母亲对我也没有什么影响。我在萨洛尼卡市[⑥]的贫民窟里长大。后来我参加了一个团伙，我们洗劫了异教徒的村庄。我发了财，娶了三个老婆，她们都还活着。如果我活得再长点，就有自己的团伙了。”

“我的一个儿子在马其顿[⑦]旅行时被杀了。也许是你杀的他。”

“很可能。”

这两个亡灵手拉着手飘升。安德鲁斯先生没再说活，因为他

---

① “世界灵魂”是一个哲学概念，最早见诸于古希腊哲学家柏拉图（前427—前347）和古罗马哲学家柏罗丁（205？—270）的著作。他们认为，宇宙像人和其他生物一样有灵魂，即一种使万物具有活力的精神原则。

② 先知在此文中特指伊斯兰教创始人穆罕默德。

③ 英国圣公会的一个教派，主张容纳和接受不同的意见和理念。

④ 古希腊人认为天体共有七层，地球是第一层。每两层之间都有充满大气的“间隔层”。人死后灵魂会逐层飘升，到第七层后就可见到上帝。

⑤ 英格兰南部一历史名城。

⑥ 希腊第二大城市，马其顿地区首府。

⑦ 欧洲巴尔干半岛中南部一地区。

对即将到来的悲惨命运充满恐惧。这个人那么不信上帝，那么无法无天，那么残酷，那么淫荡，却相信自己会得到允许进天堂。而且进的是什么天堂啊——一个充满俗世恶棍生活中种种粗俗快乐的地方！可是安德鲁斯先生既没感到厌恶也没感到道义上的愤怒。他只是感到一种巨大的怜悯，他自己的美德也没有对抗他。他渴望拯救这个人，他更紧地握住那人的手，他觉得那人也更紧地握住自己的手。他到达天堂大门时并没有像事先想好的那样说"我能进去吗"，而是喊"他能进去吗"。

就在同一瞬间，土耳其人也喊出了同样的话。因为同样的精神在他们身上起了作用。

一个声音从门口回答："两人都能进。"他们非常高兴，就一起飘向前去。

然后那个声音说："你们穿什么样的衣服进来？"

"穿我最好的衣服，"土耳其人喊，"穿我偷来的衣服。"他裹上一条绚丽的包头巾，穿上一件银线绣的背心和一条宽松裤子，还扎上一条大皮带，上面镶着烟斗、手枪和刀子。

"那你穿什么样的衣服进来呢？"那个声音对安德鲁斯先生说。

安德鲁斯先生想到自己最好的衣服，可是不想再穿了。最后他想起来了，就说："穿长袍。"

"什么颜色什么式样的？"那个声音问。

安德鲁斯先生对这种事从来没有多想过。他迟疑地回答："我想，是白色的吧，用柔软悬垂的衣料做的。"他马上就得到了一件如他所描述的长袍。"我穿得合规格吗？"他问。

"你愿意怎么穿就怎么穿，"那个声音回答。"你还想要什么？"

“要一把竖琴，”安德鲁斯先生说。“小的就行。”

一把小的金竖琴到了他手上。

“我还想要一片棕榈叶——不行，我不能要棕榈叶，因为那是对殉道者的奖赏；我的生活一直是平静而快乐的。”

“你想要棕榈叶的话，可以给你一片。”

可是安德鲁斯先生没接受棕榈叶，他穿着白长袍匆匆地去追赶土耳其人，那人已进了天国。安德鲁斯先生经过天国敞开的大门时，一个穿着打扮像他一样的男人正经过大门往外走，还做着绝望的手势。

“他为什么不快乐呢？”他问。

那个声音没有回答。

“里边那些坐在宝座上和山上的都是谁呀？为什么有些很可怕，很悲伤，很丑陋？”

那个声音没有回答。安德鲁斯先生进了大门，然后他看出那些都是当时人们在地球上崇拜的神。每个神都有一群亡灵围着唱赞歌。可是那些神一点儿都不理会，因为他们正在倾听活着的人们祈祷，只有那些祈祷词给他们带来滋养。有时一个信仰会逐渐变弱，代表那个信仰的神也随着每天香火的减少而沮丧、萎缩、晕倒。有时由于宗教复兴运动或某个圣人的纪念日，或由于其他原因，一种信仰会逐渐变强，代表那个信仰的神也随之变得强壮。更经常发生的是，一种信仰会改变，代表它的神的面貌也随之改变，而且变得相反，可以从狂喜变得体面，或从温和仁爱变得恶意好斗。有的时候一个神会裂变成两三个或更多的神，每个神都有自己的礼仪和数量不定的祈祷词。

安德鲁斯先生看见了菩萨、毗瑟孥、安拉、耶和华、埃洛希姆[1]。他看见了一些丑陋而坚毅的小神，几个野人围着他们，也给他们唱赞歌。他看见了新异教主义[2]所崇拜的宙斯那巨大阴暗的轮廓。那里有残忍的神、粗暴的神、受折磨的神，更糟糕的是，还有易怒的、或欺骗的、或粗俗的神。没有一种人类的欲望得不到实现。那里甚至有一种中间状态，提供给那些希望处于这种状态的亡灵；还有一个地方是为基督教科学派[3]准备的，他们可以在那里表明他们没有死。

安德鲁斯先生只弹了一会儿小竖琴，就去寻找一个已故的朋友，但没找到。虽然亡灵们仍络绎不绝地进入天国，可是天国仍显得很空旷，这很奇怪。他虽然得到了他想要的一切，但没有感受到巨大的快乐，没有神秘地看到美，也没有神秘地与善结缘。没有什么能和他站在门外的那一刻相比，那时他祈祷土耳其人能进天国，而且听见那人也同样为他祈祷。他终于看见了这位伙伴，他大声跟他打招呼，表达了人类的欢乐。

土耳其人坐着沉思，他的周围坐着许多少女，七人为一组，正如《古兰经》里预言的那样[4]。

“啊，我亲爱的朋友！”他喊道。“到这儿来，我们永远不分离，这是我的快乐，也一定会是你的快乐。我的其他朋友在哪

---

① 毗瑟挐，印度教主神之一、系守护神。安拉，伊斯兰教对上帝的称呼。耶和华，《圣经 · 旧约》中对上帝的称呼。埃洛希姆，希伯来文《圣经 · 旧约》中对上帝的称呼。

② 企图复兴欧洲和中东地区古代多神教的宗教运动。

③ 基督教科学派认为客观世界是不真实的，只有通过祈祷才能治愈疾病。该宗教派别是 1879 年由玛丽 · 贝克 · 艾蒂在美国波士顿创立的。

④《古兰经》，伊斯兰教经典。在该书第 78 章第 31 节中，先知穆罕默德预言：到了天国后，“敬畏的人们必有一种收获/许多园圃和葡萄/和两乳圆润、年龄划一的少女/和满杯的醴泉”（引自马坚译本）。

儿？我爱的人或我杀的人在哪儿？”

“我也只找到了你一个人，”安德鲁斯先生说。他在土耳其人身边坐下，那些长得一模一样的处女用像煤块一样黑的眼睛色眯眯地看着他们。

“我虽然得到了我想要的一切，”土耳其人说，“但我并没觉得特别快乐。没有什么能和我站在门外的那一刻相比，当时我祈祷你能进天国，而且听见你也同样为我祈祷。这些女郎就像我先前想象的那样美丽善良，但我希望她们变得更好。”

正如他所希望的，那些女郎的身材变得更加丰满，眼睛也更大更黑了。安德鲁斯先生也表达了性质类似的愿望，他的衣服变得更纯净、更柔软了，他的竖琴也变得更亮了。因为在那个地方他们想要的都得到了，但他们的希望却不能实现。

“我要走了，”安德鲁斯先生终于说。“我们希望得到永恒，但我们无法想象它。我们怎么能期望上帝把它赐给我们呢？我从来没想象出永远善、永远美的东西，除了在梦里。”

“我跟你一起走，”土耳其人说。

他们一起找到了进来的那个门，土耳其人离开了他的处女们，抛弃了他最好的衣服；安德鲁斯先生也扔掉了他的长袍和小竖琴。

“我们能走吗？”他们问。

“如果你们两人想走，都可以走，”那个声音说，“可是要记住外面会有什么。”

他们一出大门又感觉到了“世界灵魂”的压力。一刹那间，他们手挽手站着抵制它。然后他们就听任它的摆布；他们自己，以及他们取得的一切经验、产生的一切慈爱和智慧，都汇入“世界灵魂”之中，使它更加美好。

协作

“别使劲击键，”哈登女士说。“每串音符都应该像一串珍珠。现在不是这样的。为什么？”

“埃伦，你这混蛋，你弹了我的音符。”

“没有呀。你弹了我的音符。”

“好了，到底是谁的音符？”

哈登女士从她们的小辫子中间看了看乐谱。“是米尔德里德的音符，”她判断说。“重弹那两小节。别使劲击键。”

两个女孩重弹前面的乐句，米尔德里德的右手小指头又与埃伦的左手小指头争着弹中央G音。

“没法弹，”她们说。“是作曲的人写错了。”

“很容易弹，如果你们不持键那么久的话，埃伦，”哈登女士说。

时钟敲响了四点。米尔德里德和埃伦走了，萝斯和伊妮德接着练钢琴。她们弹这段二重奏不如米尔德里德，但不像埃伦那么差。四点十五分，玛格丽特和简来了。她们弹得不如萝斯和伊妮德，但不像埃伦那么差。四点半，多洛雷斯和瓦奥莱特来了。她们弹得比埃伦还差。四点四十五分，哈登女士和校长去喝茶，校长解释了自己想让全体学生练习同一段二重奏的原因。这是她的新协作体系的一部分。学校本学年只教一个题材——拿破仑[1]，因此所有的学科都要涉及这个题材。所以——法语课和历史课就不用说了——朗读课在学华兹华斯[②]的政治诗歌，文学课在读《战争与和平》[③]片断，素描课临摹了大卫[④]的某张画，编织课设计了帝国礼袍，音乐课的学生——当然啦，她们正在练习贝多芬[⑤]的《英雄交响曲》，这部作品最初是为拿破仑写的（尽管后来改变了）。还有几个女教师也在喝茶，她们大声说她们喜欢协作，协作是个可爱的体系，不仅让学生对课程更感兴趣，也让她们对自己的工作更感兴趣。可是哈登女士没有搭腔。她年轻时没有协作这种事，所以她不能理解。她只知道自己年纪越来越大，音乐课也教得越来越差，不知道校长是否很快会发现，然后解雇她。

与此同时，贝多芬坐在高天之上的天国里，周围都是他的职员，他们分坐在较小的云片上。每个职员都往分类账簿里记着什么；有一个职员的账簿封面写着"'英雄'交响曲：由卡尔·缪勒[⑥]改编的四手联弹钢琴曲"，他正在记录如下内容：——"三点四十五，米尔德里德和埃伦；指导教师：哈登女士。四点，萝斯和伊妮德；指导教师：哈登女士。四点十五，玛格丽特和简；指导教师：哈登女士。四点半——"

贝多芬打断了他们。"这位哈登女士是谁？"他问，"她的名字一遍遍地出现，就像敲鼓点一样。"

"她诠释你的作品已经很多年了。"

"她的乐队呢？"

---

① 拿破仑（1769—1821）法国将军，自任法国第一执政，1804 年称帝。
② 华兹华斯（William Wordsworth，1770—1850）英国浪漫派诗人。
③ 《战争与和平》，俄国作家列夫·托尔斯泰（1828—1910）写的长篇小说。
④ 大卫（1748—1825），法国新古典主义画家。
⑤ 贝多芬（1770—1827），德国作曲家，被公认为有史以来最伟大的作曲家。
⑥ 卡尔·缪勒，德国钢琴家、教师、作曲家。

“她们是高中班的女生，她们每天全天都在她面前演奏《英雄》。乐曲声从不停歇。它飘出窗外，像持续焚烧的熏香似的，街上从这头到那头都听得见。”

“她们是不是在领悟作品的基础上演奏的？”

由于贝多芬耳聋，那个职员就能回答：“她们领悟得很深。有一阵埃伦比其他学生更远离你作品的精神，可是自从多洛雷斯和瓦奥莱特来了以后就不那样了。”

“新来的同志给了她灵感。我明白。”

那个职员没说话。

“我认可了，”贝多芬继续说，“而且为了表示认可，我命令：哈登女士和她的交响乐队以及她们学校里所有的人，今天晚上听我的A小调四重奏的完美演奏。”

就在那个职员记下这道命令的时候，就在职员们纳闷这道命令如何执行的时候，在天国的另一个地方出现了一个更加光辉的场面。拿破仑坐在那里，他的职员们簇拥着他，他们人数众多，因此最外圈的宝座看起来还没有卷积云大。他们忙着记录地球上所有涉及他们雇主的事，这是拿破仑给他们布置的任务。拿破仑不时提问：“有什么最新的情况？”

一个拿着标题为“华兹华斯的敬辞”的分类账簿的职员回答：“五点钟，米尔德里德、埃伦、萝斯、伊妮德、玛格丽特、还有简，背诵华兹华斯的十四行诗‘她曾拥有美丽东方的土地’[①]。多洛雷斯和瓦奥莱特试着背这首诗，可是没背下来。”

“这位诗人是在庆贺我征服了威尼斯共和国，”拿破仑皇帝

① 这是华兹华斯的十四行诗《威尼斯共和国的覆灭 1802》中的第一行。

说，“而且诗的宏大主题震撼了瓦奥莱特和多洛雷斯。她们背不下来很自然。下一件事？”

另一个职员说：“五点十五分，米尔德里德、埃伦、萝斯、伊妮德、玛格丽特、简，补充说明波利娜·波拿巴[①]的长沙发的左前腿是什么样的。多洛雷斯和瓦奥莱特仍在学那首十四行诗。”

拿破仑说：“我好像听过这些动听的名字。”

“我的账簿里也有这些名字，”第三个职员说。“先生，你可能还记得，大约一小时之前她们演奏了贝多芬的《英雄》——”

“那曲子是为我写的，”皇帝最后说。“我认可。”

“五点三十分，”第四个职员说，“除了多洛雷斯和瓦奥莱特被派去削铅笔以外，所有的人都在唱《马赛曲》。”

“有必要这样做，”拿破仑站起来喊。“这些女孩子对荣耀有真正的热情。[②]我命令她们和她们学校里所有的人明天去参加庆祝奥斯特利兹战役[③]胜利的活动，作为对她们的报偿。”

职员记下这道命令。

晚自习在七点半。女孩子们坐下来，心情很郁闷，因为她们对这个协作新体系已感到厌倦，都流出了眼泪。可是这时发生了一件有趣的事。一队骑兵路过学校，走在最前面的是着装整齐的乐队。女孩子们高兴得不得了。她们从位子上站起来，唱起歌往前走；她们手舞足蹈，神气地迈着大步；她们用纸做喇叭，把黑

① 波利娜·波拿巴(1780—1825)，拿破仑之二妹、法国公主、瓜斯塔拉女公爵。

② 原文为法语。

③ 奥斯特利兹战役(1805)，第三次反法联盟的首次交战，拿破仑最辉煌的胜利之一。

板当定音鼓。她们之所以能这么干，是因为监管她们的哈登女士离开了教室，她去找玛利·路易丝[1]家族谱系图去了；历史老师先前特别叫她把那张图带到自习课上，好让女孩子们趴在上面指认，可是她忘记带了。“我不行了，”哈登女士想，一面伸手去拿谱系图。那张图和其他文件一起被压在一个海螺壳下面，那海螺壳是校长在圣赫勒拿岛[2]搞到的。“我又蠢，又累，又老；我真想死。”她一边这样想，一边下意识地把海螺壳举到耳边；她小的时候，当海员的父亲常常把海螺壳放到她的耳边……

她听见了大海的声音；起初是潮水冲过湿泥滩的低语声，或冲上岩石的嘁嚓声，或者波浪冲过沙滩的短脆啪啪声，或者波浪冲击岩石时带回音的持续咆哮声，或者来自大洋中心（那里海水重叠涌起，像一座座大山，然后又裂开，像一条条沟壑）的各种声音；或者浓雾散去时深邃莫测的大海轻轻起伏的声音；或者空气清新时大浪及其中的小浪快乐歌唱并用白色水沫相互亲吻时发出的声音。这些她都听见了，可是最后她听见了大海自身的声音，并且知道大海永远是她的。

“哈登女士！”校长说。“哈登女士！你怎么没管那些女孩啊？”

哈登女士从耳边拿开海螺壳，面对她的雇主；她的决心越来越坚定了。

“我在房子另一头都能听见埃伦的声音，”校长接着说，“我想

---

① 玛利·路易丝（1812—1850），奥地利女大公、法国皇后、拿破仑一世的第二个妻子。

② 南大西洋中的一个火山岛，拿破仑一世曾被放逐于此并死于此。

大概该上讲演技巧课了。哈登女士，请你马上放下那个镇纸，回去履行你的职责。”

她从这个音乐教师手中拿走海螺壳，想把它放回原来的架子上。可是榜样的力量促使她把海螺壳放到耳边。她也倾听起来……

她听见了树林里树木的飒飒声。这不是她熟知的那种树林，但是所有她认识的人都在里面骑着马转来转去，还轻吹牛角，相互招呼。那是夜间，他们在打猎。不时有野兽跑过，有一次传来“赫卢！”[①]的喊声，接着是一通追赶。可是更经常的情况是，她的朋友们默默地骑行，她也和他们在一起，他们从各个方向进入树林深处，永远走下去。

在她用一只耳朵倾听这声音时，哈登女士对着她的另一只耳朵说了如下的话：

“我不愿意回去履行职责。自从我来到这里，我一直不重视那些职责，再忽视一次也无所谓。我没有音乐天赋。我欺骗了学生和家长，也欺骗了你。我没有音乐天赋，但为了赚钱我假装擅长音乐。现在，我不知道你会如何处置我，但我不能再假装了。我可通知你了。”

校长听说她的音乐教师没有音乐天赋，感到非常惊奇；钢琴声已经持续了那么多年，因此她以为一切正常。一般情况下，她会做出尖刻的回答，因为她是个有成就的女人，可是树林的喃喃声驱使她回答：“啊，哈登女士，现在不行；咱们明天早上再谈这事。现在，如果你愿意，我想让你在我的客厅里躺一会儿，我去

---

① 招呼猎犬用语。

替你监管自习课，因为我和那些女孩子在一起总感到安心。”

于是哈登女士躺下了，在她打盹的时候，大海的灵魂又回到她眼前。校长带着满脑子的森林低语去了自习室，她咳嗽了三次才开教室门。所有的女生都坐在课桌旁边，除了多洛雷斯和瓦奥莱特以外，她装作没注意她们两人。过了一会儿，她去拿玛利·路易丝的家族谱系图，她忘记带来了。她不在的时候，那队骑兵又从这里路过了……

第二天早上，哈登女士说："我还是想走，但我昨天要是再等等，不那么急着跟你说就好了。我刚得到一个特别的消息。多年以前，我父亲救了一个落水的男人。那人刚去世，他给我留下了一幢坐落在海边的农舍，还留下了生活费。我再也不需要工作了；所以我要是等到今天才告诉你，会更通情达理，对你，"——她的脸有点红——"也对我自己。"

可是校长用双手摇着她，并亲吻了她。"我很高兴你没等，"她说。"你昨天说的是真理之言，是灌木丛中传出的清晰呼唤。我希望我也——"她停下来。"可是下一步就是给全校放一整天假。"

于是女孩子们都被召集起来；校长讲了话；哈登女士也讲了话，她把自己农舍的地址给了大家，邀请她们去那里做客。随后，萝斯被派到糕点店去买冰激凌，伊妮德被派到蔬果店去买水果，米尔德里德被派到糖果店去买柠檬汽水，简被派到马房去买闸皮，然后她们一起坐马车走了很长的路去乡下，还玩了几个游戏。这些游戏缺乏组织。大家都藏起来，没有人找；大家都击球，没有人防守；谁都不知道自己属于哪一队，也没有老师告诉她们；她们甚至能同时玩两个游戏，在一个游戏里当"团组"，在另一个游戏里当“彼得·潘”[1]。至于协作体系嘛，再也没人提了，连讽刺的人都没有。例如，埃伦作了一首反对它的歌，歌词如下：

小傻子博尼
骑一匹马驹，
　　吃圣诞饼子；
他用大拇指
抠出小梅子
　　还说：“我是多么好的孩子，”

年龄小一点的女孩子不停地唱这首歌，直唱了三个小时。

到了傍晚，校长把所有的学生召集到哈登女士和自己身边。她被一圈快乐而疲惫的面孔所环绕。太阳正西下，白天搅起的尘埃正在落下。“哎，姑娘们，”她带着一点羞涩笑着说，“这么说你们好像不喜欢我的协作体系啦？”

女孩子们回答：“劳克斯，我们不喜欢！”“不怎么喜欢！”。

“那么我必须承认，”校长接着说。“我也不喜欢。事实上我很讨厌它。可是我不得不采用这个体系，因为这类事会给教育董事会留下好印象。”

听到这话，所有的教师和女孩子都欢呼大笑，多洛雷斯和瓦奥莱特两人也笑了，她们以为“教育董事会”是新一轮的游戏。

---

① 苏格兰作家詹姆斯·巴里(1860—1937)在1904年创作的一个童话人物、一个永远不想长大的淘气男孩。

现在我们可以顺理成章地想象，这件不光彩的事没有逃过靡菲斯特[①]的注意。他抓住最早的机会去找审判庭，手里拿着一大卷文件，上面写着:“我控告!”飞到半空时，他遇见了天使长拉弗尔[②]，拉弗尔彬彬有礼地问他是否需要帮助。

“这次不用了，谢谢你，”靡菲斯特回答。“我现在真的有诉讼案。”

“你把案子给我看看比较好，”天使长建议。“你飞了这么远，如果告不成，多遗憾呀，而且你对约伯[③]是那么失望。”

“啊，那不一样。”

“还有浮士德[④]；如果我没记错的话，那次的裁决是你彻底败诉。”

“啊，那又不一样了。不对，我这次有把握。我可以证明天才没有用。伟人认为世人理解他们，实际上并不理解；世人认为自己理解天才，实际上并不理解。”

“如果你能证明这一点，你确实有理由告状，”拉弗尔说。“因为人们认为这个宇宙是靠协作生存的，所有的生灵都根据自己的力量进行协作。”

“你听着，第一项指控：贝多芬命令某些女性听他的A小调四重奏的演奏。她们听了——有的人听的是乐队演奏，有的人听的是海螺壳。第二项指控：拿破仑命令那些女性参加庆祝奥斯特

① 欧洲中世纪关于浮士德的传说中的主要恶魔。

② 《圣经》传说中的天使长之一，司医疗。

③ 《圣经》故事中的人物，历尽危难，仍坚信上帝。在德国诗人歌德的《浮士德》之《天堂序曲》中，靡菲斯特曾抨击“人类自虐的痛苦”，暗指约伯。

④ 德国中世纪传说中一术士，为获得知识、青春和魔力，将灵魂出卖给魔鬼；德国作家歌德曾创作同名诗剧。

利兹战役胜利的活动。其结果——文化遗产活动，接着学校放假让师生游玩。第三项指控：女性们演奏贝多芬的曲子。贝多芬耳聋，他的职员又不诚实，因此他以为这些女性是在领悟他音乐的基础上演奏的。第四项指控：为了给教育董事会好印象，女性们研究拿破仑。她们误导了拿破仑，让他以为她们的研究方法很得当。我还有其他要指控的，但是这些已经足够了。自从亚伯被该隐杀害[①]以来，天才和普通人就从来没有协作过。”

“现在看看你自己的案子吧，”拉弗尔同情地说。

“我的案子？”靡菲斯特结结巴巴地说。“怎么，这就是我的诉讼案。”

“啊，不懂事的恶鬼，”拉弗尔喊道。“啊，直言不讳的地狱灵魂。回到地球上去，再到各处走走吧。因为这些人已经协作了，靡菲斯特。她们已经通过‘旋律’和‘胜利’这两个主要来源进行了协作。”

① 亚伯和该隐均为《圣经》中的人物，系亚当和夏娃之子。

塞壬的故事

我有一本记录“自然神论之争”[①]的笔记本，它掉进地中海时，比什么东西都漂亮。它突然落入水中，像一块黑石板，可是很快就打开了，露出浅绿色的页面，那些页面微微颤动，化成蓝色。笔记本一会儿消失，一会儿像神奇的橡皮无限伸展，一会儿又恢复成笔记本的模样，可是比记载所有知识的书还要大。接近海底时，它变得更加神奇；海底一股流沙迎接它并把它遮掩，可是它又出现了，页面摊开，体面地平躺在水中，有些颤抖但很有理智；与此同时，有隐形的手指头在翻动页面。

“太遗憾了，”我的姑姑说，“你不肯在旅馆里做完你的工作。要不然你现在就能尽情玩了，这事也就不会发生了。”

“什么东西在大海里都会化成瑰宝，富丽而珍怪[②]，”牧师说，他的嗓音高，有些颤抖。他的姐姐说：“哎呀！本子沉到水里去了！”至于那两个船夫，一个哈哈大笑，另一个二话没说就站起来脱衣服。

“见鬼，”上校喊。“那家伙疯了吗？”

“是啊，谢谢他，亲爱的，”我姑姑说，“也就是说，告诉他，他肯帮忙，可是也许下次再帮吧。”

“我还是想找回我的笔记本，”我抱怨说。“那是我为写研究博士学位的论文所搜集的资料。下次再捞就什么都剩不下了。”

“我有个主意，”一个女人说，她的声音透过小阳伞传出来。

“我们就让这个大自然之子跳下水去找本子吧，在这期间我们接着去参观另一个岩洞。我们可以把他放到这块岩石上或岩洞里突出的岩架上，等我们回来的时候他也就找完了。”

这个主意好像不错；我又做了点修改，我说我也留下来，好给小船减点分量。于是我们两人被放到阳光下的一块大岩石的小岩洞外面，这块大岩石保护着岩洞内深浅不一的和谐颜色。让我们称它们为蓝色吧，尽管它们更体现了“洁净”的精髓——从家居的洁净过渡到清纯的洁净，相当于把整个海洋的洁净汇集起来并发散亮光。卡普里岛的“蓝洞”③只包含更多的蓝色海水，而不是更蓝的海水。这种颜色和这种精髓是地中海每一个岩洞的遗产，洞里面阳光闪亮，海水流淌。

小船刚刚离开，我就意识到自己多么欠考虑，竟和一个陌生的西西里人④一起留在一块倾斜的岩石上。他抖了一下身子，变得活跃起来，抓着我的胳膊说：“到岩洞那头去，我要让你看很美的东西。”

他拉着我跳下岩石，跳到那个岩架上，下面是一线明晃晃的

---

① 自然神论是 17 至 18 世纪在英国和 18 世纪在法国出现的一种哲学观点，主要是回应牛顿力学对传统神学世界观的冲击。这种思想认为上帝虽然创造了宇宙及其运行规则，但此后不再影响这个世界的发展，也不用超自然手段给人以启示。自然神论者推崇理性原则，把上帝解释为非人格的始因。17 至 18 世纪欧洲的自然神论者一般都反对正统神学教条，反对教会专横和宗教压迫，要求信仰自由和思想自由，维护理性和科学知识。自然神论之争对西方世界产生了深远影响。

② “化成瑰宝，富丽而珍怪”，出自英国诗人、戏剧家莎士比亚（1564—1616）的悲剧《暴风雨》第一幕第二场。此处为朱生豪的译文。

③ 卡普里岛，意大利南部那不勒斯湾沿岸一岛屿，游览胜地。“蓝洞”，卡普里岛沿岸一著名海水岩洞，只能乘船入内。

④ 意大利南端西西里岛的居民。

海水；他把我从阳光下拉开，拉着我走到洞穴另一头，我终于站到一个小沙滩上，那里的沙子很像绿松石粉末。在小沙滩上，他把他的衣服交给我，很快转身回到岩洞入口处那块岩石的最高处。一刹那间他在明亮的阳光下赤身裸体站着，低头看着笔记本在水中的位置。然后他在胸前划了一个十字，双手高举过头，跳下水去。

如果说我的笔记本很神奇，那么这个人更是神奇得无法描述。他给人的印象犹如海底一尊栩栩如生的银雕像，生命通过它在蓝色和绿色的海水中颤动。它无限快乐，无限聪慧——但是怎么可能呢，它竟然从海洋深处冒了出来，颜色呈日晒成的棕色，直往下淌水，嘴里叼着记录“自然神论之争”的笔记本。

那些下海游泳的人一般期望得到赏金。无论我给多少钱，他肯定想要更多；我也不想在如此美丽、如此寂静的地方跟别人争吵。让我感到宽心的是，他用谈话的口吻说：“在这种地方，你有可能看见塞壬。”

我很高兴和他在一起，因为这样让我得以接触到他生活环境中的关键。我们两人被留在一个神奇的世界里，远离所有被人们称为“现实”的平常事物；这是一个蓝色世界，它的地板是大海，它的岩石墙壁和天花板随着大海的映像微微颤动。这里只容得下幻想的事物，我正是本着这种精神重复他的话：“你有可能看见塞壬。”

他一边穿衣服，一边好奇地注视着我。我坐在沙滩上，把笔记本粘连的页面分开。

“啊，”他最后说。“你可能读过去年印的那本小册子。谁会想到我们的塞壬会给外国人带来快乐呢！”

（我后来读了那本小册子。里面讲的事自然不全面，尽管附有一张这个年轻人的木刻和塞壬的歌词。）

“她从这蓝水里冒出来，是不是？”我说，“然后坐在这个洞口的岩石上梳头吧？”

我想诱导他把情况说出来，因为我对他突然变得严肃感到兴趣，而且对他最后那句话里透出的讽刺意味感到困惑。

“你见过她吗？”他问。

“太经常了。”

“我可从来没见过她。”

“可是你听过她唱歌吧？”

他穿上外衣，不耐烦地说：“她在水下怎么唱呀？谁能唱呀？她有时试着唱，可是出不来声音，只出来很多大气泡。”

“她应该爬到这块岩石上来。”

“她怎么能爬呢？”他又喊起来，显然很生气。“神甫们通过祈祷宣布这空气是圣物，因此她不能呼吸这空气；他们还宣布这些岩石是圣物，因此她不能坐在上面。可是没有人能宣布海是圣物，因为海太大了，而且总在变化。所以她就住在海里了。”

我没有说话。

他脸上的表情因此和缓了些。他看着我，好像有心事；他走到洞口外的岩石上，凝神注视着外面的蓝色，然后又回到我们的暮色之中。他说：“一般来说，只有善良的人才能看见塞壬。”

我不置可否。他停了一会儿又接着说：“这是很奇怪的事，那些神甫不知道怎么解释；因为塞壬当然是邪恶的。不仅那些实行斋戒并做弥撒的人面临危险，就连那些在日常生活中很善良的人也面临危险。这个村子的两代人里，没有一个人见过塞壬。我并不觉得惊奇。我们在下水之前都划十字，可是那没必要。我们以前认为朱塞佩比大多数人都安全。我们爱他，他也爱我们中的许多人：可是那跟善良是两码事。”

我问他，朱塞佩是什么人。

“那一天——那时候我十七岁，我哥哥二十岁，他的身体比我壮得多；也就是在游人开始到这里来的那一年。旅游者这些年来已经给我们村带来了那么多的收入和那么多的变化。特别是有一个出身非常高贵的英国女人来到这里，回去写了一本关于这个地方的书 。‘发展联合会’就是通过她成立的，这个组织要建一条缆索铁道，要把旅馆和车站都联接起来。”

“别在这儿跟我说贵妇的事，”我说。

“那天我们带着她和她的朋友们去参观岩洞。我们的小船快到山崖脚下的时候，我按照通常的做法伸手抓了一只小螃蟹。我剥掉爪子，送给他们尝鲜。那几个贵妇哼哼唧唧，可是有一个绅士却很高兴，并掏出钱来。我那时没有经验，没要他的钱，还说，只要他高兴就是对我最好的回报！朱塞佩在我后面划桨，他对我的举动很生气，伸过手来打了我一个嘴巴，结果我的嘴唇被牙碰破了，流了血。我使劲去打他，可是他的动作总是比我快；我伸手搂他的时候，他朝我腋下踢了一脚，一时间我连船都没法划了。几个贵妇人在那边吵吵闹闹，后来我听说她们在策划要把我从哥哥身边带走，训练我当侍者。不管怎么说，这事她们没干成。

“我们到那个岩洞的时候——不是这个洞，是个大些的——那个绅士急着让我们两人中的一个表演潜水拾钱，几个贵妇同意了，正如她们有时表现的那样。朱塞佩早就发现了外国人看我们潜水会得到多大乐趣，所以他表演潜水只收银币，别的不收。那个绅士往水里扔了一个面值两里拉的银币。

“就在我哥哥要跳下去的时候，他突然看见我捂着伤口在哭，我那是不由自主的反应。他哈哈笑着说：‘无论如何我这次见不着塞壬！’他没在胸前划十字就跳下了水。可是结果他看见塞壬了。”

西西里人讲不下去了，他接过我给的一支烟卷。我注视着洞口那块金黄色岩石和那微微颤动的洞壁，以及那神奇的海水，水中连续涌出巨大的气泡。

最后他掸了掸冒着热气的烟灰，烟灰落到岸边的细浪里，然后他把头转向一边说：“他上来了，没拿银币。我们把他拽进小船，他的身子是那么大，几乎要把小船占满；他的身子是那么湿，我们没法给他穿衣服。我还从来没见过这么湿的人。我和那位绅士划船回去，我们给朱塞佩盖上粗麻布，把他立在船尾。”

“那他是淹死了？”我喃喃地说，猜想那是故事的关键。

“他没淹死，”他气愤地喊。“告诉你吧，他看见塞壬了。”

我又无话可说了。

“他虽然没有病，我们还是把他放到床上。医生来了，收了报酬。神甫来了，往他身上洒了圣水。可是都没有用。他太大了——就像大海的一部分。他亲吻了圣比亚焦[1]的大拇指骨，那骨头直到晚上才干。”

“他那时是什么样子？”我冒昧地问。

“跟所有见过塞壬的人一个样。如果你‘太经常’见过她，你怎么不知道呢？他很不快活，因为他什么都明白了。每一个活着

① 医生、主教、梳羊毛工的保护圣贤，有神奇医术，公元3至4世纪之间生活在亚美尼亚地区的塞巴斯特城，公元316年殉道。

的生灵都让他不快活，因为他知道它们都得死。他所关心的就是睡觉。”

我俯身看我的笔记本。

“他不干活儿，不记得吃饭，不记得自己穿没穿衣服。所有的活儿都得我干，我妹妹不得不出去伺候别人。我们想让他去乞讨，可是他身体太壮，没人会可怜他；至于假装白痴，他的眼神又不对。他喜欢站在街上看行人，越看越不快活。有婴儿出生，他会用双手捂脸。如果有人结婚——他表现得很糟糕，会在新人走出教堂时吓唬他们。谁会相信他竟然结了婚呢！这是我造成的，是我。我从报纸上读到，在拉古萨[①]有一个姑娘，她‘洗海澡后发疯了’。朱塞佩站了起来。一个星期后，他和那个姑娘一起走了进来。

“他什么都没告诉我，但看来情况是这样的：他直接去了那姑娘家，闯进她的房间，把她抱走了。那姑娘是个富裕矿主的女儿，你可以想象我们会有什么灾难。她的父亲过来了，还带来一个聪明的律师，可是他们并不比我能耐大。他们跟我们争吵，威胁我们，可是最后只好回去，我们也没有什么损失——我是说在钱财上没有损失。我们把朱塞佩和玛丽亚带进教堂，让他们成婚。哼！那个婚礼！神甫后来没讲任何笑话，新人出教堂时孩子们扔小石子……我想，要是我的话，我就是死也要让那姑娘幸福；可是正像经常发生的那样，你无能为力。”

“那么他们在一起不幸福吗？”

“他们真心相爱，可是爱情不等于幸福。我们都可以得到爱。爱一钱不值。我现在得给两个人干活儿，因为那姑娘在各方面都

---

① 意大利南部西西里岛上一城市。

像朱塞佩——你永远不知道他们两个是谁在说话。我不得不卖了自己的小船，给那个坏老头干活，就是你今天雇的那个人。最糟糕的是，人们开始恨我们。起先是孩子们——一切都是从他们开始的——然后是女人们，最后是男人们。因为一切不幸的原因都是——你不会出卖我吧？”

我答应对他忠诚，他马上脱口说出许多疯狂的骂人话，就像一个逃避了监督的人会说的那种，他咒骂那些神甫，说他们毁了他的生活。“我们就这样被人耍了！”他喊道。他站起来，用脚去踢蔚蓝色的细浪，最后踢起一堆沙子，把它们盖住。

我也很受感动。朱塞佩的故事虽然有荒唐和迷信的因素，但比我以前知道的故事都更接近现实。不知为什么，它让我产生了帮助别人的愿望——所有愿望中最伟大的愿望，而且也是最没有结果的愿望，我这样想。这个愿望很快就过去了。

“她快要生孩子了。这是整件事的结局。人们对我说：‘你那迷人的侄子什么时候出生呀？他有这样的父母，一定会是个快乐、漂亮的孩子！’我绷着脸回答：‘我想他有可能是这样的孩子。悲尽喜来’——这是我们的一个谚语。我的回答让他们非常害怕，他们告诉了神甫，神甫们也害怕。随后人们开始窃窃私语，说那孩子会是个敌基督[1]。你别害怕：那孩子根本就没生下来。

“一个老巫婆开始预言，没有人制止她。她说，朱塞佩和那姑娘有沉默的小鬼，小鬼们倒不会造成伤害。可是那个孩子将来会不停地说话、大笑、捣乱，最后会走进大海，把塞壬带到空中，让

① 《圣经》中耶稣基督最大的敌人，企图在世界末日来临之前广泛传播邪恶，并要取代基督。

全世界都看见她，听见她唱歌。塞壬刚一唱，‘七个瓶子’[1]就会打开，教皇就会死，蒙吉贝洛火山[2]就会爆发，圣阿加塔[3]的面纱就会被烧毁。然后那孩子和塞壬就会结婚，他们会永远在一起，永远统治全世界。

“全村人都骚动起来，旅店主们感到恐慌，因为旅游季节才刚刚开始。他们聚在一起商量，决定把朱塞佩和那姑娘送到内陆地区，直到生下孩子。他们捐助了费用。就在动身的前一天夜里，满月当空，刮着东风，整个海岸大浪翻腾，冲过悬崖，形成银色的云雾。这是个神奇的景象，玛丽亚说她一定要再看一遍。

“‘你别去，’我说。‘我刚才看见神甫从这儿走过，他身边还有一个人。那些旅店主不愿意让别人看见你，如果我们也惹他们不高兴，我们就要饿肚子了。’

“‘我想去，’她回答。‘海上有风暴，我也许再也感受不到风暴了。’

“‘不能去，弟弟说得对，’朱塞佩说。‘你别去——要不就让我们两人中的一个陪你去。’

“‘我想自己去，’她说；她果真自己去了。

“我用一块布捆上他们的行李，然后我想起我马上就要失去他们，难过极了，于是我去哥哥身边坐下，搂着他的脖子，他也搂着我，他有一年多没这样做了；我们就那样坐着，究竟坐了多长

① 《圣经·新约·启示录》中预言，将有七个天使拿着七个瓶子出现，他们将把瓶子里装的上帝的愤怒分别撒向大地、海洋、河流水泉、太阳、野兽住地、幼发拉底河、空气，给人类造成灾难。

② 即埃特纳火山，系活火山，在意大利西西里岛东海岸。

③ 意大利西西里岛卡塔尼亚城的保护神。传说她的面纱阻挡了埃特纳火山的岩浆，保护了该城的人民。

时间我想不起来了。

“突然间房门被吹开了，月光和风儿一起闯了进来，传来一个孩子笑着说话的声音：‘他们把她从悬崖上推到海里去了’。

“我走到保存刀具的抽屉旁。

“‘还是坐下吧，’朱塞佩说——所有的人里竟然是朱塞佩说这话！‘如果她死了，为什么让别的人也死呢？’

“‘我猜到了是谁干的，’我喊道，‘我要杀了他。’

“我刚要出门，他把我绊倒了，他跪在我身上，抓住我的两只手，扭伤了我的手腕子，先是右手腕，然后是左手腕。只有朱塞佩才会想起这么干。我的手疼得要命，比你想的还要疼，我晕了过去。我醒过来的时候，他已经走了，我后来再也没有见到他。”

可是朱塞佩让我厌恶。

“我告诉过你他很坏，”他说。“没人想到他会看见塞壬。”

“你怎么知道他确实看见塞壬了？”

“因为他没有‘太经常’看到她，只是看见了一次。”

“他既然这么坏，你为什么还爱他呢？”

他头一次哈哈大笑。笑声就是他的回答。

“这就是故事的结局吗？”

“我没有杀那个谋杀她的人，因为等我的手腕好了，那人已经去了美国；再说你不能杀神甫。至于朱塞佩，他也走遍了世界，去寻找别的看见过塞壬的人——男人或女人，女人更好，因为那样的话那孩子仍然有可能已经生出来了。最后他来到利物浦市[①]——这个区域有可能吧？——他在那里开始咳嗽、吐血，最后

① 英格兰西北部一海港城市。

死了。

“我认为现在活着的人谁都没见过塞壬。一代人里看见过塞壬的不超过一个人；在我的一生中，永远不会有那样一对男女，生出那个会把塞壬从海里带到天上、破坏寂静、拯救世界的孩子！”

“拯救世界？”我喊道。“那个预言是这样结束的吗？”

他往后靠在那块岩石上，深深地呼吸。从那蓝绿色的倒影里我看见他脸红了。我听见他说：“寂静和孤独不可能永远延续。也许会延续一百年或者一千年，可是大海存在的时间更长，塞壬总会从大海里出来唱歌的。”我本来还想问他问题，可是那会儿整个岩洞暗了下来，从狭窄的洞口驶进来了先前离开的那只小船。

永恒的瞬间

一

“你看见伊丽莎白帽子背后的那座大山了吗？二十年前，一个小伙子就是在那里那么浪漫地爱上我的。伊丽莎白，请你低一下头。”

“是，小姐，”伊丽莎白说，她往前趴到马车夫的座位旁边，像个软塌塌的玩偶。莱兰上校戴上夹鼻眼镜，看着那座曾作为那小伙子恋爱背景的大山。

“他是个好小伙儿吗？”他笑着问，但是他放低了声音，因为有女仆在场。

“我当时不知道。可是在我这样的年龄，那是一件值得回忆的令人愉快的事。谢谢你，伊丽莎白。”

“我可以问问他是谁吗？”

“一个搬运工，”雷比女士用她平常的语气回答，“他连持证导游都不是。只是一个受雇搬运行李的人，还把行李给掉地上了。”

“啧！啧！你当时怎么办了？”

“我做了有教养的年轻小姐该做的事。我尖声叫喊，我谢谢他，让他别侮辱我。我跑开了，其实没必要，我摔倒了，崴了脚，又喊起来。他只得抱着我走了半英里，他是那么愧疚，我以为他会把我扔到悬崖外面去。我们就是在那样的情况下遇见了一个哈博特尔太太，我一看见她就掉了眼泪。可是她比我蠢得多，于是我很快就恢复了常态。”

“当然啦，你说过这事全是你自己的错？”

“我想是说过，”她更严肃地说。“哈博特尔太太像大多数人那样一贯正确，她事先警告过我要提防这小子；我们以前旅游就雇过他。”

“哦！我明白了。”

“我怀疑你是不是真明白了。到那时为止，他只认识自己待的地方。可是雇他太便宜了：他给我们干了很多活儿，超出了我们付的报酬。你要知道，一个出身低贱的人这样做，是个不祥之兆。”

“那怎么会是你的错呢？”

“因为我助长了他的行为：我很喜欢他，不喜欢哈博特尔太太。他很英俊，而且按照我的说法是很讨人喜欢；他穿着漂亮的衣服。我们两人走在后面，他给我摘花。我伸手去接花——他没给我花，而是抓住了我的手，并发表了爱情讲话，那是他事先从《约婚夫妇》①里找来的词。”

“啊！是意大利人。”

这时他们正在穿越国界。在纵树林中的一座小桥上立着两根柱子，一根涂着红、白、绿三色，另一根涂着黑黄两色。

“他住在‘尚未收复的意大利’②，”雷比女士说。“可是我们

① 《约婚夫妇》系意大利诗人、小说家曼佐尼（1785—1873）写的历史小说，被公认为世界文坛上的一部巨著。

② 指19世纪和20世纪初被奥匈帝国控制的有意大利人居住的特伦蒂诺和特里雅斯特地区，位于亚得里亚海北端。意大利在1870年统一后一直致力于收复两地。

要逃到意大利王国去。我不知道假如我们真出逃的话会发生什么事。”

“上帝啊！”莱兰上校说，他突然现出厌恶的表情。伊丽莎白在车夫座上微微颤抖。

“那说不定会是很成功的婚配呢。”

雷比女士习惯用这种有点随便的方式谈话。莱兰上校容忍了她的妙语，尽量感慨地说：“对呀！是的，很对！”

她突然冲着他来了一句：“你认为我在嘲笑他吗？”

莱兰上校看上去有些不知所措，只是笑了笑，没有回答。现在他们的马车正绕着那座险恶的大山的山脚慢慢行进。公路就建在一次次山体滑坡滚下来的土石杂物上；大山还用具有毁灭性的白石流冲击柏树林，留下一处处树疤。可是雷比女士记得，再往上走，在坡度较缓的东山坡上，有一些寂静的空谷和鲜花覆盖的岩石，还有非常开阔的风景。她并不像她的这位同伴想的那样不分场合乱说俏皮话。那件事肯定是可笑的。可是她不知为什么能做到只嘲笑那件事而没嘲笑演员或舞台。

“我宁愿让他愚弄，也不愿意把他看成傻瓜，”她过了很久才说。

“海关到了，”莱兰上校改换了话题。

他们来到了说德语的地方。雷比女士叹了一口气，因为她喜欢拉丁语系国家，正像每个不很忙的人一定会喜欢那些国家一样。可是莱兰上校是军人，他崇尚德国。

“方圆七英里之内，人们仍然说意大利语，”雷比女士说，她像个孩子似的宽慰自己。

“再往前走，人们就说德语了，”莱兰上校回答。“所有的重要著作，无论涉及什么题材，都是用德语写的。”

“可是，所有的重要著作，无论涉及什么重要的题材，都是用意大利语写的。伊丽莎白——给我说一个重要的题材。”

“‘人性’，小姐，”女仆说，态度半是羞涩，半是无礼。

“伊丽莎白是个小说家，像她的主人一样，”莱兰上校说。他转过身去欣赏风景，因为他不喜欢介入话题混杂的谈话。他注意到沿途的农场更繁荣了，乞讨现象没有了；注意到女人更丑了，男人更胖了；还注意到人们在路边小酒馆外吃的食品更有营养了。

“莱兰上校，我们是去阿尔卑斯山大酒店呢，还是去伦敦宾馆，还是去利比希膳宿公寓，还是去阿瑟利—西蒙膳宿公寓，还是去美景膳宿公寓，还是去老英格兰膳宿公寓，还是去比肖内旅馆？”

“我想你会喜欢比肖内旅馆的。”

“我倒不介意阿尔卑斯山大酒店。我听说这两家旅馆都是比肖内家族开的。他们已经发家致富了。”

“你应该受到隆重的接待——如果这种人懂得感恩的话。”

因为雷比女士的成名作、长篇小说《永恒的瞬间》，也给沃塔村带来了声誉。

“啊，他们已经用适当的方式感谢过我了。在我那本书出版大约三年之后，坎图先生给我写了一封信。我感觉信的口气有些凄凉，尽管村子已经很繁荣了；我不喜欢改变人们的生活。我不知道他们一家现在是住旧房还是住新房。”

莱兰上校来沃塔村是为了陪伴雷比女士；可是他愿意与她分住不同的旅馆。她对如此微妙的细节不感兴趣，认为两人没有理由不住在同一个屋檐下，正如她不明白他们两人为什么不能乘坐同一辆马车旅行。另一方面，她讨厌高档的地方。莱兰上校已决定住阿尔卑斯山大酒店，她却渐渐倾向于住比肖内旅馆。这时，感到厌烦的伊丽莎白突然说："我朋友的夫人正住在阿尔卑斯山大酒店。"

"啊！如果伊丽莎白的朋友住在那儿，问题就解决了：我们大家都去那儿吧。"

"太好了，小姐，"伊丽莎白说，她故意不表示感谢。莱兰上校看到她缺乏约束，脸变得严厉起来。

当他们都下了马车步行上山的时候，他小声说："你把她惯坏了。"

"军人说话了。"

"当然啦，我跟英国士兵打交道太多了，没法适应你们所谓的'人际关系'。只要有一丝感伤情绪，全军就会崩溃。"

"我明白；但全世界并不是军队。所以我为什么要假装军官呢。你让我想起了我那些英裔印度籍朋友，他们看见我对当地人友好的时候是那么震惊。他们断然证明这对那些人不起作用，而且他们到现在都没明白他们的证据并不适用。在这里，运气不好的人总是试图领导运气好的人；这种情况必须杜绝。你一直运气不好；你一辈子都不得不指挥士兵，要求他们立即绝对服从，要求他们具有其他无益的美德。我运气好，我用不着做这些——也绝不会做。"

"那你就别做，"他笑着说。"可是你要当心，这个世界毕竟不是军队。你还要当心，对待那些运气不好的人别太不公正了：比如说，我们对你所爱的下层阶级就比较和善。"

“当然啦，”她心不在焉地说，好像莱兰上校根本没对她让步似的。“这正在变成寻常的事。可是他们把这看穿了。他们像我们一样知道，在这个世界上只有一件东西值得拥有。”

“唉！是啊，”他叹着气说。“这是商业时代。”

“不对！”雷比女士恼怒地喊，伊丽莎白闻声回过头来看看出了什么事。“你很愚蠢。对人和善，给人金钱，都比较容易。值得献出的惟有自己的身心。你做出过奉献吗？”

“经常这样。”

“我的意思是，你在下级面前故意装过傻吗？”

“故意嘛，从来没有。”他终于明白她想说什么了。她常常主观地想象，只有这样暴露自己的弱点，才是进行真正交际的基础，才是进入阶级分野的精神屏障的大门，她以此为乐。她的作品里就有一部写这个题材，读起来让人感到愉悦。“你怎么样？”他开玩笑地说。

“我也装过傻，但装得不好。到目前为止，我还没感觉自己是个真正的大傻瓜；可是当我真有感觉的时候，我希望把它明白地表达出来。”

“但愿我在场！”

“你大概不喜欢这种感觉，”她回答。“我跟男女朋友们在一起的时候，任何时刻都可能产生这种感觉。任何事都有可能让我开始这样感觉。”

“看呀，沃塔！”车夫喊道，打断了他们激动的谈话。车夫、伊丽莎白和马车都到了小山顶。黑杨树林到这里戛然而止；而后又出现在一个满坡碧草的山谷里，那些黑杨树涌动，低垂，相互融合，然而一直保持向上的趋势，因此一直绵延了两千英尺，到了岩石从草丛里冒出来形成大山的地方。那些兀立山顶的岩石在晚间纯净的天空中显得纤细秀美。

马车夫颇有重复话语的天才，他一再说："沃塔！沃塔！"

在山谷更高处，有一个白色大村庄，在高低起伏的草场上晃动，像海上的航船；在船头处，傍着一个九十度角的斜坡，矗立着一座用新的灰石头砌成的雄伟塔楼。他们看的时候，塔楼发出了声响，并以优雅的姿态对着群山讲话，群山做出了回应。

车夫再次告诉他们，这就是沃塔村，那是新盖的钟楼——很像威尼斯的钟楼，不过更为精致——那钟声就出自钟楼的一口新钟。

"谢谢你；确实如此，"莱兰上校说，而雷比女士为这个村子这么会利用繁荣机会而欢喜。她先前害怕回到这个自己曾那么热爱的地方，唯恐会发现什么新的东西。她从来没想到新的东西可能很美。那位建筑师确实去过南方寻找灵感，这座建在大山里的钟楼与以前矗立在潟湖旁边的钟楼很相似。可是大钟的产地却无法确定，因为钟声是不分国籍的。

他们乘马车进入那可爱的风景之中，非常高兴，但没有说话。那些欣赏他们的旅游者把他们当成一对很般配的夫妻。在雷比女士和善而有棱角的脸上，确实没有让人不喜欢的文学色彩；莱兰上校的职业使他整齐利索而不是咄咄逼人。他们两人确实很像一对有教养的文雅夫妻，仿佛一生中都在观赏世界各地的美好风光。

快到村子时，他们先前没注意到的其他教堂都以钟声做出了回应——很小的教堂、丑陋的教堂、带南瓜般钟楼的粉红色教堂、带木质尖塔的白色教堂、完全隐藏在林中空地里或草场褶皱里的教堂——直到晚间空气里回响着许多细碎的声音和那巨大的歌声。只有那座具有英格兰早期建筑风格的新建英国教堂保持着纯洁的静默。

钟声停止了，所有的小教堂都退入黑暗之中。取而代之的是敦促人们换装的锣声，和疲惫的旅游者急匆匆赶回去吃晚饭的景象。一辆漆有“阿瑟利—西蒙膳宿公寓”的双排座活顶篷四轮马车赶着去迎接刚刚到达的公共马车。一个贵妇和她的母亲在谈论一件晚礼服。拿着羽毛球拍的小伙子们和拿着铁头登山杖的小伙子们在交谈。然后，一只火红的手指头在黑暗的夜空写下了“阿尔卑斯山大酒店”几个字。

“看那电灯！”车夫说，他听见了他的旅客的赞叹声。

“美景膳宿公寓”在松树林的衬托下开始闪耀，“伦敦宾馆”在河边遥相呼应。“利比希膳宿公寓”和“洛勒莱膳宿公寓”分别用绿光和黄褐光宣示自己的存在。“老英格兰膳宿公寓”则以鲜红色光出现。这些灯光照亮了很大一片地方，因为最好的旅馆都集中在村子外面，矗立在较高的或浪漫的地点。在旅游季节，每天晚上都有这种灯光展示，但只是在公共马车到来的时候。等到最后一位游客穿好了正装，这些灯就熄灭了；旅店主们，无论是骂骂咧咧的还是兴高采烈的，都到一边吸雪茄烟去了。

“真讨厌！”雷比女士说。

“讨厌的人们！”莱兰上校说。

阿尔卑斯山大酒店是一座很大的建筑物，由于是木质的，给人的感觉像臃肿的瑞士农舍。可是一个豪华壮观的观景台纠正了这种印象。那个用方石块铺砌的观景台，在一英里以外都看得见；几条柏油小路从观景台延伸到附近的乡村，就像从一个大水库里流出的涓涓细流。他们的马车走上了一条专用车道，停在一个带穹顶的北美油松木柱廊下面。柱廊一头通向观景台，另一头通进一个带顶篷的休息室。那里有高级职员转来转去——穿着镶金边制服的男人、穿着镶着更多金边的制服的更神气的男人、没穿镶金边制服但神气得多的男人。伊丽莎白神态傲慢，费劲地提着一个稻草编的小篮子。莱兰上校表现出了十足的军人派头。雷比女士虽然阅历丰富，但大旅馆总让她感到局促不安。侍者匆匆忙忙地把她带进一间价格昂贵的客房，并劝她马上换正装，如果她想赶上吃套餐的话。

雷比女士刚才上楼时，看见餐厅里满是英国人和美国人，还有饥肠辘辘的德国富人。她平素喜欢与人交往，但今天晚上居然心情郁闷。她似乎看见了一个令人不快的幻象，其轮廓还不清晰。

“我要在房间里吃饭，”她告诉伊丽莎白。“你去吃正餐吧；我打开行李，整理整理衣物。”

她在房间里转来转去，看看住宿规定、价目表、短途旅游路线，看看红色丝绒沙发，以及印有本地山景的茶缸和脸盆。在这一派奢华之中，叼瓷烟斗的坎图先生和披黄褐色披肩的坎图夫人住在哪儿呢？

当侍者终于把饭给她端来时，她问起店主坎图夫妇。

侍者用国际通用的英语回应说，他们两人身体都好。

“他们是住在这儿，还是住在比肖内旅馆？”

“当然住在这儿啦。只有穷游客才去比肖内。”

“那谁住在那边呢？”

“坎图先生的母亲。她跟这里没关系了，”他接着说，就像一个吸取过什么教训的人，“她跟我们绝对没有关系。十五年前是有的。可是现在，哪有比肖内旅馆的地位？如果有人把我们和比肖内相提并论，我求你务必反驳他。”

雷比女士平静地说：“我搞错了。请你通知一下，我不要这个房间了，叫他们马上把这些行李送到比肖内旅馆去。”

“当然可以！当然可以！”受过良好训练的侍者说。他又恶毒地哼了一声说：“你得付钱。”

“没问题，”雷比女士说。

那台把她吸进去的精密机器开始把她排出去。她的箱子被搬到楼下，她来时坐的那辆马车被叫来了。伊丽莎白出现在大厅里，气得脸色煞白。她为她们两人没睡过的床和没吃的饭付了款。那些穿着镶金边制服的高级职员仍在转来转去，他们希望在这么短的时间里找出一个借口来索要小费。雷比女士从他们中间穿过，走向大门。休息厅里的客人们饶有兴趣地看着她，他们得出结论：她嫌这家酒店太贵。

“怎么回事？到底是怎么回事？你觉得这儿不舒适吗？”莱兰上校穿着晚礼服追赶她。

“不是那回事；我弄错了。这个酒店属于那家的儿子；我必须去比肖内旅馆。他跟那老两口吵架了，我想他的父亲已经去世。”

“可是说真的——如果你在这儿挺舒适的——”

“我今天晚上必须弄清楚那是不是真的。我还必须”——她的声音发颤了——“弄清楚那是不是我的过错。”

“以老天的名义，怎么——”

“如果是我的错，我要为此负责，”她轻声接着说。“我年纪大了，不能当悲剧女王，也不能当毁灭人的神魔。”

“她是什么意思？她到底是什么意思？”莱兰上校喃喃地说，一面看着雷比女士所乘马车的灯光往山下移动。“她做了什么伤害人的事？就算有的话，究竟是什么伤害？旅店主们总是吵架，这不关我们的事。”他默默地吃了一顿美餐。然后他的思绪转向了邮局刚给他送来的信件。

> 最亲爱的埃德温：——我怀着最大的怯懦之心给你写信，我不是因为好奇才写这封信的，我知道你会相信我的话。我只要求你回答一个简单的问题。你跟雷比女士订婚了没有？从我年轻时起，社会风尚已经发生了变化。可是尽管如此，订婚还是订婚，应该马上宣布，以免各方不愉快。你虽然身体不好了，放弃了你的职业，但你仍能维护我们家族的荣誉。

“蠢话！”莱兰上校喊。自从他认识雷比女士以来，他的眼光更尖锐了。他意识到他姐姐的这一段话没有别的，只有一种不假思索的传统道德观念。他看了并没受多少感动，正如姐姐写信时没动多少感情一样。

> 至于班农夫妇对我提到的那个女仆，她并不是一个年长女伴——不过是扔在世人眼前的一块蛋糕[①]而已。我可没说

① 此比喻借鉴了希腊神话中的一个典故：普绪客等神祇用蛋糕等贿赂冥府看门狗刻耳柏洛斯，让它吃后熟睡，他们因此得以进出冥府。此处指女仆伊丽莎白起着障人眼目的作用，避免世人议论女主人与莱兰上校的关系。

雷比女士一句坏话，我们还常读她的书呢。搞文学的人一向不讲求实际，我们相信她不知道这一点。也许我认为她不适合做你的妻子，不过那是另一码事。

我的小孩们都问你好（莱昂内尔也问你好）。孩子们目前给我们带来了巨大的欢乐。我只是担忧将来，到时候我们不得不考虑提供良好的教育所需要的巨额费用。

爱你的纳莉

他怎么能解释他与雷比女士关系的特殊魅力呢？他们两人从来没说过“结婚”一词，大概永远不会说一个“爱”字。如果他们不是经常见面，而是天天见面的话，那会是作为熟知生活的智者伴侣，而不是作为利己主义的恋人，不会渴求自己无权要求也无力提供的永恒激情。他们两人都没有标榜自己是圣洁的人，也没有宣称自己不了解对方的局限性和反复无常。他们甚至很少谅解对方。容忍意味着持谨慎保留的态度，而知识则是平静交往的最大保障。莱兰上校有高尚的勇气：他不在乎他所了解的人的意见。纳莉和莱昂内尔以及他们的小孩是震惊还是恼火，随他们的便。雷比女士是作家，算是激进分子；他是军人，算是贵族。可是他们的职业活动就要成为过去；他打算停止战斗，她打算停止写作。他们能一起快乐地度过他们的秋天。他们也不可能证明过了冬天就会成为最差的伴侣。

莱兰上校太有心计，不肯承认自己愿意与每年两千英镑的收入结婚。可是这个愿望给他的思想增添了一种无法确认的馨香。他把纳莉的信撕得粉碎，从卧室的窗口扔进黑暗之中。

“滑稽的小姐！”他喃喃地说，这时他朝着沃塔村看，想借助越来越亮的月光辨认出那个钟楼。“你为什么要到不舒适的地方去呢？你为什么要介入别人的争吵呢？那些人不能理解你，你也不理解他们。你认为争吵是你引起的，你多傻呀。你认为你写的一本书糟蹋了这个地方，使那些居民变得腐败污秽。我知道你是怎么想的。因此你要让自己不快乐，并着手纠正无法纠正的事。滑稽的小姐！”

现在他能看见他撕的碎纸片就在下面不远的地方。在山谷里，那座钟楼显现了，从一缕缕银色水蒸气流中冒了出来。

“亲爱的小姐！”他小声说，并朝着村庄方向挥了挥手。

二

雷比女士的第一部小说《永恒的瞬间》是围绕着这样一个思想写的：人并非仅仅按时间来生活，一个逝去的夜晚在天庭里可能像一千年——这是梅特林克[①]后来从哲学角度阐述得更清楚的思想。现在她本人宣告，那部小说是讨厌的、做作的作品，书的标题暗示牙医的治疗椅。可是这本书是她在感觉年轻快乐时写的；那个阶段（而不是成年后），正是形成人生信念的时机。随着岁月的流逝，这信念可能变得更加坚实，但把它传达给别人的愿望和能力却随之减弱了。她最早的作品是她最雄心勃勃的作品，这并没有让她感到不快乐。

由于奇怪的命运，这本小说引起了很大轰动，特别是在那些

---

① 梅特林克（1862—1949），比利时诗人、剧作家、散文家，1911 年获诺贝尔文学奖。他通过作品传达了自己的哲学观点。

缺乏想象力的人的圈子里。无所事事的人把它解读成“浪费时间没有害处”；庸俗的人把它解读成“朝三暮四没有害处”；虔诚的人则把它解读成对道德的攻击。这位女作家在上流社会逐渐有了名气，而她对社会地位较低的人表现的热情倒给她增添了魅力。就在那一年，安斯蒂勋爵夫人、赫里奥特太太、班伯格侯爵和很多别的人都深入到小说的背景地沃塔村。他们返回时都热情洋溢。安斯蒂勋爵夫人展示了她的水彩写生画；赫里奥特太太拍摄了照片，并在《滨河》杂志刊登了一篇文章；《十九世纪》杂志刊登了班伯格侯爵描述那个地方的长篇文章，题目是《现代农民及其与罗马天主教的关系》。

由于这些人的努力，沃塔村成了一个日渐兴旺的地方，喜欢僻静的人纷纷到那里去，并且给别的人指路。由于一系列偶发的小事，雷比女士一直没回沃塔村，尽管村子的兴旺与她的成名有那么密切的关系。她不时听说村子的发展情况。还有传言说，一个社会地位低的旅游者正在挑沃塔村的错。由于害怕发现那里有什么东西遭到破坏，雷比女士最后产生了一定程度的胆怯，不大敢再去那些给了她那么多快乐的地点。莱兰上校说服了她；他本人想去一个有益健康的凉爽地方消夏，在那里读书、聊天、寻找喜欢运动的慢性病人适合散步的小路。他们两人的朋友嘲笑他们；他们的熟人议论纷纷；他们的亲戚怒火中烧。可是他有勇气，她也不在乎非议。在伊丽莎白提供的些许保护下，他们成功地来到这里。

雷比女士的到达令人感伤。她看到一座座大旅馆排成一大圈，远离了本该是生活中心的村庄。闪亮的旅馆名称在夜晚宁静的山坡上烙下的印记，仍然在她眼前晃动。巨大的阿尔卑斯山大酒店像噩梦一样，在她心头挥之不去。她在睡梦中常常回忆起那个酒店里的柱廊、豪华的休息室、锃亮的胡桃木办公桌、巨大的客房钥匙架、印有大山风光的陶制器皿、高级职员的制服，以及神气的客人散发的气味——对某些人的鼻孔来说，这种气味与穷人散发的气味同样令人抑郁。她对文明的进步没有热情。她从东方的经验得知，文明通常不会先迈出最好的一只脚，她常常先让野蛮人变得淫荡和邪恶，然后才显示她的补偿性品格。这里没有进步问题：全世界需要向这个村庄学的东西，比这个村庄需要向全世界学的要多。

在比肖内旅馆，她确实没发现什么变化，只是体会到幸存事物的感染力。老房主已经去世，老夫人卧病在床，可是古老的精神尚未离去。在旅馆建筑的正面，木墙上仍画着那条吞噬小孩的龙——米兰的维斯孔蒂家族①的纹徽。坎图一家很可能是这个家族的后裔。因为这家小旅馆里有某种氛围，迫使富有同情心的客人崇尚贵族，无论如何在当时是这样的。一种不费吹灰之力就可获得的伟大行为方式主宰着一切。每间客房里都有三四个漂亮物件——一小块丝织挂毯、一块洛可可式②浮雕残片、几片蓝色瓷砖，都镶嵌在镜框里，挂在粉刷过的白墙上。客厅里和楼梯边上挂着几张模仿卡洛·多尔奇③和卡拉齐兄弟④绘画风格的十八世纪

---

① 米兰，意大利北部一城市。维斯孔蒂家族，14 和 15 世纪在意大利北部的历史中占支配地位的一个家族，其统治一直延续到 18 世纪。

② 18 世纪初起源于法国、18 世纪后半期盛行于欧洲的一种建筑艺术装饰风格，其特点为精巧、繁琐、华丽。

③ 卡洛·多尔奇(1616—1686)，意大利画家、巴罗克佛罗伦萨画派最后的代表人之一。

④ 指 16 世纪末意大利卡拉齐家族的三个画家。

油画——穿着蓝色长袍的“悲哀的圣母”、飘逸的圣贤、宽宏大度的亚历山大大帝[①](他的下巴稍向后缩)。这种风格已经不被人看重了——权威人士和教科书这样说。然而，有的时候，它可能比一幅新买的安吉利科修士[②]的画更有新鲜感，更有意义。雷比女士以前拜访公爵家时就从未露出战战兢兢的样子，现在她走进了比肖内旅馆，她觉得自己很大胆，很现代。那些最不起眼的东西——沙发靠垫、桌布、枕套——可能是用质次面料做的，而且不符合美学标准，但是仍让她产生了崇敬和谦卑的感觉。拿瓷烟斗的坎图先生和披黄褐色披肩的坎图夫人，以及巴托洛缪·坎图先生，即阿尔卑斯山大酒店现在的主人，都曾在这所洁净宽敞的房子里走动。

第二天早晨，雷比女士坐下来吃早饭时情绪不好，她把这归咎于夜间的失眠和年龄的增长。她想，她从未见过谁比住在这里的游客更缺乏吸引力、更不值得尊重。一个眉毛很黑的女人喋喋不休地大谈爱国主义，还说英国游客有义务在外国表现得团结一致。另一个女人一直小声抱怨，像一个滴水的水龙头，水流不大但一刻不停；她抱怨食品、收费、噪音、云彩、尘土。她说，她喜欢到这个旅馆来，但不喜欢把它介绍给朋友：它就是让人产生这种感觉的旅馆。这里男性很少，需要男性干的活儿很多；一个小伙子在阵阵笑声中描述他采取了什么样的步骤使原住民惊讶。

雷比女士坐在一幅著名壁画对面，那幅画是房间里唯一的装

---

① 亚历山大大帝(前356—前323)，马其顿国王，即位后，先后征服希腊、埃及和波斯，并侵入印度，建立亚历山大大帝国。

② 安吉利科修士(1395—1455)，意大利文艺复兴前期佛罗伦萨画派的著名画家。

饰品。壁画是在维修时发现的；虽然画面有损毁之处，但颜色依然鲜艳。坎图夫人一会儿说那是提香[①]的作品，一会儿又说是乔托[②]的作品，并声称没有人能解读其中的意蕴；许多教授和画家苦苦思索也没解读出来。她说这话，是因为她高兴这样说；其实壁画的意蕴很清楚，雷比女士多次有人给解释过。画上的四个人物是女预言家，她们拿着关于耶稣诞生的预言。当初为什么把她们画在山里这么高的地方，画在意大利艺术的最远边界上，原因不甚清楚。不管怎么说，她们现在成了很有用的谈资；由于她们适时出现在这面墙上，使许多人得以结识，使许多争论得以避免。

“那些圣贤倒是挺诡秘的！”一个美国贵妇说，她随着雷比女士的目光看了看壁画。

贵妇的父亲嘟嘟囔囔地说着有关迷信的事。他们两个都是伤心之人，最近刚从圣地巴勒斯坦回来。他们在圣地曾遭无耻之徒欺骗，因此对宗教的态度不那么好了。

雷比女士尖刻地说，那些圣贤是女预言家。

“可是我不记得在《圣经》的《新约》或《旧约》里有女预言家，”贵妇说。

“那是神甫们发明出来欺骗农民的，”那位父亲悲伤地说。“他们的教堂也是这样；用金属箔冒充真金，用棉布冒充丝绸，用粉饰灰泥冒充大理石；他们的仪式队列也是这样，他们的——（他骂了一句）——钟楼也是这样。”

---

① 提香（1488—1576），意大利的伟大画家，在意大利和世界艺术中占有崇高地位。

② 乔托（1267—1337），意大利画家，一直被尊崇为意大利第一位艺术大师。

“我的父亲，”贵妇凑近雷比女士说，“他确实有失眠症。你想想每天早晨六点敲钟！”

“是啊，太太；这回你得到好处了。我们制止了这种做法。”

“制止了清晨敲钟？”雷比女士喊。

人们抬起头来看她是谁。有人小声说，她是写书的。

那位父亲回答说，他大老远到这儿来是为了休息，如果休息不了，就要搬到另一个中心去。英国的游客和美国的游客已经合作了，迫使那些旅店主采取行动。现在神甫们只在晚餐时敲钟，这让人还能忍受。他相信，只要“合作”，什么事都能做成：对那些农民也是这样。

“游客们怎么干涉农民的事呢？”雷比女士问。她越来越生气，浑身颤抖。

“我们说了同样的话；我们是来休息的，我们就得休息。他们每星期都喝得烂醉，唱歌唱到凌晨两点。这样下去合适吗？”

雷比女士说：“我记得他们中间有些人没喝得烂醉。可是我也记得他们是怎么唱歌的。”

“是啊。唱到两点，”他反驳说。

他们两人恼怒地分开了。雷比女士走后，贵妇的父亲还在喋喋不休地说，有必要创立一种崇尚露天生活的统一新宗教。他头顶上方的四位女预言家虽笨拙粗陋，但慈祥宽厚，每个人都拿着一个牌匾，上面写着具体的救赎承诺。如果说那些旧宗教确实不适应人类的需要，那么美国似乎也不可能产生一种合乎需要的替代宗教。

雷比女士现在就按承诺去拜访坎图夫人为时尚早。伊丽莎白也不是能同去的伴侣，因为她一夜之间变得很粗暴，现在感觉愧疾，让人厌烦。旅馆外面有几张小桌子，几个女人在那里喝啤酒。有几棵修剪过树冠的栗子树为她们遮阴；一道矮的木栅栏把她们与村庄的街道隔开。雷比女士坐在栅栏的边沿，因为从那里她能看见那座钟楼。一个有批评眼光的人可以发现钟楼建筑有很多缺点，可是她看重的是钟楼的整体，越看越高兴，这里面也掺杂着某种感恩的成分。

旅馆的德国女侍者走出来，很有礼貌地建议她找一个更舒服的地方坐。这里是下层阶级的人吃饭的地方；她去客厅好吗?

“谢谢你，我不去；你们按出身来区分客人有多少年了?”

“好多年了。这很有必要，”那位可钦佩的女侍者回答。她又回到了那所充满肉味、充满常理的房子里。这是一个迹象，表明在这个有争议的山谷里操德语的人正在赶超操拉丁语系语言的人。

紧跟着走出来的是一个头发灰白的妇人，她一面手搭凉棚挡太阳，一面哗啦啦地晃动一张《晨邮报》。她和善地看了雷比女士一眼，擦了擦鼻子，有礼貌地先道歉后说话，她说：

“不知道你是不是听说了，今天晚上有一场音乐会，是为了帮助英国教堂安装彩色玻璃窗而举办的。我可以劝你买几张票吗?正如我刚才说的，英国人应该有个集会地点，这很重要，是不是?”

“非常重要，”雷比女士说；“可是我希望这个集会地点是在英格兰。”

头发灰白的妇人笑了笑。随后显得很困惑。后来她意识到自己受了侮辱，便摇晃着《晨邮报》离开了。

“我太没礼貌了，”雷比女士沮丧地想。“我对一个像我一样傻、像我一样头发灰白的妇人很没礼貌。今天我不适合跟别人谈话。”

她的生活一直很成功，总的来说是幸福的。她对人们称为抑郁的情绪还不习惯，但是这种情绪肯定让她的眼界更开阔但更灰暗。那天早上她的人生观有所改变。她在村里走了一圈，几乎没注意到那些依然环绕着村子的群山，也几乎没注意到仍照耀村子的太阳的不变的光芒。可是她完全意识到了某种新的东西；意识到了大批人走过之后所产生的说不清的腐败。

即便在那个钟点，空气中也充满酒肉的浓烈气味，还加上尘埃和烟草的烟雾，以及疲惫的马匹散发的气味。马车挤在教堂的墙边，一个女人在钟楼下看管一排自行车。这个季节不宜于登山；一群群穿着漂亮的诺弗克西装的小伙子悠闲地走来走去，等着游客雇他们当导游。在邮局对面有两个很大的廉价旅店，店前有许多小桌子，一直摆到街道上。在这里，餐饮服务从凌晨就开始了，一直持续到深夜。顾客主要是德国人，他们搂着自己妻子的腰，大喊大笑，以振作精神。然后他们沉重地站起来，排成一行向某个景点走去；在那个景点有一面红旗，表明下一顿饭可以在那里吃。全村的人都受到雇佣，就连小女孩都有活儿干，她们纠缠客人，兜售带有图片的明信片和雪绒花。沃塔村已经开始发展旅游业了。

一个村庄必须有特色行业；而这个村子一向充满活力和能量。它过去鲜为人知，但快乐幸福；它把饱满的精力用在奋力向土地讨生计上，并从中得到了一定程度的尊严、祥和以及对他人的爱。文明并没有放松对这种精力的控制，并将其引导到别的方向；因此本来能帮助治愈世界创伤的一切宝贵品质都遭到了毁灭。家庭亲情、社群感情、明智的乡村美德——这一切都消亡在人们建造象征它们的钟楼的过程。这事不是坏人干的，而是善良、富有、经常很聪明的女士们和绅士们干的——他们认为（如果他们考虑过这件事的话）自己正在给曾有意停留的地方带来商业利益和道德益处。

雷比女士过去从未意识到这种普遍的错误做法。她回到了比肖内旅馆，感到身心交瘁，她想起了那段颇有正义意味的可怕经文："可是要让犯罪的人遭受痛苦。"①

坎图夫人躺在一楼的一个阴暗房间里，有些过分激动。那个房间的墙上空荡荡的，因为所有漂亮的装饰品都挂到了客房里，她爱她的客人，就像一个好女王爱她的臣民。房间的墙壁也很脏，因为是坎图夫人自己的房间。可是哪个宫殿都没有这么漂亮的天花板，因为从木房梁吊下来许多铜制器皿，是一整套嫁妆，有水桶、大锅、水罐等，颜色从发亮的黑色到最浅的粉红色都有。老夫人抬头看看这些家道兴旺的象征，很是高兴。最近，有一个美国贵妇没能买下这些东西，离开时与其说是生气，不如说是困惑不解。

坎图夫人与雷比女士没有什么共同之处，因为坎图夫人是个固守己见的贵族。她若是一个生活在那个伟大世纪里的伟大贵夫人，会很快上断头台的，而雷比女士则会大叫着表示赞成。现在坎图夫人头发稀疏，卷在烫发纸里，还披着那条黄褐色披肩。她给这位知名女作家讲述过去曾在比肖内旅馆住过或可能住过的其

---

① 此引语出自《圣经·新约·马太福音》第 18 章第 7 段，系转述的耶稣的话。

他知名人士的情况。她起初语气很庄重。可是没有多久就谈起了村子里的新闻，语气里开始透出几分愤懑。她以一种带忧伤的自豪的心情讲起先后去世的人。她自己老了，喜欢思索命运女神是多么公平，命运没有放过她的同代人，也常常不放过比她年轻的人。雷比女士不习惯这样寻求安慰。她自己也在变老，可是如果别人能永葆青春她会更高兴。她虽然记不清那些死者，但是死亡具有象征意义，正如一朵鲜花的凋零可能象征整个春天的逝去。

坎图夫人接下来讲述了自己的不幸；先是一次小规模山体滑坡毁了她的小农场。在那个山谷里，滑坡从来都不是急速的。水通常在绿草皮底下汇集，正如脓液在皮肤下面生成。在有坡度的草场上会有一块地方隆起，然后爆裂，释放出一股缓慢流淌的泥石流。然后整个地区似乎塌陷了；所有山坡上的草地都受到挤压，折叠成了怪异的皱褶，树木歪了，谷仓和农舍坍塌了，所有美的东西逐渐变成了无法分辨的浆糊向山下滑动，最后被小河冲走。

她们从农场又谈到其他苦衷，雷比女士感到太压抑，几乎无法表示同情了。这个季节生意不好；客人们不理解这个旅馆的管理方式；仆人们不理解客人；有人说她应该雇一个前台接待员。可是前台接待员有什么好处呢?

“我不知道，”雷比女士说，她感觉没有一个前台接待员能让比肖内旅馆恢复财运。

“人们说前台接待员可以去迎接公共马车，把新来的客人引诱到这边来。我从引诱来的客人那里会得到什么快乐呢?”

“别的旅馆就是这么干的，”雷比女士伤心地说。

“是啊。每天都有一个男人从阿尔卑斯山大酒店到这儿来。”

现场出现了尴尬的静寂。到目前为止她们一直避免提那个人的名字。

“他把那些客人都拉走了，”她突然激动地接着说。“我儿子把我所有的客人都拉走了。他拉走了所有的英国贵族、最阔气的美国人和我所有的米兰老朋友。他在这山谷里到处诬蔑我，说我的旅馆的下水管道坏了。旅店主们不向游客推荐我的旅馆；他们把客人都打发到他那里去，因为每转送一个人，他就给百分之五的回扣。他给马车夫钱，给搬运工钱，给导游钱。他给乐队钱，因此乐队几乎不在村里演奏。他甚至给小孩子钱，让他们说我的下水管道坏了。他和他的妻子，还有那个前台接待员，他们想毁了我，他们想看着我死。”

“你别——你别说这些事了，坎图夫人。”雷比女士开始在屋里一边转悠一边说话，这是她的习惯，她说的是大实话，而不是容易懂的话。“尽量不要对你儿子那么生气。你不知道他得跟什么竞争。你不知道是谁让他成了这样的。也许该责备的是别人。不管该责备的是谁——你可以在祈祷的时候记起他们。”

“当然啦，我是个基督徒嘛！”气愤的老夫人喊道。“可是他不能毁我呀。我表面上很穷，可是他借了我的钱——太多了。那个旅馆会倒闭的！。”

雷比女士接着说，“也许世界上并没有那么多的邪恶。我们见到的大多数邪恶都是由许多小错误造成的——是愚蠢或虚荣造成的。”

“我甚至知道是谁让他这么干的——他的老婆，还有现在给他当前台接待员的那个人。”

“这种说话的习惯，表达自己的习惯——似乎很痛快，很必要——但确实会伤害——”

她们两人都受到街上巨大声响的干扰。雷比女士打开窗户，一团灰尘带着浓重的汽油味飘了进来。原来是一辆过路的汽车碰上了一张桌子。地上洒了很多啤酒，还有一点儿血迹。

坎图夫人听见巨响后恼怒地叹了口气。她的坏脾气使她疲惫不堪，她躺在床上闭着眼睛，一动不动。在她的头顶上方，两个铜花瓶在突然刮来的阵风中轻轻碰撞，叮当作响。雷比女士正准备做一次富有戏剧性的重大忏悔，做一次令人感动的宽恕请求。她的话都想好了；她的话永远是准备好的。可是她看看坎图夫人闭着的眼睛和承受着痛苦的虚弱身躯，她知道自己没有权利要求得到原谅。

在她看来，她的生命随着这次会见完结了。她已经做了一切可能做的事。她做过许多邪恶的事。她现在能做的只是双手合十等待，直到她的丑恶和无能随着她的美丽和力量消逝。她的眼前浮现出莱兰上校那令人愉快的面孔，她可能跟他一起与世无争地度过最后的岁月。他不会令人振奋，但她似乎并不渴望振奋。如果她的感官确实关闭，大脑和舌头的无意识活动逐渐麻木，那就更好。因为她一生中第一次动了心，很想变老。

坎图夫人仍旧在谈论她的儿媳妇和前台接待员；谈儿媳妇的庸俗和职员的不知感恩。很久以前，那个接待员刚从意大利流浪到这里时还是个没人认识的小伙子，她曾对他很慷慨。现在他却和她儿子站在一起与她作对。这就是慈善的回报。

“他叫什么名字？”雷比女士心不在焉地问。

“费奥·基诺里，”她回答。“你不会记得他的。他过去是搬——”

新钟楼突然传来一阵钟声，屋里的铜器也随之震响。雷比女士抬起双手，不是去捂耳朵，而是去捂眼睛。在她的虚弱状态下，大钟颤动的音符有一种奇怪的效果，好像血液回到了已冻僵的静脉里。

“那个人我记得很清楚，”她最后说；“我今天下午要去看他。”

三

雷比女士和伊丽莎白一起坐在阿尔卑斯山大酒店的休息厅里。她们刚从比肖内旅馆走上山坡，来这里见莱兰上校。可是莱兰上校显然已下山到比肖内找她们去了，所以她们只能等待，为了不白等，她们点了一些小吃。于是雷比女士喝着下午茶；而伊丽莎白则像地道的贵妇那样吃着冰激凌，偶尔发现无人注意，会把调羹柄叼在嘴里。低级侍者们把茶杯和玻璃杯从餐桌的大理石台面上清走，穿着带金边制服的高级职员们把藤椅重新摆放成两三个一组，以吸引游客。这边或那边还有游客守着吃剩下的面包渣迟迟不肯离去；一位俄国亲王已经熟睡，姿态不雅，很显眼。可是大部分人已经开始了晚餐前的散步，或者去打网球，或者拿着书坐在树下。天气宜人，太阳的威力已大大减弱，阳光已得到升华，它照到的一切呈现出新的质地和新的颜色。从座位上，雷比女士可以看见前一天路过的巨大悬崖；她可以看见悬崖后方的意大利——四月山谷、塞奈斯山谷，以及她称为“南方野兽”的山峦。那些大山一整天都不显眼——不过是远处的白石片或灰石片而已。可是夕阳使它们变了形，它们矗立在南方的天空下，像紫色的熊。

“伊丽莎白，你不出去遛遛可太不应该了。尽可能找你的朋友，让她跟你一起出去吧。你要是看见莱兰上校，告诉他我在这儿。”

“就这些吗，小姐？”伊丽莎白喜欢这个有怪癖的女主人，而且她的心已被冰激凌软化了。她看出雷比女士脸色不好。也许恋爱的道路有了坎坷。的确，对待绅士们必须有策略，特别是在双方关系发展良好的时候。

“还有一件事：别给孩子们硬币。”

那些客人已经不见了，高级职员也明显少了。从后面的大厅里传来两个很可恶的人的假斯文的窃笑，一个是坐在办公桌后面的年轻姑娘，一个是负责领新来的客人进房间的穿长礼服的小伙子。几个搬运工站在离他们有一段恰当距离的地方，和他们一起窃笑。最后，休息室里只剩下雷比女士、俄国亲王和前台接待员。

那个接待员是个能干的欧洲人，四十岁上下，能流利地讲各种语言，有些语言还讲得很好。他仍然很活跃，显然肌肉曾经很发达。但无论是他的生活还是他生活的时代对他的身材都很无情：再过几年他肯定会很肥胖。他的面部表情不大容易猜测。毋庸置疑，他正在忙着履行职责，因此这不是自我披露的时机。他打开窗户，他把火柴盒装满，他用掸子掸着小桌子，还不时看看大门，以防有人没拿行李就进来，或有人没付钱就出去。他按了一个电铃，一个侍者飞跑进来把雷比女士用过的茶具收拾走。他又按了一个电铃，派一个小伙计去打扫从一个客房窗户落下来的纸屑。然后，随着一声“对不起，小姐”，他已俯身拾起了雷比女士的手帕。他似乎对她头天晚上突然离去并无芥蒂。也许她往他手里塞了小费。也许他不记得她曾去过那里。

他把手帕还给她的姿态让她依稀想起了什么，使她感到不安。她还没来得及谢他，他已回到门口侧身站立，这样一来他那有点弧形的肚子轮廓在外面风景的衬托下显现出来。他在对一个身体健壮但面带忧郁的男青年说话，那青年一直在柱廊外面晃来晃去。“我告诉过你百分比的，”她听见接待员说。“如果你刚才同意这个百分比，我就推荐你了。现在太晚了。我的导游已经够了。”

我们的慷慨常常让很多人受益，比我们想到的要多。我们给出租汽车司机小费，一部分钱就落到吹口哨召唤他的人手里。我们给点燃镁丝、照亮钟乳石溶洞的人小费，一部分钱就落到带我们进溶洞的船夫手里。我们给饭店的侍者小费，一部分钱就从侍者的工资里扣除了。有一台巨大的机器，我们很少意识到它的存在，它一直在促进我们分配财富。接待员回来时，雷比女士问：“百分比是多少？”

她这样问，肯定是想让他难堪，倒不是因为她冷酷，而是因为她想发现这个表面客气能干的人有什么潜在的好品质（如果他有的话）。她这样问是出于感伤，而不是出于科学态度。

如果她跟一个受过教育的人这样讲，有可能成功。受过教育的人在试图回答她的问题时会透露出点什么。可是这个接待员没有理由顾忌谈话的逻辑。他回答：“是啊，小姐！今天的天气实在太好了，适合我们的游客，也适合晒干草。”然后便匆匆忙忙去照应一个正在挑选明信片的主教。

雷比女士并没有从道德角度去总结下层阶级的卑劣心计，而是承认了自己的失败。她看着接待员把明信片一张张摆开，既热心又不讨人嫌，既留意又不乏敬意。她看着他如何让主教改变初衷，买下更多的明信片。这就是那个曾在山上对她大谈爱情的男人。可是到目前为止他只是通过几个偶然的、与生俱来的手势暴露出他的身份。要与士绅阶级谈话，必须有一些新的品质——彬彬有礼、知识渊博、沉着冷静。还是过去的答案：士绅阶级对他负有责任。我们应该彼此承担责任，这是不可避免的，也是可取的。

如果你因为费奥的世故圆通——因为他的庸俗本质——而责备他，是荒唐的。他并非自己要这样。他从一个运动员变到了现在这个样子——油亮的粗壮身躯、垂到前额的黑卷发、打过蜡的八字胡、像某种原始生命形态那样自行分裂增殖的下巴。如果你因为他的变化而感到惋惜，那就更荒唐了。大约二十年前，她在英格兰就改变了他的身形，也改变了他的性格。他是她的小说《永恒的瞬间》的一个产物。

她深感一种切肤之痛，就像一个技术生疏的工匠看到自己创造的世界很糟糕而感到悲哀。她想请求她创造的人物宽恕她，尽管他们造得不好，无法对她表示宽恕。她当天早晨在坎图夫人床前压抑下去的忏悔愿望又爆发出来，像肉体的欲望那样强烈。那个主教走后，她又继续谈话，尽管改变了话题，她说："是啊，天气确实不错。我刚从比肖内旅馆走上来，感觉很好。我住在那边！"

他看出她愿意谈话，于是愉快地回答："比肖内一定是很好的旅馆，很多人都有好评。那幅壁画漂亮极了。"他太精明了，不惜说好话表示一点点宽容。

“这儿有多少新旅馆啊！”她压低了声音，以免打扰俄国亲王，有亲王在场她奇怪地感觉焦虑不安。

“啊，小姐！确实是这样。我还是个年轻小伙子的时候——对不起，请等一会儿。”

一个刚来的美国姑娘拿着一把硬币走过来，沮丧地问他：“这些都值多少钱”。他给她解释，并给她换了零钱。雷比女士不能肯定他给那姑娘的零钱是否足数。

“我还是个年轻小伙子的时候——”他的话又被打断了，他得赶紧去送两个要走的客人。一个客人给了他小费；他说：“谢谢你”。另一个客人没给他小费；他仍说：“谢谢你”，可是口气不一样。很显然，到目前为止他还没有记起雷比女士。

“我还是个年轻小伙子的时候，沃塔村是个很穷的小地方。”

“但它是个怡人的地方？”

“非常怡人，小姐。”

“便宜！”俄国亲王说，他突然醒了，把他们两人吓了一跳。亲王把毡帽扣到头上，快速跑出去进行保健散步。大厅里只剩下雷比女士和费奥两个人。

到了那时候，雷比女士才不犹豫了，她决心提醒费奥他们以前见过面。她一整天都在寻找生命中的一个火花，现在她依稀看到了另一团火，就在她走过的路途的远端，在她青年时代的大山高处，她如果指向那团火就有可能唤来这个火花。如果他也看见了这团火，他会怎么样呢，她不知道；可是她希望他会活跃起来，无论如何会逃避她先前给这个地方和这里的人们所准备的普遍厄运。在他们两人同时思考的时候，她要做什么呢，她甚至不予考虑。

如果这一天里她感受到的痛苦没有让她心肠变硬的话，她是不会冒昧行动的。经历了许多痛苦之后，名望变得很可笑。她只需克服“费奥是男人”这个困难，而不是“费奥是前台接待员”这个困难。她从来不遵从“对社会地位低的人在精神方面要有所保留”的原则，而这一原则现在却很平常。

“我是第二次来这儿，”她大胆地说。“二十年前我住过比肖内旅馆。”

他显示出第一个动感情的迹象：他一听说比肖内旅馆就很恼火。

“有人告诉我，我应该上山来找你，”雷比女士接着说。“我还记得你。你那时候带我们过山口。”

她专注地看着他的脸。她并没期待他的脸会放松到张大嘴微笑。“哎呀！”他说，同时摘下尖顶帽子，“我太记得你了，小姐。再见到你多高兴呀，如果允许我这样说的话！”

“我也很高兴，”雷比女士疑惑地看着他说。

“小姐，你跟另一个女士一起，是不是？她叫——小姐。”

“是哈博特尔太太。”

“对呀；我给你们搬过行李。我常记起你们的善意。”

她抬起头来。他站在一个打开的窗户旁边，整个神话世界在他身后延伸。她失去了理智，轻轻地说：“如果我说我也一直没忘记你的善意，你会误解我吗？”

他回答：“是你们有善意，小姐；我只是尽了我的责任。”

“责任？”她喊道；“责任怎么样？”

“你和哈博特尔小姐是那么慷慨的人。我记得很清楚，我当时是多么感激：你们付给我的钱总是比价目表上规定的要多——”

这时她意识到他把一切都忘了，忘了她，忘了发生过的事，甚至忘了他自己年轻时是个什么样子。

“别假装有礼貌了，”她冷冷地说。“我上一次看见你的时候你可没礼貌。”

“我很抱歉，”他突然惊恐地喊。

“转过身去。看看那些大山。”

“是，是。”他那双狡猾的眼睛紧张得直眨。他摆弄着西服背心褶皱里的怀表链子。他跑开去警告几个穿得很破的小孩子，叫他们离开观景台。他回来后，她仍坚持让他看大山。

“我必须告诉你，”她用就事论事的冷静语气说。“看看那座大山，就是公路往南绕过的那座山。看看半山腰，在东坡上——有鲜花的地方。你在那里曾经奉献过自己。”

他目瞪口呆地看着她，很害怕。他想起来了。他感到无法形容的震惊。

正在这个时候，莱兰上校回来了。

雷比女士走到他跟前说：“这就是我昨天谈到的那个男人。”

“下午好；什么男人？”莱兰上校局促不安地说。他看见她脸红了，得出的结论是：有人对她态度粗暴。由于他们两人的关系不大为人所知，他更要求别人尊重她。

“就是年轻时爱上我的那个男人。”

“这不是真的！”尴尬的费奥喊，他立刻看清了她给他设下的陷阱。“那是小姐想象出来的。先生，我敢说——我当时没有什么意思。我是个年轻人。我那时还没学会怎样做才得体。我简直忘了这事。是她提醒了我。是她烦我。”

“上帝啊！”莱兰上校说。“上帝啊！”

"先生，我会丢掉我的职位的；我有老婆孩子。我会毁了。"

"够了！"莱兰上校喊。"不管雷比女士有什么样的动机，她都不想毁你。"

"你误解我了，费奥，"雷比女士轻轻地说。

"多不凑巧啊，我们两人刚才走岔了，"莱兰上校说，他本想表现得满不在乎，但他的声音在颤抖。"晚饭前我们去散散步好吗？我希望你能停一下。"

她没有理会。她在观察费奥。费奥已经不惊慌了；他显示出一种新的感情，在她看来更不让人喜欢了。他挺起肩膀，露出一种不可抗拒的微笑；当他发现她在看他而莱兰上校没看时，朝她挤了挤眼。

这是一个可怕的景象，也许是她在沃塔村见到的所有事物中最令人沮丧的景象。可是它却给她留下了难忘的印象。这个景象让她全面地看到了这个人二十年前的情况。她能看见他的衣服或头发的最小细节、他手中的鲜花、他手腕上的擦伤、他为了能轻松自如地说话而从背上卸下的沉重行李包。她能听见他的声音，既不粗鲁又不羞怯，绝不带威胁口气，也不带道歉口气；他起先用从书本里学来的文辞敦促她，然后，随着激情的发展，他逐渐前言不搭后语，喊着说她必须相信他，必须爱他作为回报，必须跟他私奔到意大利，他们会在那里生活下去，永远幸福，永远年轻。她当时像一个有教养的年轻小姐应该做的那样大声叫喊，并谢谢他，求他别侮辱自己。现在她人到中年，又叫喊起来，因为突然的震惊和鲜明的对比给了她一个启示。"别以为我现在爱你！"她喊道。

因为她意识到自己只是现在才不爱他；她意识到二十年前在

山上发生的那件事一直是她生命中很重要的一个瞬间——也许是最重要的瞬间，肯定是最恒久的瞬间；她意识到自己已从中吸取了无法确知的力量和灵感，正如树木从地下泉水中汲取了生命力。她再也不会认为那是自己成长过程中的一个半幽默的事件了。在后来的多年间，那事件使她得以成功，取得了各种成就。与她所有的成就相比，那事件更为真切，更有现实意义。尽管她一贯行为正确而且表现得像有教养的贵妇，但她确实爱过费奥，而且后来再没有那么炽烈地恋爱过。一个自负的小伙子曾把她带到天堂的大门口；她虽然不愿跟他一起进去，但永远忘不了那个幻景，这永恒的记忆似乎使她的生活变得能够忍受，变得美好。

莱兰上校站在她身边，唠唠叨叨地谈论名声，试图把这情况当成正常情况。他在挽救她，因为他十分喜欢她，当她犯傻时他感到痛心。可是她对费奥说的最后一句话让他害怕；他开始觉得必须挽救自己了。现在大厅里不光有他们三个人。那个坐在办公桌后面的女职员和那个文雅的小伙子在屏住呼吸听他们谈话，搬运工们在耻笑他们上司的尴尬处境。一个法国贵妇在客人中散布了令人感兴趣的新闻：一个英国男人无意中发现自己的妻子跟这里的前台接待员谈情说爱。在外面的观景台上，一个母亲挥手让女儿们躲开。那位主教很悠闲地准备去散步。

可是雷比女士对这些全然不知。“我太无知了！”她说。“我到现在才知道我爱过他，我从来没有告诉过他，那纯属偶然——一点隐忧，一个怪念头。”

她有一个习惯，就是把脑子里想的事说出来；现在没有激情干扰她或阻止她这样做。她仍然冷静超然，仍然在回顾大山上的那团火，赞叹它那渐强的亮度，但是因为离得太远感觉不到它的热度。非常可悲的是，她相信只要把自己想的事说出来，就容易被人理解。对莱兰上校来说，她的话很粗野，简直无法形容。

“可是这些美丽的想法是拙劣的，对不对？”她接着对费奥说。费奥那种对女子殷勤的神态逐渐消失，他变得不知所措。“年龄大了，这些美丽的想法就不够了。我想，如果我能重新体验一遍那个粗俗的事实，如果我能更换那个被我毁掉的人，我会奉献出全部想象力和全部文字技巧。”

“是啊，小姐，”他回应道，眼睛看着地。

“我在这儿要是能找到一个愿意理解我并听我忏悔的人，我会更高兴的。我给沃塔村带来了那么多伤害，亲爱的费奥——”

费奥抬起眼睛。莱兰上校用拐杖敲击拼花地板。

“——最后，我想还是跟你谈谈吧，说不定你能理解我。我记得你曾对我很友善——是啊，友善，没有别的词。可是我也伤害了你，你怎么能懂呢？”

“小姐，我完全懂，”那接待员说，他的情绪已好了一点，决心结束这场让人痛苦的争吵；他的名声受到了威胁，所以他必须把被激发出的自负感打下去。“是你想错了。你根本没有伤害我。你让我得到了好处。”

“太对了，”莱兰上校说。“这就是整件事的结论。雷比女士造就了沃塔村。”

“太对了，先生。小姐的书出版以后，外国人来了，旅馆建起来了，我们大家都富了。我第一次来这儿的时候是个无知的普通搬运工，我扛着行李过山口；我干活，我找各种机会，我对游客们好——你看现在！”他突然控制住自己。“当然啦，我仍然是穷人。我的妻子和孩子们——”

“孩子们！”雷比女士喊，她突然看到了一条救赎之路。“你有什么样的孩子？”

“三个可爱的小男孩，”他回答，没有丝毫热情。

“最小的多大了？”

“五岁了，小姐。”

“让我收养那个孩子吧，”她强调说，“我要把他抚养大。他将会生活在富人当中。他将会明白，富人并不像他想象的那样可恶，并不是总要人崇敬和尊重，也不是总想用金钱来买崇敬和尊重。富人是善良的人：他们会同情也会爱，他们喜欢真理，他们之间相处的时候是很聪明的。你的儿子将会明白这一点，他将会努力把这教给你们。他长大以后，如果上帝对他仁慈的话，他将会教育富人；他将教他们不对穷人做傻事。我自己已经努力这样做了，人们买我的书，说这些书不错，笑一笑，把书放下。可是我知道这样一个道理：只要这种愚蠢存在，不仅我们的慈善机构、传教团和学校起不了作用，而且我们整个文明制度都起不了作用。”

莱兰上校听到这样的措辞感到痛心。他再一次努力挽救雷比女士。“我求您不要——”[1]他用法语生硬地说，然后停住了，因为他想起那个接待员一定懂法语。可是费奥并没留意，他当然也没留意那女人的预言。他在想他是否能说服妻子放弃最小的孩子，如果能的话，他们该向雷比女士要多少钱才不至于让她反感。

她接着说：“如果我能从我做了那么多恶的地方带出来一点

① 原文为法语。

善，这将是对我的赦罪。对于回忆往事，我已经厌倦了，尽管那些回忆很美好。现在，费奥，我想让你给我另一样东西：一个活生生的男孩。我将永远让你困惑，我没有别的办法。自从我们相识以来，我已经变了那么多，我也改变了你。我们两个都是崭新的人了。你要记住这一点；因为我在和你分别前想问你一个问题，我认为你没有理由不回答。费奥！我要你注意听。”

“请原谅，小姐，”接待员说，他已从先前的算计中清醒过来了。“我能为你做什么吗？”

“你回答‘是’或‘不是’；那天你说你爱上了我——是真的吗？”

他是否会回答，他现在对那天的事是否有任何看法，都值得怀疑。可是他没想回答。他再次明白，他受到一个丑陋干瘪的上年纪女人的威胁，这个女人竭力破坏他的声誉和他平静的家庭生活。他往莱兰上校那边退缩，并支支吾吾地说：“小姐，你必须原谅我，可是我宁愿你不见我的妻子；她是那么厉害。你对我的小孩非常仁慈；可是，小姐，不行，她永远不会答应的。”

“你侮辱了一个贵妇人！”上校喊道，并像骑士保护贵妇一般发起了攻击。从他们身后的大厅里传来恐惧的叫喊和期待的感叹。有人跑去叫经理。

雷比女士走到他们两人中间说：“他永远不会认为我值得尊敬了。”她看着衣衫不整的费奥，他较胖，冒着汗，没有魅力；她悲伤地笑了笑，嘲笑自己的愚蠢，而不是嘲笑他的愚蠢。再跟他说话已经没有用了；她的谈话已经把他的能力和礼貌都吓跑了，几乎什么都没有剩下。他不比一只恐惧的兔子强多少。“可怜的人，”雷比女士喃喃地说，“我只是惹他烦了。可是我多希望他会把那男孩给我啊，多希望他会回答我的问题啊，哪怕只是出于怜悯。他不懂是什么让我活下来的。”她看着莱兰上校，发现他也心烦意乱。她只能注意和她谈话的人，而忘了听话人的个性，这是她的特殊习惯。“我也让你烦恼了，我太傻了。”

“你这会儿才想起我，有点晚了，”莱兰上校板着面孔说。

雷比女士想起了他们昨天的谈话，马上就明白了他的意思。可是她没有给他详细解释，也没有温柔地表示同情。这个男人出身高贵，受过很好的教育，具有一切所谓有利的条件，他想象自己颇具洞察力和文化修养，对人类非常了解。费奥则不具备任何有利的条件，他贫穷而且变得很庸俗，他早年的美德已被情势毁灭，他的男子汉气质和纯朴本性已在为富人服务的过程中丧失了。莱兰上校已证明他在精神方面水平跟费奥相同。如果莱兰上校也相信她现在还爱着费奥，她不会尽力解释以消除误会。说实在的，她也会发现那是不可能的。

从越来越暗的山谷里传来钟楼发出的第一个强劲音符，雷比女士以一种充满爱怜的动作从两个男人身边转向钟楼。可是这一天非要在挫败了所有的希望之后才肯结束。钟声激励费奥谈话，在大山发出回响的时候，他说：“先生，你说这是不是坏运气？今天早上一个绅士去看了我们精美的新钟楼，他相信下边的土地正在一点点下滑，新钟楼会倒塌。当然啦，这伤害不到我们山上的人。”

他的话很有效果。激烈的争吵突然平静地结束了。雷比女士趁他们不注意，已经拿起她的《贝德克尔旅游指南》[1]离开了他

① 贝德克尔(1801—1859)，德国出版商，以出版导游书册而闻名。

们，没有任何悲伤的表示。在这最终失败的一瞬间，上苍赐予她一个关于她的幻象，她看见自己生活得很有价值。她意识到自己战胜了经验，战胜了尘世的种种事实，取得了胜利，这是一个辉煌的、冰冷的、几乎非人性的胜利，只有她自己能推测出这个胜利的存在。她从观景台看着下面山谷里正在消失的和可能消失的美景，虽然她仍爱这美景，但它似乎无限遥远，就像星星上的山谷。在那个瞬间，即便有慈爱的声音从旅馆召唤她，她都不会回去。“我想这就是老了吧，”她想。“老龄并不那么可怕。”

在现实中并没有人召唤她。莱兰上校本来会那么做的，因为他知道她一定不快乐。可是她对他伤害得太深了；她对另一个阶级的男人袒露自己的想法和欲望。不仅仅是她，连他自己和所有跟他们地位相同的人都因此丢了面子。她把他们赤裸裸地揭示给了那个异己分子。

客人们纷纷进来，准备换衣服去吃正餐和参加音乐会。从大厅里许多情绪激动的仆人推推搡搡地走了出来，站满了休息厅，就像歌剧的合唱队员站满舞台，他们宣告经理就要来了。现在想装作什么事都没发生已经不可能了。这件丑闻会扩大，必须在最恰当的时机把大事化小。

莱兰上校虽然不喜欢触摸别人，还是拉住了费奥的胳膊，然后很快抬起一个手指头摁住他的额头。

“太对了，先生，”那个前台接待员小声说。“我们当然明白——哎呀，谢谢你，先生，太谢谢了，真是太谢谢了！”

译后记

本书中的短篇小说是英国作家爱德华·摩根·福斯特在第一次世界大战之前创作的，按照他本人的说法，均属于幻想小说(Fantasy)[①]。

福斯特在文学评论专著《小说面面观》(*Aspects of the Novel*，1927)第六章里对小说的“幻想”层面作了明确的解释。他说，幻想含有神祇内容和神话意味。“召唤神灵并祈求帮助的事也可能发生，因此让我们代表幻想求助于一切栖息在较低的天空里、浅水中、小山上的神灵们；求助于所有的农牧神和护树女神，以及各种记忆差错；求助于所有的文字巧合、大自然神和双关语，求助于所有存在于坟墓这一边的中世纪事物”。他还列举了具有幻想倾向的作家们采用过的手法：“把神祇、鬼魂、天使、猿猴、妖怪、侏儒、女巫引进人们的日常生活；或者把普通人引进无人地带，引进未来、过去、地球内部、第四维度；或者深入人格并割裂人格；或者采用戏谑性模仿的手法或改编的手法。”他进而指出：“这些手法永远无须变陈旧；它们会自然而然地出现在具有某种气质的作家的脑海里，并被他们用新鲜方式加以利用。”[②]这些论述对于我们理解福斯特的幻想小说有很大帮助。

在叙述故事时，福斯特使用了许多希腊罗马神话典故，以及《圣经》和西方文学作品典故。他从年轻时起就欣赏希腊文化和意大利文化。根据《诺顿英国文学选集》的介绍，“1901 年他访问了希腊，并在意大利住了一段时间。这段经历对他产生了久远的影响；他一生中都喜欢把希腊和意大利的农民生活与英格兰中产阶级窒息压抑的生活做象征性的对比。希腊神话和意大利文艺复兴艺术为他揭示了一个被马修·阿诺德称为'意识自发性'的世界。他的大部分作品都是关于如何在现代生活的复杂和扭曲现象之中发现人际关系中的这一特性。"③ 福斯特运用典故的技巧很高，可以说是信手拈来，巧妙地加以改造，融合到对人物日常生活的描写之中，从而赋予作品深刻的内涵。正是由于这一特点，他的幻想小说可以从不同层面解读。少年读者可以把它们当作神话或奇幻故事来阅读，从中得到乐趣；成年读者则可以把它们当作寓言或科幻小说来阅读，领会其中的含义。

这些小说看似离奇，甚至荒诞，但都表现了重要的主题。福斯特的一个常见主题是：主人公厌倦了令人窒息的世俗社会，想冲出囹圄，逃往一个理想的地方。这个地方可以是森林或大海，可以是民风淳朴的乡村或另一个国度，甚至可以是天国。有些主人公成功出逃，有些则被迫回归世俗世界。除了表现自由的灵魂与社会习俗之间的冲突以外，福斯特的作品还反映了人际关系、人与自然的关系、人与机器的关系、不同种族之间的关系等等。

特别值得关注的是《机器停转》、《永恒的瞬间》和《安德鲁

---

① E. M. Forster. "Introduction", *Collected Short Stories*, England: Penguin Books, 1947-2002, p.5.

② E. M. Forster. *Aspects of the Novel*. New York: Penguin Books, 1976, Chapter 6. 引文自译。

③ M. H. Abrams (ed.). *The Norton Anthology of English Literature*, 7th Edition, Vol. 2. New York: W·W·Norton & Company, 2000, p.2132. 引文自译。

斯先生》三篇小说。《机器停转》是福斯特罕见的科学幻想小说。这篇写于 1909 年的作品预见了电视、互联网、视频电话、机械自动化等现代科学技术，并且发出了警告：人类如果远离大自然，过于依赖机器，终会丧失人性，甚至彻底灭亡。《永恒的瞬间》也是一篇重要作品。作者对人物的内心世界做了细腻的刻画，并且预见到旅游业的无序发展会给小山村及其居民带来负面影响。《安德鲁斯先生》篇幅很短，但寄托了作者对基督徒和伊斯兰教徒实现最终和解的美好愿望。今天读这三篇小说，觉得作家似乎是在针砭时弊，对现世颇有警示意义。为此我们不能不赞叹福斯特惊人的洞察力和预见力。

从福斯特和其他文学名家的范例不难看出，伟大的作家必定是伟大的思想家。凡是经受住时间考验并流传于后世的作品，无一不反映出作者对人生和社会的哲理性思考，以及对人类命运的深切关怀。因此我们在翻译名著时，对作者要有敬畏之心，必须严肃对待和认真处理作者写下的每一个字、每一句话、每一个段落和每一个篇章，不能有丝毫怠慢。

翻译本书过程中，我根据原著文字极其简练、文化内涵极其丰富的特点采取了相应的翻译方法。我常常有这样的感觉：解读和翻译作品的过程就是与作者进行心灵沟通的过程。这个过程虽然艰苦，可是一旦破解了作者的含意，或找到了自认为合适的表达方法，所感受到的快乐是无法形容的。当然，由于自己学识有限，难免有疏漏之处；自己的努力能否对读者有帮助，还有待读者评说。

最后，我要特别感谢我的朋友、美国加利福尼亚州西尔拉学院的帕特 · 麦克德米德教授（Prof. Patt MacDermid）。在此书的修订过程中，我们通过电子邮件进行了认真而愉快的讨论。他对原文的深刻理解给了我很多启发和帮助。

谷启楠

原写于2008年12月

修改于2014年12月

E·M·福斯特文集

《天使不敢涉足的地方》
马爱农 译

《最漫长的旅程》
苏福忠 译

《看得见风景的房间》
巫漪云 译

《霍华德庄园》
苏福忠 译

《莫瑞斯》
文洁若 译

《印度之行》
冯 涛 译

《福斯特短篇小说集》
谷启楠 译

《小说面面观》
冯 涛 译